本书由北京市教委高精尖学科建设项目专项资助

《国际戏剧大师汤显祖文化传播研讨会》组委会名单

总策划: 中国文艺评论中心　庞井君　周由强

承　办: 中国戏曲学院中国文艺评论基地　谢柏梁
抚州市文化广电新闻出版旅游局　谭玉英

协　办: 抚州市汤显祖国际研究中心　吴凤雏

《国际戏剧大师汤显祖文化传播研讨会文集》编委会名单

主　编: 谢柏梁
副主编: 赵建新　吴新苗

国际戏剧大师汤显祖
文化传播研讨会文集

谢柏梁　主编

中国戏剧出版社

图书在版编目（CIP）数据

国际戏剧大师汤显祖文化传播研讨会文集 / 谢柏梁
主编. -- 北京 : 中国戏剧出版社, 2021.6
ISBN 978-7-104-05106-0

Ⅰ. ①国… Ⅱ. ①谢… Ⅲ. ①汤显祖（1550-1616）
—戏剧—文化传播—文集 Ⅳ. ①I207.37-53

中国版本图书馆CIP数据核字(2021)第123417号

国际戏剧大师汤显祖文化传播研讨会文集

责任编辑：王 恬
责任印制：冯志强

出版发行：中国戏剧出版社
出 版 人：樊国宾
社　　址：北京市西城区天宁寺前街 2 号国家音乐产业基地 L 座
邮　　编：100055
网　　址：www.theatrebook.cn
电　　话：010-63385980（总编室）
传　　真：010-63383910（发行部）

读者服务：010-63387060
邮购地址：北京市西城区天宁寺前街 2 号国家音乐产业基地 L 座

印　　刷：河北京平诚乾印刷有限公司
开　　本：787mm×1092mm 1/16
印　　张：17
字　　数：240千字
版　　次：2021年6月 北京第1版第1次印刷
书　　号：ISBN 978-7-104-05106-0
定　　价：108.00元

目录

第一部分　与会人员致辞、发言文稿

第二部分　与会专家撰写的相关论文

第一部分

与会人员致辞、发言文稿

贺词

得知“2017 年国际戏剧大师汤显祖文化传播研讨会——各剧种杜丽娘返乡省亲晚会”在抚州召开，十分高兴！

谨向会议表示衷心的祝贺！祝贺会议圆满成功！

祝贺与会的专家、学者和各位艺术家，身体健康，事业顺利！

祝我国的民族戏曲艺术，满园春色，繁荣昌盛！

刘厚生

2016 年 12 月 14

在国际戏剧大师汤显祖文化传播研讨会上的讲话

龚 裕

尊敬的市长、路侃主席，

尊敬的姜彤林、万素、邹元江会长，尊敬的各位汤学同仁：

大家上午好！

作为主办方之一，首先请允许我代表中国戏曲学院党政人员向“国际戏剧大师汤显祖文化传播研讨会”的成功举办表示热烈的祝贺！向与会的各位领导、各位专家学者及媒体界的朋友表示衷心的感谢！相信研讨会在众位方家的共同努力下定将取得圆满的成功，收获丰硕的成果。汤翁有云：“知音偶一时，千载为欣欣。”期待本次盛会能成为“汤学”研究史上，值得后来人回眸点赞的美谈佳话。

汤翁显祖是我国明代伟大的思想家、文学家和戏曲家，是为中国文化艺术事业做出过杰出贡献的一代伟人。数百年来，始终赢得时人的盛赞、推崇与尊敬，被誉为“古今三大业，天地一高人”，被誉为“文章超海内，品节冠临川”。尤其是他“极人物之千态，攒古今之万变”的戏曲创作成就，“玉茗香千里，四梦传古今”，无论在当时还是在今世都具有很大的影响。一出《牡丹亭》问世“家传户诵，几令《西厢》减价”，被冠以“绝代奇才”、“千秋之词匠”，“才情自足不朽”。汤翁的伟大剧作珍品及其所阐发的美学戏曲理论、所蕴含的哲学政治思想等等，其影响也早已“飞悬”海外，在国际上享有“东方的莎士比亚”之美誉，是联合国教科文组织评定的百位国际文化名人之一，成为耸立于世界文化之林，令人高山仰止的艺术、文化、思想丰碑。

党的十八大以来，习近平总书记就传承弘扬中华优秀传统文化，繁荣社会主义文艺事业作了一系列重要讲话，提出了许多划时代的重要论断。国务院颁发了新中国建国史上第二个《关于支持戏曲传承发展的若干政策》的政府文件。相信我们每一位矢志不渝、孜孜以求致力于中国戏曲事业传承发展的戏曲创作表演艺术工作者、戏曲艺术理论研究工作者、戏曲人才教育工作者和戏曲文化传播工作者，无不有汤翁所谓“最撩人春色是今年”之感慨与雀跃。作为汤翁故乡，抚州市委市政府以高度文化自觉，积极贯彻落实总书记的重要指示，推动与英国、西班牙共同纪念汤显祖、莎士比亚、塞万提斯逝世400周年，在国内外开展了一系列有声有色的文化交流活动。特别是通过汤显祖与莎士比亚两大文学巨匠跨越时空对话等活动的开展，为讲好中国故事，增强民族文化自信和文化自觉，做出了值得钦佩与赞赏的努力与成绩。

作为赓续中国戏曲文化血脉，成立于1950年1月的中国唯一一所独立建制、培养戏曲高级专门人才的最高学府和文化重镇，中国戏曲学院自与汤翁具有与生俱来的不解之缘。学院首任院长田汉先生1959年曾专程到临川拜谒“汤家玉茗堂碑”，留下有“杜丽如何朱丽叶，情深真已到梅根。何当丽句锁池馆，不让莎翁在故村”的诗作。曾任院长周育德教授是当代著名的“汤学”专家，出版有《汤显祖论稿》《汤显祖新论》等研究著作。感谢抚州市委书记肖毅同志今年10月亲自到学院专题研究探讨抚州市政府与中国戏曲学院合作事宜，双方一拍即合同意建立市院战略合作关系，并确定了战略合作框架协议。合作旨在强强联手，双剑合璧，以发挥双方资源优势，共同致力于“汤学”研究为重点，进一步做好中国戏曲传承创新工作，为推进戏曲优秀人才培养、戏曲艺术理论研究、戏曲文化广泛传播，坚定民族文化自信，做出义不容辞的持续努力。我们非常荣幸能在大家的共同见证下完成合作协议的签字仪式。

“文情不厌新，交情不厌陈。”回到研讨会的主题，中国戏曲学院愿意并热切地期待与社会各界及海内外的同道同好，在新的起点上共同推动“汤学”研究、汤翁文化传播迈向新的阶段，为圆中国梦，也为圆临川梦，做出戏曲人独特且应有的贡献。

谢谢大家!

2016年12月21日

在汤显祖学术研讨会上的致辞稿

路　侃

各位专家、各位朋友：

大家上午好！很高兴来到江西抚州，参加这次学术研讨会。首先，请允许我代表中国文艺评论家协会对会议的召开表示热烈祝贺。

前不久，中国文联十大在北京召开，习近平总书记在开幕式上作了十分重要的讲话。讲话对传承中华优秀传统文化作了精辟论述，他指出，文运同国运相牵，文脉同国脉相连。中华民族生生不息绵延发展、饱受挫折又不断浴火重生，都离不开中华文化的有力支撑。中华文化独一无二的理念、智慧、气度、神韵，增添了中国人民和中华民族内心深处的自信和自豪。在五千多年文明发展中孕育的中华优秀传统文化，在党和人民伟大斗争中孕育的革命文化和社会主义先进文化，积淀着中华民族最深沉的精神追求，代表着中华民族独特的精神标识。中华文化延续着我们国家和民族的精神血脉，既需要薪火相传、代代守护，也需要与时俱进、推陈出新。要加强对中华优秀传统文化的挖掘和阐发，使中华民族最基本的文化基因同当代中国文化相适应、同现代社会相协调，把跨越时空、超越国界、富有永恒魅力、具有当代价值的文化精神弘扬起来，激活其内在的强大生命力，让中华文化同各国人民创造的多彩文化一道，为人类提供正确精神指引。

我们都知道，今年是汤显祖逝世400年，已经举办了丰富多彩的纪念活动。汤显祖就是中华民族的重要而鲜明的文化符号。他的《牡丹亭》《邯郸记》《南柯记》《紫钗记》四部传奇剧作，合称“临川四梦”，代表了“中国古典戏曲创作的高峰”。汤显祖剧作蕴含着鲜明的民族性和鲜活的独创性，体现了对社会的深切关注和对人性的深刻思考，具有积极的启蒙意义，代表了历史进步的方向。汤显祖剧作已经超越了时代和地域的限制，在中国乃至世界戏曲史上具有里程碑式的影响。他的作品以独特的艺术魅力和深刻的思想内涵，彪炳史册、光耀千古、历演不衰，受到世界人民的热爱。我认为，在这个时候，召开此次学术会议，是对总书记重要讲话精神的切实贯彻落实，十分必要也十分及时。

这次会议由中国文艺评论家协会、中国戏曲学院、抚州市人民政府共同主办，中国戏曲学院中国文艺评论基地承办。中国文艺评论家协会是中国文联所属全国性文艺家协会之一，也是中国文联的团体会员。中国戏曲学院是我国戏曲教学和研究的重镇，学术积淀深厚，师资力量雄厚。抚州是汤显祖的故乡，在汤显祖文化研究、传承和传播方面，做了大量卓有成效的工作。这个基地是中国文艺评论家协会和中国戏曲学院的共建项目，也是协会的一个品牌项目。基地建立以来，在谢柏梁主任的带领下，学术活动蓬勃开展，成果丰硕，特别是在戏曲研究和评论方面，独树一帜地开展了不少工作，成效有目共睹。通过汤显祖这一中华民族的文化符号，把这些单位所拥有的优势、资源整合起来，精诚合作，一起推动深化汤显祖的研究，让这位戏曲大师活在当下的戏曲创作和评论中，活在当代的戏曲舞台上，为当代中国文化乃至人类文明做出新的独特贡献，无疑是一件具有深远而重大意义的事。

我相信，这次会议一定会取得丰硕的成果，也祝愿这次会议成为我们深化合作，共同推动汤显祖文化研究与传播的一个新的起点！

谢谢大家！

2016国际戏剧大师汤显祖文化传播研讨会与会专家的发言（上）

主办单位：中国文艺评论家协会　中国戏曲学院　抚州市人民政府

承办单位：中国文艺评论（国戏）基地　抚州市文广新局　抚州汤显祖国际研究中心

主持人：我受大会委托，主持下面的发言。请我们后面要发言的老师都座到正席旁边来发言。第一个发言的是吴凤雏先生，他是我们的老专家了。他最初就是做汤显祖研究的。他和另外一位专家写过《汤显祖传》，对汤显祖非常熟悉。他德高才大，又在政府中担任领导职务，是人大常委会副主任，做了非常多的出谋划策的工作。2006年在汤显祖逝世390年的时候，他就做了非常多的跟纪念汤显祖有关的工作，支持我们开了很多很好的会议。现在他又是汤显祖研究中心的主任。他上任以来有一系列重大的举措，为抚州汤显祖研究的发展做出了很大的贡献。所以，下面我们就隆重地请出我们的“地主”吴凤雏先生发言。

吴凤雏：非常感谢主持人这么夸奖我。我们作为承办方之一，借这个机会欢迎各位大家的到来。大家远道而来参加这次活动对汤显祖的研究来说是极大的支持。今天借这个机会，我想谈一点关于汤显祖研究的个人观点。

我今天主要是谈一下关于汤显祖与莎士比亚两人之间相互比较的话题。因为今年是汤显祖和莎士比亚年，文章很多、观点也很多，我就这方面谈谈我个人一点肤浅的认识。我们都知道汤显祖和莎士比亚两人的生活环境不同、社会背景不同，看起来唯一相同的就是同年逝世。周先生去年、前年在恭王府的时候参加了这方面的研讨会，我觉得这种研讨会确实非常好。虽然汤显祖和莎士比亚两个人看起来各个方面都很不相同，但是在肯定人的自身价值和追求个性解放、思想自由方面，他们两个人的价值取向是相同的。关于他们的不同之处有很多很多我就不在此赘述了。我就这两位伟人之间的相同之处，谈谈我个人四个方面的看法。

第一，他们都是时代的思考者和梦想者。他们都是站在时代的前列，传播思想，引领前进方向的巨人。莎翁正是因为他那个时候作品的主题是反思中世纪，提倡人的价值和尊严，追求现实的幸福和个性解放，反神学，而成为社会的引领者。反观汤公生活在明代中晚期，正是王阳明心学对程朱、理学的反思时期，主张放大心性。莎、汤二人共同的思考是何为人的尊严，如何求得自由。在如何求得自由的问题中，最现实的就是婚姻、情爱的自由。这和现实中的神权和礼学有很大的差别。我们汤公的“四梦”中的“南柯一梦”等作品都是表现这方面内容的剧作。因此说他们都是时代的思考者。同样因此，有人说汤显祖是最具哲学思想家气质的戏剧家。

第二，他们都讴歌爱情，特别讴歌被压抑的爱与情。我们都知道情爱作为人类最基本需求中的高端部分，在汤公和莎翁的作品中都有大量的表达。杜丽娘是一个典型，感天动地，而朱丽叶则是相似而生。两剧虽然不同，但是汤公、莎翁讴歌的爱情却有异曲同工之妙。刚才举的例子，和我们中国的戏曲有很大的联系。他们爱情的主题是一致的，我认为实际上是反礼教、反神权的。

第三，他们都揭示复杂人性终要回归真善美的主旨。既深刻揭示人性被扭曲，但同时又更深入地展示人性回归，因而给人以信念和启迪。我们都知道，揭示复杂人性，人性回归是莎翁剧作的灵魂所在。“生存还是毁灭这是一个问题”，这是哈姆雷特的经典之语，是生还是死？是做还是不做？是去还是不去？等等，是典型的哈式思维。这种纠结不仅反映在行动中，而且反映在思考中，反映那个时代的人的困惑和纠结。这个问题莎翁遇到过，汤显祖也同样遇到过。比如是坚守还是放弃，等等。不但在汤显祖的人生中有这么多纠结，这么多困惑，在他的戏剧中也同样，反映在戏剧人物上，如杜丽娘等，都有很多描写。比如杜丽娘游园，是去游园还是不去？是放弃还是坚持呢？等等。这个反映了时代的特点，反映了我们的人性。更深刻反映了他的回归理念，向好的方向去发展，这就是给人以信念和启迪。

第四，诗话语言写作，是本土的语言大师。他们都是文艺写作，精美绝伦。汤公用套牌，而莎翁用散文诗，而且都成了语言的经典、语言的典范。这个不多举例子，有很多很多流传下来的经典名剧可以证明。其他的在舞台叙述方面，他们都是改革者和创新者。汤显祖的戏曲，莎士比亚对三一律的开拓和感性创作都有对原有创作方式的创新。甚至他们的取材，大量的都是来自现有的文学样式，比如小说、传说、史料，等等。像我们都知道莎士比亚的《奥赛罗》《哈姆雷特》等。而我们汤显祖的“四梦”，都是根据唐代的小说重新创作的。

至于他们的不同，两位大师生活环境、文化背景、个人经历、个人身份等等，都不同。在9月份，我们就谈到一个是职业的戏剧家，一个是人文文学家。就文化背景来说也大不相同，东方和西方的文化背景是不同的。西方的文化背景，我认为是强调自我的。而我们中国是中庸的，是无我的人文环境。不管从家庭、到社会、到集体、到单位，都是强调集体主义，强调无我，而西方是完全不同的，两种文化不同。关于这些很多人都讲过。

总之汤公和莎翁的思想不一样，但是在文学史上都具有划时代的意义。因为他们都创作了超越时空的作品，所以他们不只是属于一个时代，而属于所有时期，他们是东西方不朽的戏剧大师。只不过由于历史、时代的原因，主要是我们自身的原因使汤显祖的影响力不如莎士比亚。为什么莎士比亚很早就很响，汤显祖最近才响，什么原因？很多原因。莎士比亚和汤显祖都是诞辰400年，但是在前200年莎翁的影响力也是很有限的。他的影响力是随着英国一天天变成“日不落”帝国而与日俱增的。这就说明文化的话语权和影响力跟国家的实力是息息相关的。而我们中国近200年恰好是在走下坡路，已经跌到谷底了，中国哪还有文化话语权呢？就像现在有很多人，在莎士比亚与汤显祖的比较中，文化评判标准自觉不自觉地被西方的话语权影响。随着我们中国的政治和经济实力逐渐走向世界高端，中国文化的话语权和影响力应该也增加了一点，这需要大家的努力。这是我讲的一个方面，汤公、莎翁的异同。

汤公的文化影响、文化价值我也做了一些思考。以汤公为例，就汤显祖及其作品而言，他的文化的当代意义首先是作为当代艺术经典的汤公文化意义。

第一，从文化角度来讲，艺术经典是文化传承的核心载体。这是我的第一个观点。文化是民族的灵魂和血脉，是软实力依托的重要方面，而文化的生命在传承，传承在经典，文化是通过经典来传承和传播的。《牡丹亭》等“临川四梦”，就充分显示了中华优秀传统文化的当代生命力。

第二，就其代表性和名片作用而言，中国复兴和崛起，必须是经济和文化的共同复兴和崛起。一国的文化影响力与其经济实力既相互关联又相互影响，文化影响力就是文化话语权。当代的中国最需要文化名片，共为民族复兴。汤显祖及其“临川四梦”，正是中国文化进一步走向世界、影响世界的一张国际名片。在这个月上旬上海的一个论坛上，我们书记的发言题目就是“汤显祖是中国走向世界的一张名片”。中国文化要走向世界，汤显祖是最好的名片之一，不能说唯一。

第三，时代需要前卫的思考者，历史标杆人物对社会进步的推动作用不可忽视。其思想的引领作用尤其主要，所谓精神脊梁，汤公的那个时代，他的各种观点都具有深刻的时代意义，我不过多阐述。

第四，时代进步需要有人格魅力的人。文化和精神是一个民族挺立于世界的精神脊梁，优秀人物所展现的人格力量，就是精神脊梁和民族精神的重要部分。汤公所具有的自爱精神及其坚守毅力等等，至今仍然有其独特的时代魅力。我觉得在我们文化圈子里面，学习这一点，学习汤公的人格精神尤为重要。我们现在有些学者缺少了或者丢失了一些人格原则，汤显祖这方面有启示，我们应该学习。我的发言到此结束，谢谢！

主持人：一听吴凤雏先生的发言就知道他是个非常了不起的学者。他提出的关于汤显祖的四点意义，对我们是很有启发的。承认也好，不承认也好，这是一个事实。在此之前英国人根本不知道汤显祖是何许人也。无论是在英国的大学、中学，还是教育系统的其他部门，甚至是戏剧系统都不知。美国也是如此，其他的欧洲国家也是如此。世界对汤显祖的了解是极少数的，研究汤显祖的人就更少，这是一个现实问题。也就是说我们的汤显祖和莎士比亚是同一时代同样有重要影响力的剧作家。但是在这之前，汤显祖和莎士比亚在世界范围内的影响力是无法比拟的。在西方对于汤显祖即便有宣传，也是在很有限的范围进行的。这就是我们现在面对的非常严峻的一个问题，也就是中国的话语权问题。这个话语权有各方面的原因。刚才吴先生讲的很重要的一个原因，我觉得还是我们缺少文化自信，我们没有意识到汤显祖对于我们的意义，所以我们的文化战略缺少国家形态层面的一种思考。这跟莎士比亚走向世界的历程相距甚远，所以我们既要肯定2016年纪念汤显祖的活动已经做出的贡献，同时我们要冷静地想，汤显祖走向世界，这不是一个口号，而是一个漫长的过程。莎士比亚走向世界用了100年，汤显祖走向世界，即便是在多媒体的时代也不是那么容易的。这不是报纸上出现了汤显祖的名字就算走向世界了，它是一个极其复杂、多层面的过程。走进西方，走进西方百姓的心目当中，这是一个艰巨的过程。尤其是面对傲慢与偏见的英国和强大的经济支撑的具有文化优越感的西方，我们千万不能低估了这样一个极其艰难的过程。谢谢吴凤雏先生给予我们一个很好的启迪。

下面我们请江西省社科院龚国光先生发言。我们是汤显祖研究方面的多年挚友。他过去因为从事艺术工作，所以作为江西的乡贤他对汤显祖有自己独到的看法，下面我们欢迎龚先生发言。

龚国光：很惭愧，在“汤学”研究上，好像最初我们都在一条线上，后来我就落伍了，的确感觉很惭愧。今天的发言，是昨天晚上看了演出以后的一些感想。昨天的演出看了之后我非常激动。我从小就是在戏班长大的，12 岁就在舞台上混。却从没有看过昨天晚上这么一个形式，非常感动。因此，那个女孩子说要考一个题目，我临时想到这么一个题目。清代李斗，有一个《扬州画舫录》，他在这本书里面提出一个花雅之争。正是昆弋在民间受广大农村老百姓的欢迎才有了不同剧种的竞争，形成了一个戏曲发展的高潮。那个时候如果没有花雅争胜，我们中国戏曲发展史又是另外一个面貌。后来到了清代，昆戈衰弱了，昆腔和弋阳腔都走了同一个命运。再后来欧阳予倩在北大搞了一个昆弋研究班，来研究昆腔和弋阳腔。后来就越发不可收拾，到了形成高潮的时候，弋阳腔、昆腔只能是依附于这么一种形态。

昨天看了这个戏很令人振奋。为什么令人振奋？北昆的《寻梦》的确是令人眼前一亮。10 月份在上海我看了两个戏，一个是《牡丹亭》，一个是《邯郸记》，在那里还碰到了叶老师，在门口照了相。这两个戏的功绩在什么地方？就是第一次把清代以后只演折子戏的“四梦”，又开始演全本了。上昆（音）了不起，用全本的形势，把“四梦”都在舞台上显现出来，而且演出得那么好，这是令人感觉到很振奋的事。现在的改本，就是说昆腔是联合国的“人类口述和非物质遗产代表作”，受到重点保护，因此他的方向是只删不改，这是他们的发展方向。而从联合国遗产保护这个角度，这是对的。但是从民间这个角度来看，势必这条路比较狭窄。所以昨天看了北昆的《寻梦》以后很感叹。为什么感叹呢？他那个风格，他那个一抬头，一个步势就那么精到。上昆的《寻梦》，有一点柔的味道，还有一点悲情但不是很足。昨天我一看，觉得《寻梦》就应该是这个样子。动作几乎都一样，为什么在精气神上，都是我们现代演员来演绎汤公原著的本子，会有那么大的不同，这是我的一个感觉。

另外一个想不到，越剧还能演“四梦”，我没有看过。川剧的《冥判》和我们其他剧种完全不一样，颠覆了我们判官的形象。还有黄梅戏也在这次活动中有演出，这也是一个路子。所以今天开会，我讲我们的国际戏剧大师汤显祖这个定位一点不过分，而且是文化传播也到位。特别是谢主任讲的那个情况，关于在民间传播的问题上为什么非常重要。过去我们传统上，汤公的精神研究，汤公的诗词研究，唯独丢了文化传播这一块，所以我们的研讨会把这一块提上来，我感觉到非常好。这是我们走向世界必须要走的一步。你不走上这一步，你要走向世界，难上加难。所以那个台词，昆曲是只删不改，而演出形式我们却可以大胆创新。我们这里大胆到什么程度，那个京剧，那个演员居然用贵妃醉酒的那么一个模式来唱曲牌。板腔和曲牌之间融洽得那么好，所以看一场戏就那么震撼，是一个饕餮盛宴，也有一种幸福感，从来没有看过。

我就感觉到，我们下面研究汤显祖的确和邹老师讲的一样，到了后汤显祖时代。这个见地我非常同意。2016年我想，为什么我们传播研讨会不在2017年，非要在2016年岁末的时候开这个会，就是2016年这一年的意义重大，它的意义太重大了。你要说它伟大也不为过。2016年包罗了这么多关于“临川四梦”的文化内涵，文化内涵、文化信息量这么大，我感觉到自己都有一点消化不过来。因此，虽然我们的“临川四梦”、汤公走向世界还有一段时间，但我们一定不能妄自菲薄。我们有一句话，叫后来居上。我们抚州现在成为一个戏剧圣地，汤显祖的戏剧圣地，我感觉到抚州正逐渐被世界所关注。在门口有一个抚州赋，里面有这么两句：抱沃野千里以应天时，护临汝两岸生生不息。讲得非常好，临汝两岸，生生不息。因此我感觉到汤公的“临川四梦”和汤公的精神，一定会在抚州和两岸人民一样生生不息。谢谢！

主持人：多谢龚先生提出一个非常重要的问题，那就是我们如何改编？这个问题非常重要，对于我们推广“临川四梦”、汤显祖是一个新的想法。其实这个想法在莎士比亚皇家剧团的演出中也有体现，他们采取的就是后面这个策略。他们皇家剧团演出，尤其是到中国来演出，很多熟悉莎士比亚的专家看了都非常惊讶，他没什么创造，一般般。但实际上这个演出，恰恰是莎士比亚戏剧走的非遗路线演出的东西，也就是寻着莎士比亚原剧的重现方式来呈现的。所以他不是这种改编性质的，是要全世界的人看莎士比亚原本是什么样的，这是一条路线。另外一条路线，就是在全世界上演了，由莎士比亚剧目主体内容为主导的，用36个国家的剧团，36种语言来同时呈现的莎士比亚剧目。也就是将莎士比亚的戏剧内容赋予各个国家、民族独特的表达方式。这样一种表达方式，实际上也就有效地传播了各个国家所理解的莎士比亚。我们知道莎士比亚剧目在世界众多戏剧节上都有演出，比如说日本，这个国家从明治维新到现在，有30多部《莎士比亚全集》，而中国莎士比亚全本到目前为止大概也就是两个半。可是在日本听一场莎士比亚，一个关键词的讨论，学术研讨，居然挤满了整个会场。然后一个演出，一天晚上可能有30多台关于莎士比亚的各种版本的演出。可想而知，莎士比亚戏剧传播的这种开放性，对他在全世界推广的策略是有积极的、可吸取的一面。中国的以昆曲为主的“四梦”的演出，将来会不会有新的动向，这值得我们讨论。谢谢！

下面我们请汤显祖的乡贤，杨安邦先生发言，他的题目是“汤显祖的追梦人生”。

杨安邦：各位领导、各位专家大家好！

今年是我们抚州人民深感快乐、深感荣幸的一年。伟大的戏剧家汤显祖逝世400周年纪念，他又和西方的两位艺术大师莎士比亚、塞万提斯同一年离世。从国家级的层面，在汤显祖的家乡——江西临川纪念这位文化名人，无论从哪个方面来讲，对于汤显祖的研究，对于今天后人的启发，都有非常重要的价值。我的发言题目是“汤显祖的追梦人生”。

我主要是从这几个方面略为阐述一下“汤显祖的追梦人生”的情况。汤显祖生活在明代的中后期，明代的中后期时代环境跟这之前是有不同的。个性崛起、个性解放意识的萌生，人文精神的上扬，在这个时候日益明显。明代中后期的社会时代环境，应该也是社会矛盾激烈动荡，传统文化呼唤变革的这么一个时代。汤显祖就生活在这个时代。在江西临川，汤显祖的家乡，文化传统非常深厚。历史上，比如王羲之、陆游等这些文化名人在这里做过官，而且临川本地也产生过王安石家族、曾巩家族、陆九渊家族等名人。特别是临川的戏曲文化底蕴深厚。过去的情况我们没有直接经验，因为我也是临川人，就我个人的体验而言，我感觉到临川的戏曲文化是很深厚的。小时候，我父亲是小学校长，就在抚州市旁边，叫杨州商（音），他在那当校长，我在那读小学。我父亲非常喜欢看戏，每一天都到街上看戏，采茶戏团和京剧团的演出都有。我们都在那看戏。每一天来的时候，路过汤显祖真正的墓地，就在那里歇一下。不管男女老少都非常喜欢看戏，十年的“文革”确实使戏曲文化传统受到了冲击。这些年来，改革开放这几十年来，戏曲的传统又逐渐在上升。这是我一个很深的体会。假如“文革”十年没有出现低潮时期，可能戏曲文化还要浓郁。

汤显祖的家族可以说是非常有文化传承的家族，祖上四代传下来的经书有四万多卷，不得了。我们从他家族的情况可以看到，他们家确实希望他能够考取功名。这也是古代传统的，建功立业、报效社会的传统道路。小时候的汤显祖所受到的教育，应该也是有所不同。除了受到传统的教育之外，他幼年时候的两位老师，一位是东乡徐良傅，一位是南城罗汝芳。这两位老师在古代的历史上都留下了姓名，而且有政治的名气，史书上都有传记。这两位恩师的品德，他们的学问对于汤显祖的文学思想，对于汤显祖的人格品阶都产生了重要的影响。所以时代的环境，家乡的这种文化底蕴，家族的文化传统，还有他本人所受到的教育，种种原因，各种教育影响，对于汤显祖的追梦人生打下了坚实的基础。这是我讲的一点。

汤显祖从青年时期开始一直在参加科举考试，在乡试的时候，考到全省第 8 名，是相当不错的。今后在进士的道路上，确实比较坎坷。在他 22 岁、25 岁，两次考的时候没有考中。这或者与他本人，或者与考官的爱好有关。后面第三次、第四次的考试也没考中，主要是因为当时的宰相张居正的原因。从后面两次，28 岁、31 岁科考的时候受挫可以看出，汤显祖的人格的光辉。他在第一次没有考中的时候回到家乡。他当时就已经有一定的社会影响了，很多政治之士、名人都来看望他。后来他回到家乡的时候，抚州知府，都带一些人，在临川的码头上迎接他，夸奖他，这是非常不简单的。从中可以看出汤显祖的人品。这是他追梦人生的一个与众不同的表现。就是从科考当中，显示出与众不同的表现。

汤显祖第五次考进士，中了，虽然名次不是那么靠前，但是中了。这次考中之后，因为汤显祖很有名气，让汤显祖做官，汤显祖再一次婉言谢绝。汤显祖不能在都城——北京担任要职，就被安排到南京留都做闲职。虽然在南京留都做闲职，但是汤显祖没有虚度光阴。在南京的六年期间，他发奋读书，研究戏曲，广信时政，可以说闲职不闲心。这在汤显祖的一些诗文里面也都说明了这一点。在南京留都后期，汤显祖撰写了造册，通过自己的造册主持时政。当然汤显祖很快就被贬到广东，尽管官场受挫，汤显祖达到了政治上的高峰。我们看明史，汤显祖载入史册。南京这一段期间，一方面是他政治上的高峰，再一个可以看出是他追梦人生又一种不同的表现。汤显祖到广东徐闻之后，虽然时间很短，但是他还做了一些事情，著名的就是创办了书院。这个书院在全国来讲不算有名气，但是还是载入了府志，这也是非常出色的。之后他被调任到浙江遂昌担任知县。在浙江知县的五年期间，汤显祖实行仁政，为当地的老百姓做了一些好事，甚至做了很多好事，我们这里不详细讲，大家都清楚。在浙江遂昌的五年期间，可以说政绩可圈可点。在浙江担任县令的五年期间，使他对当时的官场，对当时的腐败现象体察更深。这致使他最终下决心，在 1584 年到北京述职之后，就离开遂昌，回到家乡临川。回家乡不久之后，他住在城外，现在叫城东，东面就称城外，这边就叫城里。现在的玉茗堂，我估计离他的老家 2 公里。在玉茗堂他安心从事他的诗文，特别是戏曲创作。在玉茗堂，汤显祖最终完成了伟大的"临川四梦"的剧作，《紫钗记》是他完成的第一部传奇，应该说他第一部剧作是《紫箫记》，只是没有写完，在 20 年之后，将《紫箫记》修改，变成了《紫钗记》。离开家乡不久，就创作了"临川四梦"当中最出彩的《牡丹亭》。《牡丹亭》一经问世，就得到了广泛传播。

我们读过《牡丹亭》都清楚，这个剧作文词典雅，非常深奥，显示出汤显祖古典文学的非凡功力。这个剧作的演出性、表演性很强。剧情讲因爱而生，因爱而死这样的爱情戏，问世之后，马上得到迅速、广泛的传播，最终成为中国古代爱情戏中，可以说是继《西厢记》之后影响最大的一部剧作。世人都说，牡丹一出，西厢失色。《牡丹亭》剧作的传播，当时就在临川，包括玉茗堂等地演出。汤显祖有很多这方面的诗文。之后汤显祖又创作了《南柯记》，然后创作了《邯郸记》，后两部主要是结合了汤显祖本人的经历。这四部剧作，尤其是汤显祖的《牡丹亭》，把他一生的梦想、缅怀全部都寄托在戏曲里，所有的核心都是情。既把情演绎到极致，又显示了艺术的光辉。汤显祖的“临川四梦”是一个完整的艺术整体，从各个层面反映了汤显祖的时代，汤显祖的思想，汤显祖的情趣，这是汤显祖人生的高峰，是汤显祖追梦人生的完美体现。

今天我们在这里纪念汤显祖，感觉到汤显祖不光是因为伟大的戏曲作品赢得了后人的尊重，他在诗文与政治，做人、做官、做学问各个方面对后人都富有重要的启发。我的发言完了。

主持人：杨先生回顾了汤显祖的一生，对我们很有启发。下面我们请上海大学赵晓红教授发言。赵教授最近做了一件非常大的事，就是年末在她们学校召开了汤显祖的高峰论坛，120 多位学者出席，非常了不起，做得非常成功，大家评价也很高。下面我们有请赵女士。

赵晓红：首先我要感谢大会给我这次机会，感谢我们的谢教授。看到中国戏曲学院的老师就有一种回娘家的感觉。因为昨天的主题鼓励回娘家，我也有点回娘家的感觉。抚州、遂昌从一开始每次会议我都报到，都点名，但是人都没到，今天我终于来了。因为太忙，这个也不算理由，但是算一个借口。昨天一来感觉非常温馨，来到会场我非常开心。再一个，看了一台精彩的晚会，更让我有一种回娘家的感觉。晚上我跟他们微信联系。他们好几个人都是做戏曲的。临川做戏曲的不少，跟着我们回娘家了，带你们回来看看。这是一个感受，题外话。

我为什么对昆弋感兴趣，或者说关注它。原因是戏曲文学，尤其是高校的老师，大多数走的路子就是从古代文学过来。在古代文学中，我认为戏曲是一个立体的。想研究戏曲只有对文本的研究远远不够，我们就要看舞台的演出。看舞台的演出就有一个传播的问题。对舞台的关注度无外乎就是唱腔、声腔，唱腔是第一个方面。现在国内最近刚刚安徽出版社出的，大型的、系列的昆曲系列大全，这个书首发已经开始了，准备去看一看。我看得是比较快的，因为在国内的我基本上全部掌握了，最早的时候看的是文本，现在基本上全都是胶片。胶片就是在电脑上放，学生撒出去了一批。这是我们从读书开始就有的，就是拍照。现在是中国艺术研究院的傅老师的藏本在我这里，上海图书馆的昆弋的上下两册在我这里，古代版的赵老师的藏本在我这里。北大的邱先生的藏本我还没拿到，在北京两年（没拿到）。南京、上海、北京我都转了一圈，没有拿过来，很遗憾。我看到的这些都在我手里。我在手里的这些藏本中发现有一个问题。大家讲得都是很宏观的东西，因为女人比较细，我就看了一个问题。你们知不知道昆弋完全是艺人演出的本子，尤其是师父给徒弟的传授。在口耳相授之余，作为一个本子去参考。有一个文字图，这个文字图里有一个很怪的现象，现在常演的《游园惊梦》是没有的。现在我们舞台上演的，根据师父学的，师父是从外面得到的。现在我掌握的是在民间的，但是是没有《游园惊梦》，有《寻梦》。而《游园惊梦》是我们的看家戏，一直在倡导传承的一折戏，文本里却没有，这是我的一点思考。这个思考引发得比较多，因为我前一段时间一直在关心剧团的发展。我做了好几年的剧团，苏、浙、沪我都在跑。剧团改企，牵扯到的不光是这一点。因为我是山东人关注了一些山东剧团的改企。我们山东人改企，有一些非常好的艺术家，有一批比我大一点的，“文革”期间学了一技之长，有很好的艺术天赋一改企都退休了，所以这个对我的触动挺大的。我要去看看产业对市场的影响，但是我看了基本上不行。经过了二三十年的调研，最后我把调研成果写了出来。剧团管理层，领导都非常重视。剧团运营好坏既在剧团的基础，又在剧团的管理。他们把它作为一项事业来做，我觉得挺好的。

我觉得现在的《游园惊梦》，就是找票房。我能关注舞台，实际上也是有两个方面：一个是读书期间学习的；一个是古代文学的影响。最后因为喜欢就去看，再一个我工作主要是在电影学院，表演这一块比较多。我就关心一下这方面。我发现票房是一个根本的问题。现在好像昆剧，还是要推向市场，就是要有票房。我在上海看电影、看戏的时候，昆剧的演出和越剧的演出是完全不一样的。越剧院人多得根本挤不进去，我让学生帮我订票，真的是一票难求。但是昆剧不是这样，京剧有的时候是这样，有的时候不是这样，看人。这就落实到演员身上。这就有一个反思的问题。昆曲我们都说是一切戏曲的基础，就像高校的基础课是一样的。后来从这当中我就发现了，昆弋看艺人的本事。文人的本子，我们要早一点追溯。现在我们知道《缀白裘》（音）基本上是文人和艺术的结合，结合在哪儿？我们从《寻梦》中发现，那一首曲子你们可以回去关注一下，就很文人。我就想起了有一批，李云（音）他写这个，这种写作方法完全是文人的写作方法。到了舞台上他认为不好，他就批，并且他还说好的是什么。戏曲如果没有这一点点东西，一定不会在民间发生，肯定是这样的。所以这是一些区别的东西，在这当中我就发现《游园惊梦》没有，《寻梦》有，因为《寻梦》可以回忆，老百姓喜欢看，文人也喜欢写。

所以我就从《游园惊梦》没有这件事来考虑现在我们做产业，要拿它做一个去赚钱的本子的可行性。现在昆曲生长的环境，诞生的生态环境是没有的，它的生长的环境，文人的雅兴也是没有的。现在要想拿它取悦于（不说媚俗）观众，尤其是年轻人，我觉得昆曲一定要进高校。为什么？必须有一定的文学的基础，你才能听懂，否则就不知道到哪儿去了。但是现在我们看地方戏也都在演这个，因为它太响了。这就是运作，有点像电影的运作，因为我们电影学院考虑票房等等，就搞运作。我问了好多好多人，都没有给我一个答案，就是昆曲进入普通老百姓的眼里，受到关注，是因为非遗，是不是？我就问，非遗去送的这个本子，当时是送的全本戏还是折子戏？送的哪一个折子戏？送的谁的版本？如果送的全本戏，回来打造全本戏是应该的；如果是折子戏，推向市场，我觉得完全变了。我从这个方面来思考。其实昆曲也没有很全的全本，就是折子戏，现在又重新打造。我就在思考一个问题，我们所利用的，打造的这个牌子是个什么牌子？如果是折子戏的牌子，回头打造打造，尤其现在牵扯到有一些要创新，拿昆曲来创新，我还是感觉（不太好）。昨天的戏看了，最美的还是我们郭老师，郭老师本身是好演员。但是《游园》这一段，刚才老师也说了，昆曲唱起来还是最美的，因为它最切合文人的心，就跟文人结合。再一个跟演员很有关，我觉得高腔也是不错的。所以我觉得，是不是要思考一下这个问题。这只代表我自己的一点想法，不成熟，希望大家批评指正。

主持人：赵教授提出了一个非常重要的问题，这也是我这么多年一直关注的问题。她实际上在他们的实践中运用了这样一个非常重要的用作实践的产物。我们现在标榜只删不改，不增，但事实上这个就是借鉴了大量的《缀白裘》（音）。有风，一起走，这个全都是借鉴来的。借鉴来以后，这个戏就好看了很多。赵老师提出的这个问题，我们如何面对传统，我们如何传承。我们首先应该做什么？传承具有前提性。我们现在昆曲老提创新，这个问题讲了多年，很不让领导高兴。2004 年以后，非遗以后，我们在苏州有所谓的传承中心，研究中心，还有创新中心，最奇怪的就是创新中心。非遗，讲的是什么？就是传承，没有讲创新的问题。传承的核心，就是对已有的文化空间，文化场所，活的文化，这是非遗三个最重要的概念。文化空间，就是昆曲产生了具体的文化产物，文化场所就是苏州的剧团，然后这个场所里活的文化，就是传承人。可是我们现在讲创新，这就很莫名其妙地把它作为昆曲一个最重要的内容，这是与非遗的精神背道而驰的。可是我们现在各种各样的演出活动，都强调要创新，昆曲也强调创新，很多人连诗都写不清楚，他居然开始写昆曲的唱词。我们知道昆曲，两千多曲牌。汤显祖我们老说他在创作“四梦”，不对的，汤显祖哪是在创作“四梦”，是在填词，搞清楚了，这个差别太大了。这是与西方戏剧不同的，他是填词。可是我们现在很多填词的人，他自己连诗都搞不清楚，他填什么词？但是这些人频频获奖，给予我们“示范”。所以我们这个路子，这个话……虽然是一个很严肃的场合，可是我们还是要提出这样一个问题，昆曲究竟应该怎么走？究竟应该传承什么？我们面对汤显祖这么精彩的剧作，我们究竟应该向世界传播什么？我们把它打造得花里胡哨向世界传播吗？我们首先都不知道汤显祖原本是什么样，我们就花里胡哨地把它作为一般的剧作推向世界，这不是误导西方吗？汤显祖原本不是这样，汤显祖原本是填词的大家。所以这个问题实际上是非常重要的，需要我们思考的问题。谢谢赵教授抓住了这个问题。戏曲非常重要的一个层面，就是表演，这是戏曲美学，极其重要的美学精神，可是现在很多人都遗忘了它的核心的部分。

下面我们请烟台大学年轻的汤显祖研究的后生刘淑丽教授发言。我们欢迎！

刘淑丽：大家好！我简单说两句，因为我讲的是“玉茗堂四梦”的评点研究，另外三个版本我还没来得及去看。这一个版本在台湾地区，我们没看到这个版本，后来看到了。对这个版本的评价不是很高，比较来看，这个文本确实有问题，它的图片或者正文有非常多的遗漏。我把它进行了对比，我们现在比较常见的是徐先生的版本，但是跟流浪馆（音）里的版本不一样。总共收了两个版本，只是有个别的文字的差异，这些文字的差异，错误在流浪馆里，或者一些字词的错误，或者在一些科介上也有比较明显的错误。所以评点的内容来讲，厚重肯定不如这个。但是这个插图不如那个，但是我觉得它的价值还是体现在与我们的主题相关，主要是在传播方面，就是它的传播价值。流浪馆经过考证，在这个版本的插图中有一幅插图里有一个落款，是点明了自己的身份。而这个题批不是他自己写的，就是里面所有的插图上面的词，都是从文本当中摘录出来的，把两个不同版本的章节取出来。之所以它的价值主要在传播价值，他是把“四梦”作为一个整体来进行评点的。把“四梦”作为一个整体来出版的是有，但是也不多，比如说清代有一个版本，还有另外的版本，也是把“四梦”作为一个整体。但是作为一个整体进行评点，还有《玉茗堂四梦传奇》。他在进行评点的时候，“四梦”的总评没有看到，但是他有什么呢？他有《紫钗记》的总评，写得非常的好。就《牡丹亭》的评点来讲，比较特别的是他的回评，总评在一些书上也比较强调。但是这个回评，是针对每回的情节，然后对于人物进行的一个评点。

我们今天看这个评点，就评点的内容来讲，他的评点不管是文学性也好，还是舞台性也好，以及他对思想性的延伸，都是跟明代文学思潮密切相关的。就文学性来讲，比如说他对于主题的一个肯定，他的评点当中屡次强调了情。另外还嘲笑了理学家，这是对于主旨来讲。对于人物性格的评点不多，但是也非常精到。比如他在评论小姐的时候，用了一个“知士”（音）这个词，这些在其他的评点当中是很少见的。再有一点，对于文词的评价，他突出了对于元代杂剧的继承，他对于评点流露出一个很明显的倾向，他还是认可比较典雅的风格的，也契合了明代戏曲大的背景。

再有一点，他对于当时的世态进行评价，像他对当时的一些官僚不够尽忠、不够尽职的评价，是从佛陀的评价引申来的。还有对于科举考试发出的不平之鸣，等等这些。他对于舞台的评点也有，只是字比较模糊，所以完全看不清楚中间的评点是什么，有一个很长的评点。这个“四梦”，我觉得对于《牡丹亭》的研究相对来说是比较充分的，但是对于另外几个剧的研究还是比较薄弱。把他的评点作为一个整体来进行传播、研究还是非常有必要的。我就说到这里。

主持人：刘教授谈了流浪馆对“四梦”的评价，这是学术研究里一个非常重要的领域，就是从版本的角度来研究。因为我们知道汤显祖的“四梦”的版本非常多，而且每一个版本都有不同于其他版本的不同价值。从各个方面对版本进行系统研究，对于我们戏曲，古人对“四梦”的解释和理解，帮助当代更好地传承“四梦”是极具历史作用的，这项工作需要时间来完成。我们现在“汤学”界有一批年轻的后生在做研究，都是以博士论文的方式呈现出来的。所以这对我们“汤学”未来的发展，会有一个更坚实的学术基础，所以我们要非常感谢刘教授以及像她一样一大批近些年来毕业和正在学校读书的年轻的后生，给我们注入了新的学术的活力。

由于时间的关系，今天上午只能请这五位专家学者发言。下午我们两点开始，还在这里，还有12位专家、记者、表演艺术家有非常重要的发言，所以请大家到时按时来。

2016国际戏剧大师汤显祖文化传播学研讨会与会专家的发言（下）

主持人：我们三家共同主办了这个活动，正式学术性地提出了“汤学”这个概念。这是天时、地利、人和，而且是顺理成章、瓜熟蒂落的成果。我们下午还有十几位专家发言，我们的发言控制在5—10分钟，把自己的观点鲜明地说出来。我们不点评了，或者讲完了之后来一个总的小结。

咱们下面开始正式发言，首先有请《人民日报》的编辑任飞帆小姐。

任飞帆：今天特别荣幸能过来。因为我们觉得纪念汤显祖逝世400年是一件盛事，在我们一生中能赶上这样一桩盛事是非常荣幸的。昨天我们一行9个人来到这里，火车晚点了11个小时，一共坐了25个小时的火车才到达这里，这也算是百年难遇了。两个百年难遇遇到一起，非常不容易。我写了一篇文章，在此念一下，大概2分钟时间，算是抛砖了。

《牡丹亭》已经成为标志性的符号之一，400年后的今天，纪念汤显祖是所有古代戏剧文化遗产的一部分。今年纪念汤显祖是肯定他在艺术美学思想上的创造力和艺术贡献，更是对优秀传统文化的加深，对文化密码转化创新方法的探讨。今年是莎士比亚逝世400周年，围绕着莎士比亚和汤显祖的文化比较进行了许多讨论，这提醒我们要放眼到全人类的文化和社会中去认识汤显祖，认识文化的魅力，取长补短，更好地弘扬中华文化。这也是我们当时做了整个一版汤显祖的要点的原因。我们在这版要点中的第2条，就是言论部分，专门请邹老师写了一篇关于汤显祖的画像的文章。这篇文章的影响力也非常大，视角也非常独特。所以我最后也想以邹老师文章的一句话来结尾。“说到底，传统的第一步不是别的，就是尽可能的、准确地去认出我们的传统面貌，哪怕只是单纯的一幅画像。”这个画像比较艺术化地把汤显祖原来的面貌表现出来了。到时候我也把周老师的这篇文章传到我们的群里。现在媒体上拿出来的画像都是错误的，真正的画像汤显祖是瘦削的脸庞，头戴一个头巾。我刚来的时候，一下火车，看见我们抚州市的宣传画上用的就是错误的画像。我觉得通过这个事情，有关部门可以看一下，也认真思考一下我们的文化，不要以讹传讹，要以正确的形式为起点。当然，我们做媒体的更是责无旁贷的，谢谢！

主持人：下面请吴新苗老师发言。

吴新苗：我先向大家说一声抱歉，其实应该很多专家要先发言，但是我们抢了个先，抱歉。因为我们接下来要坐14小时，也可能是24小时的火车，明天上午还要上课。因此我们就先发言了。这样一说我想起来刚才参观的时候，找到一个问题。我们在参观的时候发现一个宣传介绍上有一句话说，1916年……看完之后跟周老师讨论了，1916年，这个年代可能有误，没那么早，应该是20世纪20年代的。希望大家对这一块，有关专家再讨论一下，回去查证一下，因为那个是很重要的一个纪念馆。这个地方如果出错的话，不好。大家都踊跃来这里参观。这是一个小细节。

我想讲的，上午吴老师讲的那三点，其实我想讲的问题也是这个。我们讲“汤学”，“汤学”的当代意义，我们今天为什么要高举“汤学”？不仅仅是因为汤显祖的“临川四梦”，特别是《牡丹亭》在舞台上历久不衰的演出，也不仅仅是他们在明清时期演出的折子戏比《牡丹亭》还要多。从演出的角度，为什么我们没有大张旗鼓地纪念？之前当然也有纪念，但是我们今天为什么要推出汤显祖，要推出“汤学”，为什么没有推出“高学”，我觉得这个是值得思考的。思考的一点就是“汤学”的当代意义，我想讲的就这么三点：

第一，作为“汤学”，汤显祖的《牡丹亭》，以及他的“临川四梦”所书写的人性，对人性的挖掘，他所歌颂的、提倡的、赞美的，包括他在《南柯记》《邯郸记》所揭示的，都涉及人性很复杂的东西。在古代的作品里，很少有剧作家那么深刻、那么幽微地发现人性当中隐秘的一些要素，人性的美丽一面或者伪善一面。我觉得汤显祖的剧作，到今天仍然被大家阅读，被大家欣赏还能在其中找到很多共鸣的原因是因为有很多普世性的价值观和意义在里面。

第二，汤显祖的个性魅力，他的人格魅力。他作为一个文人有自己独特的魅力。中国古代的文人，有做官的，处世的，有归隐的，为什么汤显祖他作为文人有自己独特的魅力，他身上独特的标签是什么？“汤学”很重要的组成部分就是汤显祖的研究，人格的研究。他在今天对于我们有什么处世意义？他反映了文人的一种困局，可以这么理解，汤显祖是一个非常有抱负的人，他经常会像李白一样写类似的诗句。他觉得天下的事情，他可能能够很快地给它处理好，他是有理想、有抱负的一个人。而且有做帝王诗的胸怀，他曾经给自己的一个诗里写道，要引直道而行。表达了不管做多么高的官，人不能委曲求全的想法，或者说要做比较有原则的事情。他很有原则的。他在政治上，抱负上不一样。另外在个性上，文人的风骨大家都知道，拒绝笼络，这种为人的人格上的狷介。他悲天悯人的情怀，体现了他贵生的思想，天下之大为生，天下大圣为宝，圣人的宝贵在哪儿？就是能够庇护苍生。我觉得他这样一种悲天悯人的情怀，是他精神思想里非常重要的要素。刚才说人格魅力是“汤学”在当代意义的第二点。

第三，汤显祖，刚才有老师说，汤显祖算不算剧作家，我们今天还是把他作为剧作家来理解、来认识。汤显祖作为剧作家，给今天的戏曲创作，繁荣现代的戏曲艺术，从事戏曲创作的人带来了什么启发？我觉得这是做“汤学”研究第三个层面，里面讲到对主体精神的追求，对戏曲神色的坚持，我们现在的戏曲创作能不能做到这一点？是唯上是从众还是坚持自己的作家的主体精神去追求。我觉得这也是作为一个剧作家，汤显祖对我们今天的启示。如果我们要推动“汤学”，要认识到“汤学”的内容很多，很丰富。这是我自己个人思考，我觉得主要是这三个层面，他的人性的书写，他的人格的魅力，他的思想对今天人的铸造，另外就是对今天戏曲创作的启示。这个可能是大家要进一步思考的，我也会继续思考这个问题。我就讲这么多。谢谢大家。

主持人：下面请赵建新先生发言。

赵建新：其实也没有专门为这次会议准备发言题目，恰好《中国文艺评论》这一期，第11月份这一期的刊物发表了我的一篇文章，我直接就把文章打印出来，我拣一些重点，根据纪念汤显祖、纪念莎士比亚全年的情况做一些发言。文章的题目是《纪念汤显祖，纪念昆曲，坚持戏曲经典传承、传播中的缺憾》。别的老师从人性、文学的角度谈，我从演出的角度谈一谈。这一年来我看的演出特别多。我不是看戏最多的人，但是我看了今年改编的莎士比亚各种各样的演出，不止是戏曲、话剧，包括别的形式，我大概看了不下十场，名目繁多。上个月，中央芭蕾舞团去演出了，实际上昨天晚上，主持人介绍的时候不是很恰当。这个戏在15年前就排出来了，是中芭的保留剧目，演出了15次。今年只是逢了特殊的日子，又去演出。这是印象比较深的，《牡丹亭》又一种艺术形式的演出，影响比较大的大概就是这一出。但是比起莎士比亚，那相差太远了。昨天在大剧院演了《哈姆雷特》，是纪念莎士比亚的。昨天晚上我看到这个剧是纪念汤显祖。相比莎士比亚的纪念形式，我觉得对汤显祖的纪念还是差得太远太远。那个四人剧团情感动作很有新意，他编了所谓的摇滚京剧，也让我们看得瞠目结舌，他们在创作理念上走得非常远。这算是一种突破性的演出了。但对比莎士比亚的纪念，我们对汤显祖的纪念，说实话还是大多数仅仅集中于戏剧这一种形式中。

如果分析一个现实情况，如果把我们的眼光放到纪念莎士比亚和纪念汤显祖的文化传播当中，就会发现一个比较尴尬的现象。无论演出形式的丰富性还是作品的阐释和改编的多样性，莎士比亚的戏剧远比汤显祖的戏剧走得更远，影响更大，这是我们不得不承认的。我们理应找到背后深层次的原因，找到传统戏剧走出国门的应有之义。为什么汤显祖没有被广泛研究？而莎士比亚却能在全球范围内被广泛研究？这和英国的资本主义进程是有关的，是一个不断递进的过程。英国的国力增强了走向了世界，进而文学也就拥有了国际影响。但是我们也可以举出反例来，比如《赵氏孤儿》。我们知道18世纪的时候《赵氏孤儿》被传教士带到法国。现在英国皇家莎士比亚剧院演得很多，还有韩国版的《赵氏孤儿》，总的来说就是编排的样式非常多，比“临川四梦”、《牡丹亭》要多得多。所以汤显祖被搁置了几百年不仅仅是这一方面的原因。还有一个理由，当今世界各国花样繁多的演出形式我们都没有。而我们对这个经典，对汤显祖“临川四梦”经典的阐释我们是落后的，本来可以更丰富，但是我们没有做到。

所谓的经典的作品，大多数刚出现的时候不一定符合当时的审美标准，很多情况下是这样的。这些作品呈现出的状态，往往表现的是大师们的情感。但是这些作品最终是超越时空的，所以人们在认定一部作品是否成为经典的时候，除从创作方面来衡量之外，还要看时空的超越性和阐释的无限性。所以说莎士比亚的作品经典，不仅是指丰富性和创造性，让人们流连忘返，同样也是指超越的空间，让后世在舞台上演不尽。这里面的演不仅是根据各自所处的时代遭遇和现实境遇而进行演绎，还包括改编与改编者与当下境遇相结合，赋予经典鲜活的时代生命的多重阐释。另一方面，当面对类似的人生经历和现实问题时，依旧通过原型人物的表现呈现出超越永恒时空的意义。

我印象比较深的就是今年7月份在国家大剧院看的歌剧《麦克白》。舞美之炫，灯光、投影之好，无不令人称奇，像《麦克白》能用非常新潮的形式展现在我们眼前，这是我们没有想象到的。我们以中国人的想法来改编莎士比亚也是很有意思的现象。我们查了有关历史，我们中国人是1904年就开始改编莎士比亚了，这个人叫魏易，把《哈姆雷特》改编成了川剧本。之后中国人开始了自己本土的戏曲改编，对莎士比亚的

12 个经典著作，进行了长达 100 年不停地改编。所以我们中国人对莎士比亚的改编，名目繁多。几百年来，世界各国对莎剧的误读、解构，都能证明莎士比亚经典的魅力。

我们昨天晚上看了这一场演出，实际上让我们很多专家、老师耳目一新，我文章的题目也是这样。超出了我们看“临川四梦”，看《牡丹亭》就是看昆曲这样一个固有思维。原来还有这么多戏曲的形式在展现“临川四梦”和《牡丹亭》，但这还是远远不够的。对这两位大师的纪念和演出，可以看出这两个区别。

从国家看，我们纪念汤显祖的活动，主要是国家的文化出版部门和汤公的故乡。这些专业剧团的演出也都为政府、文化主管部门所主导、组织，但是此类演出还需要文化界的参与。今年莎士比亚的演出，在全世界更是文化性质的。我们主要是戏曲，戏曲中主要是昆曲，类似赣剧、采茶戏只是点缀而已。在整个纪念活动中，“临川四梦”虽然无法跟昆曲割裂，就是通过昆曲来传承的。但是时至今日，如果把某个作家的得时之作固定限制在某一类形式中，其传播的弊端也必将日益显现。我曾经听我的导师说过，在 1989 年，中央戏剧学院的老师曾经写过《南柯记》的话剧，但是没有正式对外演出。很有意思的是，上个月话剧版的《邯郸记》，在国家大剧院上演了，但是很遗憾我没看。据说是很新颖的演出形式，我觉得这是非常值得尝试的方向。未来中国的戏曲形式，就是往这个方向发展。

从演出规模上看，今年汤公的活动，基本上是依靠社会文化在运行，很多集中在戏曲界，都是政府组织的剧团演出。所以在 15 年前，有这样的创作理念，这样的杜丽娘，一个超我、自我、本我的杜丽娘，我觉得是很不简单的。还有人认为汤显祖是无法和莎士比亚相提并论的，持这种观点的主要是南京大学的老师。他今年发表了一篇文章，论莎士比亚与汤显祖的不同之处。他认为汤显祖不足以代表文艺复兴之后的文化，很多老师也是持不同的看法的。我觉得所谓的现代性，不是时间的概念，我们不能因为汤显祖是在中国的封建社会，没有在现代社会就否定汤显祖。但是现在说了，像“临川四梦”，像《牡丹亭》，都是超越时空性的，是一个质的概念，不是时间的概念，这个我觉得是值得商榷的。

我在读“临川四梦”的时候，看“临川四梦”演出的时候，尤其是《牡丹亭》，我不停地想到这个戏，我觉得这个戏敢和歌德的相比较。实际上我们按西方的话语来分析和比较莎士比亚和汤显祖，有的是权利，有的是情感的地方，即便按照西方的方式来解读，也可以解读。他们对人性的表达，是完全可以阐发出很多丰富的内涵，所以不能仅仅说这是一个中世纪的古典的东西。而我们当代所做的很多的工作，就是结合当下的社会背景和人文环境，对汤显祖的“临川四梦”，对《牡丹亭》，对杜丽娘做符合现代化的阐释，这个工作我们已经在做了。但是后面要做的还有很多很多。我的发言就到这里，谢谢大家！

主持人：这三位马上要走，我对这三位做一个非常简短的感言。我觉得任飞帆小姐表达了对汤显祖的崇敬之情，有一定的激情，也表达了她的态度，非常感谢。听说你对这个活动做了特大的一版，马上要见报了。以前做过了，希望回去再做一个。

吴新苗我觉得他的发言，从“汤学”的当代意义讲起，揭示了人格、人性、人心，提出了他的价值，以及他对人性的揭示，对复杂内容的表达，以及对自我的超越，我觉得非常新颖。

赵先生对中外的莎士比亚戏剧和汤显祖戏剧的演出进行比较，从比较中看出差异，提出非常真挚的建设性意见。主要是对自我的追求。莎士比亚的戏，每一部都被搬上了舞台，搬上了屏幕，光是《哈姆雷特》，现在有了第二大版，可见他的演出是非常普遍的。在现代化和地域化的处理中，体现了现代艺术的特色。相对我们国家对纪念汤显祖的演出，还是比较少的，正因为少，需要我们继续努力。由于文化背景的不同，由于戏剧样式的不同，形态的不同，也不可能完全使得再重新的重现，我觉得那也是不可能的。我同意赵先生的一句话，莎士比亚的戏剧和汤显祖的戏剧在本质上是一致的。汤显祖的“临川四梦”，不仅仅是对真善美的一种歌颂，一种陶醉，或者一种追求。而且他是一种对滥情、对矫情、对激情的一些不健康的一种拒绝、一种讽刺、一种鞭挞。汤显祖表现的就是人类最基本的本能，对欲望的满足，对欲望的追求。所以他的《邯郸记》，他的《南柯记》，实际上表达了对中国传统哲学的思考，对人类从哪儿来、到哪儿去，对人的欲望的一种思索。所以我觉得他的戏在当代有很强的现实意义，甚至在有些地方超越了莎士比亚。因为人类现在面临三个最大的困难，人和社会的矛盾、人和自然的矛盾、人和自身的矛盾，在这三个方面都出现了新的问题，人类出现了困惑。所以汤显祖的“四梦”，能从这些方面给我们提供一些思路和启发。而在这方面，甚至可以说超越了莎士比亚，所以我们把汤显祖戏剧现代化，揭示其剧目中的当代性这是大有可为的一件事，是有很大的发展空间的。所以我觉得他的提醒，他的建议是很有价值的。

下面我们有请南昌大学教授徐爱珠女士发言。

徐爱珠：谢谢周老师！也谢谢这次会议的邀请，非常高兴能来参加这次活动。今天开这个会我是很感慨的，因为五年前我们南昌大学办过一次“关于汤显祖诞辰390周年”的会议，是因为那一次我对“汤学”

有认识，也进入了“汤学”的研究领域。当时我记得有一个口号，2016年拿什么来纪念汤显祖，我觉得今天这个活动给了非常明确的答案。从抚州来看，昨天有了解，光抚州市政府就拿出44个项目来纪念汤显祖。我想这里头有今年浓墨重彩的两个很大的项目，一个是9月份开的那个大型的活动，还有一个就是这一次“践行全面战略合作协议”的签订。我的感受就是，汤显祖是我们江西人，但实际上更多的是要依赖我们所有专家、著名学者，把他们推向全国，推向世界。

今天早上陈老师说，要向我们江西多年来扎根从事基础研究的，像苏老师这样的专家致敬，我觉得这里头更要致敬的是“汤学”研究会，以及许许多多从事“汤学”研究的专家们。真的，如果没有这些老师的致力推动，我相信今天是没有这么大的动作，这是我要表达的第一个，致敬，敬意。

我今天围绕着这个题目，就是关于传播，我想谈两点思考与认识，来请教各位老师。

第一，传播。我以为首先还是要依赖于所谓的精英传播。关于精英传播今天提到了两个概念，我觉得是在这个层面，首先是“汤学”这个概念的正式提出。也许之前有提出但是没有那么正式，但是我觉得现在确实到了正式提出这个概念的时候了。研究汤显祖，已经不仅仅是研究戏剧、戏曲，是一种非常全面的研究。所以我们可以从文学性、艺术性、历史性乃至于传播学等各个层面切入，都会有巨大的收获。而且我相信是研究不尽的，我想这个是将来大家要共同去致力的。

第二，今天大家都在谈，汤显祖我们为什么谈？汤显祖跟莎士比亚是可以齐名的，是汤公、莎翁。现在遇到一个比较重要的问题，大家都在思考这个问题——莎翁如此国际化，我们汤公何时能够国际化？我个人的看法就是说，在四五百年前，或更早的汉唐时代我们的中国文化是传播出去的，那个时候的文化是非常自信的。汤显祖之后的这么几百年来，中国的文化一直是很自信的。但是到了当下我们的中国文化经过一段低谷后又开始走向国际，现在就是以这样一种姿态，来把汤显祖推向国际。我觉得这是大有可为，而且逐渐的国际化不是不可以的。这里面能做的事很多，其中有一个很有意思的东西，走向国际化，是将我们的中国故事讲好。这是一种大众传播的手段，可以从高层，也可以从普普通通的民众的介绍和认知入手。昨天看到的一个视频我觉得特别有意思，就是新华社做的那个，把莎翁和汤公，把朱丽叶和罗密欧配置了北方杜丽娘。我觉得这种是非常有利于借助莎翁的影响力，让我们的“汤学”走得更远，这个很有意思。精英传播这条路是非常重要的一个方面。

另一方面，我谈的是大众传播。大众传播有两个概念，在现在的大众传媒，媒介的深刻变形和转换的过程中，我们其实是遇到了空前的挑战。如果说在新中国成立初期，那个时候我们在进行汤显祖研究的时候挑战并不是很大。在改革开放初期，那个时候挑战的也只是电影、电视。而现在要挑战的，很显然是移动互联网时代，是一个更新的融媒体时代。这个时候实际上对汤显祖的传播，我觉得某种意义上既是挑战，也是机遇。所以我隐约感受到，这个时候做了大众传播，利用融媒介来进行传播，它的空间是很大的。刚才提到的例子就是非常典型的，非常成功的一个例子，而且是深入人心的。

汤显祖来自抚州，实际上我们抚州，包括江西在内是戏曲之乡。我觉得汤显祖，包括江西戏曲，抚州戏曲真正要扎根、传承，有一个很重要的文化生态的修复和建设工作。这个工作是什么呢？就是基层的观众如何去培养或者引领的问题。我们江西的戏曲观众很有意思，就是出现了一个分割状态。比如我们江西饶河戏，现在叫赣剧，历史上叫饶河戏，是几百年一直传承到现在的，连绵不绝的。在我们江西，比如乐平、景德镇、鄱阳、万年等这一带都有演出。赣东北，围绕景德镇、乐平这一带为中心，叫饶河戏。它的影响力是很大的，根本不存在没有市场。它的市场太大了，大到什么程度？一个县里可以派上二十多个民营剧团，下去演出仍然是供不应求。可是相比之下，我们抚州的戏曲之乡，我可能了解得不够全面，我们的戏曲生态是没有那么好的，戏曲观众达不到这个程度。为什么像赣东北的戏曲能这样繁荣？有一个非常重要的特点就是戏曲活动和老百姓的生活是密切相关的，尤其和民俗活动结合得非常紧密。无论是个人出钱还是政府出钱还是某某单位出钱，老百姓爱看戏。抚州有没有这个细胞呢？我觉得太有了。今天早上梁老师也提到，我昨天也能感受到，抚州老百姓对戏曲的热爱和基本的戏曲修养是很好的。如果说汤显祖作为戏剧大师，要在戏曲之乡扎根，广大的戏曲观众的培养、引领，或者说戏曲生态的修复，我觉得也是任重道远的。不是说光在上面精英层面有，我觉得在底下也要有。从来戏曲就是从民间的土壤里往上走的，这样才更具有旺盛的生命力。所以从这个意义上来讲，大众传播我认为基层的戏曲生态的修复也是极其重要的。我就说这么多，谢谢大家！

主持人：下面有请姜彤林先生。

姜彤林：下面我跟大家来交流一下，我特别有交流这个话题的冲动。因为今天到会的各位专家也好，老师也好，还有同仁们也好，其实都在研究戏曲，但真正在一线做戏曲的却不多。所以说，我想在我的思想范围之内跟大家交流一下这方面的一些信息，还有一些思路，一些东西。

如果我的视野还够宽的话，我想可能是对的，就是在近十年来小剧场，尤其小剧场戏曲这一块，在北京出现过四派相关于小剧场戏曲或者戏剧的剧目。我记得一周之前，谢老师给我发过一个微信，问我有没有话剧的杜丽娘，我当时回了两个字“没有”。我当时的第一印象，他问我有没有话剧杜丽娘这个戏，实际上这个会亲自参加之后，我才真正明白到谢老师问我这个话题是要干吗。我现在要重新回答一下。其实有，有小剧场的话剧《牡丹亭》，但是不叫杜丽娘。还有一些戏曲，或者叫自由体的剧目，多剧种融合在一起，我简单说一下。我简短说，始作俑者，应该是2009年的那一台戏，叫《还魂三叠》，那里面涉及杜丽娘，是三个女鬼。这个主题我不过多阐释，就是怎么把女人变成鬼，又怎么从鬼的角度来剖析人，就是这样一个戏。涉及三个剧种，有昆曲、京剧，还有粤剧。大家知道北京的小剧场应该是大的戏剧概念，更多的是戏剧界的年轻人，包括歌剧、舞剧，这一类年轻人居多。但是这样的剧目出现，使观众对戏曲有了感受。不到半年时间，出现了刚才我说的那个戏，当时打的招牌是青春话剧《牡丹亭》。这个戏跟我还有关系，名义上我是这个戏的总监。当时反响还不错，后来停掉了，因为它是话剧，用的演员也全部都是戏曲演员，基本上是拿《牡丹亭》里的台词一个字没有改，然后用话剧的腔调来演，但是有一个现场乐队。所以说从各种角度做了很多，这是没有成功经验可循的一条路。这样走下来之后，整体上感觉各方面观众对这样一个探索，认可度还不错。但是遗憾的是，这个戏一年之后就再也没有复排过。这是话剧《牡丹亭》。

第三个戏，是2013年的《一旦三梦》。那个时候我们来做一个什么呢？是在做一个艺术节，由北京剧协主办的当代小剧场戏曲艺术节。《一旦三梦》的主演是谢柏梁老师的夫人。参加这些戏的几乎都是北京戏剧界的大牌。当时引起的轰动比前两季还要大。到了第二年，在优秀小剧场的展演当中，又到小剧场的舞台上演了几场，这个戏引起的轰动和对业界的反响以及更多的感悟我现在还记忆犹新。这个戏比前两个要更扎实。因为演员的表演以及总体的戏剧感觉会更好。这个戏不应该搁下，我们看再怎么往下进展。这个《一旦三梦》，还做了相关的戏，当然舞台很现代。

第四个戏，是开幕式的一个戏，所以最终演出的时候，这个剧叫《追梦人》。这个戏的改编就是我。当时在全国找这个开幕戏，找不到合适的戏。然后就一个月的时间排了个新戏。这个戏选择了"临川四梦"，把四台戏，每一个戏选择一个片断，然后用一个演员把它整体地串下来就成了现在这个戏。这个戏的意义在哪儿？它的影响不是很大的，集合四个南方剧种，而且用的演员都是南方的，把他们弄到北京去，技术难度太大。当然也有我们江西的一个演员，就是《南柯记》的赣剧演员廖松（音），我想江西的朋友都很熟悉他。然后还有广东粤剧，《牡丹亭》用的是一个著名女演员，她演的是杜丽娘。演的昆曲的《邯郸记》，所以这样四组演员演这个，在我看来，这个戏是一个独角戏，是一个男演员在做，一会儿是当代的汤显祖，一会儿是古典的汤显祖，用汤显祖写"临川四梦"的过程，来揭示文人从古代到今天内心的悲凉，更多的是作为心理悲剧。选择这四段，基本上是各个剧种的艺术大家在为这个戏服务。在形式上做了很多的探索，用当地的手段来重启汤显祖和"临川四梦"。前几天在广州话剧团有一个《邯郸记》在演出。最近五六年有这方面的端倪，有这方面的探索，但是种种原因，这种探索没有形成想象当中的热度，或者是给大家的认知度还没有理论中的那么高，这个可能是我要提醒大家的一个方面。除了第一个戏是国营单位出品，后三个都是民营单位出品。这就有一个问题，为什么这样的探索，在国有院团不好推动，的确不好推动？如果国有院团可以做的话，也没有必要在民营这边去做。我想通过今年的活动，能不能给一点警示，有学术价值，有没有可能用国家资金，来集中力量做这方面的探索，然后能够持续下去。

最后我还要表示一点，我想通过这方面的信息，使在座的各位，尤其是媒体把这样的信息传递出去。不要过了 2016 年，我们关于汤显祖的探讨或者希望就减弱了，我们一回去又被更多的事情淹没下去。我真的希望有关汤显祖的研究有一天能在世界范围形成像莎士比亚研究这样的内涵与外延，让真正的“汤学”能形成。我想这个会的意义，以后我们戏剧人在这方面的理想、诉求也就达到了。谢谢各位！

主持人：我觉得徐爱珠女士的字里行间，言谈话语中充满了对家乡的挚爱，充满了对家乡的自信，而且她提出了怎样培养观众，怎么样涵养昆曲的生态环境，我觉得这对“汤学”的发展都给予了很大的启示。我们很感谢。姜彤林先生讲述的内容完全是如数家珍，都是他自己经过的事。他谈了四部戏，我都没看过，这都是他自己经历的，充满了创作激情，充满了感情。他谈到了涉及演出机制的问题，我觉得这都是我们需要探讨的问题。我觉得“汤学”包括很多层面，对本人主体的研究，对文化哲学的研究，对美学的研究，剧目怎么样移植、改编、再创造，我觉得这是一个很大的话题。因为戏剧不是平面的，是立体的，是鲜活的艺术，是活色生香的艺术。我看出他做得很细致，包括眼光也很重要，但是更重要的，除了我们在学术上进行研究之外，要进行演出。戏剧是一个活态的保护，活态的继承，所以演出是极端重要的。演出可以作为一种范本，作为一种范本重新展示，让后人去观摩，去学习，去研究。

再有一种就是改编和再创造，根据现在人们的审美观念，根据现在人们的价值观念，可以对汤显祖的剧本进行改编。比如后现代也好，或者完全古典、典雅的也好，我觉得都应该存在。所以彤林兄在这方面进行了很好的实践，在这实践中充满酸甜苦辣。为什么我们相关文化部门的钱不能往这里投呢？应该投给这些人，他们是真正的探索者，是有感情、有温度的汤显祖研究者。要是把研究创作经费投给个别不靠谱、不搭调的人，只看谁戏外的功夫大，那就不是最佳的结果。一定要把经费投给真正热爱昆剧的人，真正有昆剧文化的准备和修养的人。所以我觉得在这个机制上，我们可以呼吁，使我们的“汤学”全面开发。不仅要有书面的研究，而且还要有舞台的呈现，还包括怎么样走出去，走进去，走向群众，举办一些大量互动的活动。这样我们“汤学”就生气勃勃，就不再是少数人，少数精英的行为。

下面有请何小剑发言。

何小剑：我自我介绍一下，我来自安徽省黄梅戏剧院。这次到江西抚州来参加汤显祖的文化产品研讨会，也让我有一点触动。虽然我不是单纯的研究汤显祖的学者，但是我对汤显祖的认识、认知、感悟有很多，而且我的实践创作经验积累很多都与汤显祖有关。我想谈的东西是昆曲《牡丹亭》对戏曲创作以及对地方戏剧的规范。汤显祖大师在世的时候曾经说过一句话，“吾有四梦，唯得益于牡丹”，因此诞生了《牡丹亭》。《牡丹亭》到今天为止能取得如此成功的演出效果，当时的汤显祖可能预料到了，也可能没有预料到。因为昆曲主要是用苏州一带的话演唱的，而苏州以外的人可能听不懂，还有就是昆曲在某种程度上是小众艺术，能有如此广泛的影响也很难得。《牡丹亭》对现在的地方戏剧的创作，包括对地方戏剧的规范性的东西，产生了相当大的影响。我们都知道，为什么《牡丹亭》好看，演员是最重要的。真正懂戏曲的编剧、导演是知道的，昆曲《牡丹亭》的表演十分突出，将人物刻画得淋漓尽致，这是中国传统的大爱。很多剧种都受昆曲《牡丹亭》的影响。其他剧种会在潜意识中，自觉不自觉中，以杜丽娘的舞台艺术形象，整体审美，衡量自己在舞台上所塑造的戏剧的魅力。这个是我在实践创作中发现的。昆曲的曲牌以及剧目的风格对地方戏剧种的创作是有广泛的影响的，其实很多的编剧，在创作时都有一种下意识的感觉，去靠近它，去走进它，去贴近它。现在很多新编的古装戏剧剧本，都受了汤显祖的影响，当然不仅仅是《牡丹亭》。因为汤显祖是昆曲的垂范、典范性人物、标志性人物。所以作为一个编剧，我平常个人在创作当中，也是潜意识地去想象。如果牵涉到这方面，男女情感方面，涉及这一类的题材创作，我会首先出现《牡丹亭》这个场景、桥段。它对我有一种启示与引领，它让我知道怎么以高雅的东西去诠释中国的传统。因为时代的进步，社会的发展，我们很多人对传统精神迷失了，乃至混淆。

所以说，在当下这个时代，在中国戏曲将来的趋势上，我很乐观地认为，正因为汤大师的《牡丹亭》的树立、确认，会影响到将来中国戏曲的创作、发展。这一点我个人是很肯定的，也是这样去认为的。关于戏曲肢体表演的规范性，我碰到很多演员都有自己的想法。《牡丹亭》这个戏我很喜欢，但每个人有不同的侧重点。《牡丹亭》曾经是小众艺术，不假，但是昨天晚上在汤显祖大剧院，我看了演出，我有一种意外的发现，发现别的剧种也在演。这令人很欣慰，因为昆曲正逐渐在放开，它在接受地方戏曲。因为地方戏曲的改编，目前可能是有实验性的阶段，但是昨天晚上看到的几个片断当中，不乏一些成功的东西。比如浙江省越剧团，它把曲牌用越剧创作，让人认识到原来昆曲可以与地方戏曲相结合，而且在舞台上还可以呈现得那么美。因为演员的出色表演使杜丽娘这个汤显祖笔下创造出来的人物，影响了很多女演员的审美观。如果这个演员是一个优秀的演员的话，我相信他们会在心里面把杜丽娘当作舞台人物，审美的准绳。我这一次来抚州开汤显祖文化传播研讨会使我信心十足，也坚定着我将来会沿着传统戏曲文学的道路走下去。而且随着不断地实践，不断地创作，这会提高我个人的创作水平，也会真正的在传统精神的信仰上、审美上进行一次真正意义上的互补。我对汤显祖这个历史人物的认识，除了文学家、剧作家以外，我认为他还是一个思想家，但是他属于戏曲的。汤显祖的诞生是对戏曲的一种弥补，他与戏曲是一个合体。我希望再有机会到抚州来参加汤显祖的研讨会也好，展览也好，会有越来越多的地方戏剧种介入汤显祖作品的改编，在舞台上呈现。我讲的不一定正确，只是吐露一下个人感受。

主持人：非常好，但是不太具体，把自己的作品再说一下。

何小剑：我个人擅长短小精悍的，刚才说到小剧场戏曲，我也在做小剧场戏曲。本来是在安徽京剧院做，后来因为安徽京剧院达不到这个条件，所以放在上海做，这个戏叫作《林冲之死》。这是我一个字一个字，一段话一段话地去推敲，写出来的一个小剧。包括我创作的传统戏《西施》，包括写古代孝子的故事，我都要以汤显祖这些大家们的唱词的设置做为蓝本。我必须要效仿他们，走进他们，学习他们，真正体现出中国戏曲文学的精髓。

主持人：咱们中国古典戏剧，经典作品是不容置疑的，何先生对传统、对经典真正是有敬畏之心的，这个态度是非常正确的。因为如果不懂得传统，怎么创新、怎么创造？

何小剑： 您说的这个话题，下一次研讨会的时候，可能有很多话题要延伸。因为现在戏曲以目前的状态来看，各个院团都对传统的东西了解不够。因为我接触过很多院团，在人才培养上已经出现断层。什么叫断层？年轻人，应届毕业生有到剧院来的，但是他们的时间都是在新创剧目的生产上，没有真正进行传统剧目的创作，这个在舞台上一看就看出来了，很简单。所以说传统不能丢，真正不能丢。我们有传统，我们才知道如何把传统转化为新的艺术生产，这是可以的。

主持人： 希望你沿着这个方向再接再厉，创造出优秀的作品。下面有请唐诗女士发言，这名字很有诗意。

唐诗： 谢谢！非常荣幸能参加这次汤显祖文化传播研讨会。我作为后备，我既不是学者也不是表演艺术家，我在这里也没有做一些特别的准备。我想就我两个月前当制作人的经历谈一点个人的感受。两个月前跟中外戏剧人合作制作了话剧《惊梦》。《惊梦》是上海话剧中心跟英国联合剧作的，是为了纪念莎士比亚和汤显祖逝世400周年做的一部剧。当时做这个戏的缘起就是因为今年要有这么一个盛事，有这么一个庆祝文化盛典，所以才筹备的这个戏。我们那个时候，向十几家比较熟悉的剧团发出了邀请，之后我们就不断沟通如何探索出一个中戏合璧的《惊梦》。如：莎翁和汤显祖如何串联呢？在这两个串联的基础上，如何让当代的年轻人跟都市里的各个层面的观众都有串联。这两部作品是类似的，都是说主角最后无法获得爱情。但是抒发方式是不同的。这两个戏是分别从梦境和现实的不同角度来抒发的。我们经常会听到“剩女”这个词语，但很少有人公开质疑这件事情不合理。所以我们设计了一个角色，那个角色是和另外三个人有着错综复杂的爱情。她爱的男孩不爱她而爱她的男孩她又不爱。杜丽娘想寻求梦里的真爱，醒过来发现现实不是这样的。因此经历了生死转换的过程。这两个串联起来就是这个戏的主体框架。我们跟剧团在讨论的时候，他们是把整个故事的框架带过来的，但是只是选定了演员，7 月份的时候进行了排练。这个剧是通过演员的排练，把在排练厅中可能用到的元素当作创作的元素进行整合起来的。所以我们是所有演员在一起分享自己的梦境，然后我们谈一些对莎士比亚和汤显祖的想法，把自己的经历放到里面。整个戏慢慢地在英国艺术家构架的基础上越来越丰富，就这样经过了两个月的时间，这个戏得到了首演。我在这里讲合作的细节，就是想分享一下这样一种文化传播模式。我们这个戏的目的就是希望更多地在上海这个国际都市中吸引来自不同背景的观众。让他们看到这个戏之后，能看到了自己身上的东西，之后会引发更多的思考。我觉得最后这个戏演出之后，从观众反映的情况来看，达到了我一开始的期待。观众基本上以年轻人为主，而且有一点比较难得的是，每一场观众中有差不多有 10%、15%，甚至有一些场次达到了 30% 是外国的观众。

主持人：有问卷调查吗？

唐诗：没有问卷调查。

主持人：大概多少人看？

唐诗：比较奇怪的一点，我特地做问卷调查，外国观众普遍会觉得很好。这些问卷调查我这一个晚上没有时间整理出来。而中国观众，他们平时看的是传统的文本，他们会很按以往的逻辑思考，会很有理性地说，

“这个片断到底是梦中还是在现实中？”但是其实这个东西，有的时候我们本身就在谈论梦境，梦有时候是非逻辑的，又有浅层的深意，并不需要有明确的界定。所以我觉得这也算是一种对完全不熟悉汤显祖的观众来说剑走偏锋的方式。

主持人：我觉得挺有意思的，把两个梦融合在一起，里面有差异，又有融合的地方。一个是欲望的释放，而杜丽娘是欲望的禁锢。我想问你是不是都看得懂，还有跟你的预想是不是能够一致。

唐诗：我个人觉得跟每一个观众的习惯有关。比如说其实这个戏，因为是肢体剧，都是简单的造型，所以也可以看作是上海一个女性在追求爱情的故事。而且我觉得很简单的故事更容易理解。灯光、音效是一起配合，一起磨合的。如果观众不用去想，这个地方到底在做什么，而是体验这个时候角色正在经历的那个情感，其实那样就很容易去理解了。如果硬要钻这一句话是什么意思，反而会带来更大的困惑。这个戏没有台词，但是会说话。因为演员根据每一场不同的状态，说的话是不一样的，甚至说的是咒语，没有人听得懂。但是能够通过声音、呼吸知道他在经历什么样的事情。

主持人：这是个很好的尝试，可以尝试。

唐诗：整个戏是 7 分钟，昨天那个片断，主要是汤显祖，所以很快结束了。

主持人：梦都能理解，梦有理性层次，也有非理性的层次。主要在上海演出？

唐诗：这个戏因为没有语言的障碍，推广比较容易，所以明年我们计划再往国际戏剧节中进一步。

主持人：有多少笑声。

唐诗：每一场观众的组成不一样，反馈也不一样。

主持人：因为戏剧各种样式，戏剧有各种存在的样式，不定式，希望将来能看到这个戏。下面请李沛婕女士发言。

李沛婕：各位专家、各位老师、各位汤显祖研究者，大家下午好！

我是一名演员，发言是不太会说的，谢老师要我谈一些实际情况，这个就比较简单了，所以感谢谢老师给我这个机会。当我走下火车来到了抚州以后，一种浓烈的文化气息就将我包裹住了。我去参观了汤显祖纪念馆。本来还想去其他几个地方拜谒，但是因为要化妆，大家知道戏曲的化装是非常麻烦的，只好放弃了。所到之处，包括昨天晚上看的演出，还有抚州领导的讲话，包括接待我们的所有人的言谈举止都让我感觉到，一个有文化底蕴的地方的人文、情感，与没文化的地方是有较大的差别的。所以作为演杜丽娘的演员，我真的有到了娘家的感觉。

接下来讲一下我创作《牡丹亭》的经过。先简单介绍一下我自己。我是浙江越剧团的旦角演员，我叫李沛婕，是国戏第三届青年班的毕业生。因为身体的原因，我现在转做导演了。《牡丹亭》的创作是因为我在读研究生的时候，需要一部毕业作品作为汇报，那是在2004年，我选择的就是《牡丹亭》。大家可能知道，我们创作一部剧目是需要论证的。论证的过程非常艰苦，众说纷纭都是各种质问。为什么要改编《牡丹亭》，为什么要移植昆曲？《牡丹亭》是那么高不可攀，我们越剧能移植过来吗？我们越剧只能向它学习，不能跟它齐头并进。我说你们说得都对。我谈谈我的感想。汤显祖的《牡丹亭》是戏剧界的巅峰之作，然而这个巅峰之作只有用昆曲来表现是远远不够的，这样的话《牡丹亭》的受众是非常之小的。我想汤翁在世也不希望只有戏曲来表现。我想他也希望他的剧作，他所写的理念，能有更多的人能够接触到。第二，《牡丹亭》的主题思想，是整个人类精神的一种普遍存在的现象，它具有全人类化的性质。第三，汤显祖的作品《牡丹亭》，这种深奥的文学著作或者说剧作，如果说只在文字上存在，而不向更广大的群众去推广、传播的话，逐渐就会为观众所淡忘。我等一下会讲我创作、演出以后观众的反应。但是后来还是没有说通团里的同事。我最后就说我自己出资，先允许我把它竖起来。这样我自己请了编剧。因为论证反反复复占用了很多时间以后，交毕业作品的时间就很紧凑了。那个时候找编剧就有点抓瞎了，然后请导演就更紧张了。又由于是我自己先垫的资金，所以也没有那个能力请所有的专家来论证。想请专家来出出主意，这些都没有机会了。最后，就是以我对汤显祖和《牡丹亭》的理解，按照这个思路去搞的。《牡丹亭》能不能搞，我已经回答了领导，后来我确实搞出来了。

第二个问题，我面临着怎样去搞《牡丹亭》的问题。越剧观众大家都知道，欣赏的习惯是家常里弄，没有昆曲那么有学识，有修养。我首先要做的就是把《牡丹亭》通俗化。我认为昆曲《牡丹亭》就像佛坛上高高在上的佛或者仙。《牡丹亭》或者昆曲，大家喜欢它的是一种仙气，这个仙气我也很欣赏，因为它是我们越剧的奶娘。但是我做不到那么仙气，因为我们的功底没有几百年，我们当时只有几十年，一百年都不到。所以我必须把它通俗化，说白了让它深入浅出地向我的观众去传达《牡丹亭》所要说的是什么？另外加强可看性强的场面，比方说《闹学》。这是越剧观众所喜欢的。我们是根据剧情需要来写，并不媚俗，这个我们要强调。然后是在音乐上的改编。因为一个是曲牌体一个是板腔体不是一种形式，所以，首先要改变的就是词。那里面还是掺杂了一些曲牌体的词，可能也是因为不熟悉这个。专家昨天晚上也看出一些名堂来。但是当时是按着这样的想法去做的，以越剧的旋律巧妙地融合昆曲的内容，如果仔细听就会有。从表演方面讲，我的老师是袁雪芬老师，她一直推崇的是两只手搞创作。一只手抓话剧的现实表达；另一只手就是学习昆曲的经典的、严谨的程式化的身段。我就是用这种方法在创作。我在创作《牡丹亭》的时候感觉到，除了汤显祖以梦托情之外，我似乎读到了汤显祖对人生、官场、情爱等一些理想的寄托。所以当我演出的时候，我会感觉到有一种跟汤翁的精神上的交流。包括昨天晚上，由于我身体不好，多年不演《牡丹亭》了，有点生疏。但是我的情感基本上在，我最后还是流下了泪，这个泪不是杜丽娘要死流下的，是汤显祖要我传达的一种情感，我仍然体会到了。这是我演《牡丹亭》杜丽娘的一个创作过程。当这个戏还在排练的时候，剧场邀请我们首演必须在他们那里进行，然后我们就答应去了。去了首演以后，没想到出奇的轰动，观众全部挤满了不说，还问明天有没有票。经理找我们联系，问能不能加演两场。这种情况我们没有想到，我们领导更没想到。我们领导认为不能排，但是排出来以后（很好）。虽然排练时间很短，很粗糙，我自己到现在都认为很粗糙，但是得到了当地人民的喜爱。当然仅仅得到他们的喜爱不代表我们的剧作已经成功了，他们的喜爱是对汤翁的敬爱之情。观众中还有些老先生。我记得印象特别深的一位老先生，他非常喜欢我们国家的古典文化。他也是含着泪跟我说，“你是主演，你要创作的”。他说：“非常感谢，我作为一个观众，代表喜欢《牡丹亭》的观众向你表示感谢”。感谢什么呢？他说我期待了四十年的《牡丹亭》，终于在越剧舞台上呈现了。

当时搞创作的时候，我说我先垫资，我相信我如果搞不成，将来总有一天有人会搞好《牡丹亭》的。《牡丹亭》也是可以属于地方戏曲的。因为我当时搞这个戏的时候曾经做过调查，但我查不到任何地方戏曲搞《牡丹亭》的资料。我可以说是盲人摸象。我希望得到一些信息，以便让我得到启迪。我只搜到芭蕾舞团的，但是没有照片视频。现在有了，如果我看到了一定会给我启发，但当时连一张平面图都没有，我真的是像盲人摸象一样在创作的。而事实上，我们这个戏进得最多的是高等院校。一些院校知道以后都邀请我们去演出，一共去了十几所大学，每个都是很轰动的。而我们在剧场里演《牡丹亭》的时候却是不轰动的，跟高校的反应完全是两样。高校的观众群很简单，是一个有文化的以年轻人为主的群体。虽然我没有做过调研，但通过现场直接给我们的反馈，效果是非常非常好的。每次演出以后，都有成批的学生涌上来。他们以为我是越剧大家。他们传达的信息是我们第一次看戏曲，第一次看越剧，原来戏曲这么美，赣剧、越剧这么美。

另外还有一个现象，戏曲在春节期间的市场是非常好的。好在农村搭台，不是正规的剧院。村里会搭一个很简陋的舞台然后就在上面演出。《牡丹亭》怎么面对农村的观众，他们怎么看得懂？我们所有剧目演完没有鼓掌，《牡丹亭》演完，全体起立鼓掌。然后去问，他们说真看懂了，我不知道他们怎么看懂的，我真纳闷。我自己身体不好，我觉得没有那个高度，从 2009 年之后就不演出了，但是我很欣慰的是，上海演了一个。确实大家都意识到了《牡丹亭》值得搞，找到了汤翁作品的精神的……我无法用形容词来形容这种感受。

假如天时、地利、人和，有机遇的话，我还会搞汤翁的作品，有缘能够请到各位进行指导，我将会非常荣幸。后来演出之后，领导把这个钱给补上了。

主持人：这体现了她对艺术的热爱，像西藏的净土一样。她在朝拜的过程中是非常赤忱，非常敬畏。你身上的低级趣味就没有了，人就高尚了，我非常感动，我但愿不是个例，不是个案。在移植的过程中也要思考一些问题，比如剧种之间的关系，剧种的风格，表现内容。在思考的过程中总结，可以供其他地方剧种借鉴。

下面请顾侠强先生发言。

顾侠强：我手里拿了一份稿子，在开会以前我专门为这个研讨会量身定做的，写的一个稿子。结果会议开到现在，发现我稿子里有很多东西已经过时了，或者有一点多余。但是这很好。怎么多余呢？我脸皮厚，这几年跑到很多地方开会，听了很多专家发言，也学习了不少资料。在这个过程中发现有几个问题。我跟顾老有一个研究方面的探索，这个探索就是当前汤显祖研究里有三个有共性的问题，这三个问题可以说对整个的研究产生了一种消极的影响。是什么问题呢？简单地说一下，第一个是学院派人数太多。现在的研究者基本上都是学院派，占 80%、90%。第二个，我们的学术研究谈古的太多，论今的太少。今天的标题很好——传播，就是当前。我举的三个例子谈到过这个问题，具体例子不讲了。我这三个例子充分说明，现在整个的研究都是有偏颇或者失衡的。第三个问题谈了很多了，就是老调重弹的多。这个不是我一个人的看法，上次大会上朱教授也发表了这个观点，也是讲现在很多研讨会上，一半以上都是老调重弹，一听基本上差不多，听了上半段就知道下半段，所以汤显祖从宏观角度来说，就是偏颇了，失衡了，这个要引起大家的重视。基于基本的偏颇或者问题，我下面对整个抚州地区，或者说对汤显祖的研究提出几个建议，或者说是基本的方略。

第一，汤显祖的研究以四梦为主，“四梦”研究和汤显祖的研究。这里面就提出一个问题，刚才讲到的“汤学”提出现在是时候了。前两年也有人提出这个概念，但是由于各方面条件还不成熟，我也不怎么赞同。那是十几年前了。现在条件成熟了，“汤学”正式提出来是合适的。我个人认为“汤学”这个概念现在是可以提出来的，而且准备写一篇研究这方面有分量的文章发出来。

第二，“四梦”的研究和其他的剧种。昆曲的“四梦”我认为还是要有。我们看昨晚的演出，我自己对昆曲有点偏爱。我觉得还是昆曲好，好像汤显祖冥冥之中是为昆曲量身定做的。再一个是高雅艺术，演员确实演得好。两个元素加起来，我觉得应该以昆曲为主，然后以其他剧种为辅，并没有否定其他剧种的意思。

第三，我们要将创新性研究和总结前人的研究成果相结合。根据阴阳平衡，创新性的研究，活在当下，活在当代研究和古人的研究应该结合起来。另外简单讲，地区比较。本地区的做得很好，也要结合全国各地的研究成果。既有各种研讨活动，也有实践活动要充分发挥这些活动的作用。另外要强调一下，汤显祖的有些纪念活动其实搞得很好，但是感觉影响力还是不够。我要重点谈这个。我两次来到抚州，平时也关心人文历史，感觉到汤显祖的故乡就是文化金山。但是从北京一直走到广州，包括南京的几个大城市，没有看到一家旅行社有抚州的旅游信息。到现在为止都没有看到，我觉得很遗憾。抚州政府做了很多很多工作，也开发了一些旅游项目。我一看确实很好，就是抱着个金山。但是好像没用来搞文化产业，没很好地把这些结合起来。虽然这个好像是题外话，但是我觉得这并不是题外话。如果文化生态好了，就像水多了，什么鱼都有；林子大了，什么鸟都有。文化发达了，文化旅游产业上去了，下面的项目顺理成章搞起来了。所以第三条我提出了一个建议，希望转达给抚州市有关领导，是关于战略性的东西。文化局未来会开一个专题研讨会，会把这个打出去，这个内容我们看到了，都很好。

第四，原来我们的建设现在实现了，我想昆曲与其他剧目协同发展。

第五，在戏曲演出方面我强调一下打造文化生态。打造一个良好的文化生态环境，打造一个系统结构，按照系统的法则，打造文化系统。没有一个文化系统，没有一个文化生态，单纯的戏曲发展是有限的。

第六，政府活动和民间活动相结合，光靠政府也是不够的。全国的杂志里面，大概有五十几个，其中很多的高校办了昆曲的杂志。这些杂志中最远的发到什么地方呢？——西宁。你们绝对想不到，西宁有一个京昆研究社。还有云南一个少数民族，他们也有。两个这么偏远的地方都有。结果在抚州地区，我听来听去好像没有，不知道江西有没有？不是说一定要有，但是作为文化生态环境建设的一个点，建议抚州地区或者江西省，把这个项目作为一个试点来推进一下。因为通过我几年的实践，发现这个可以提出来，以供参考。

最后一个，从娃娃抓起。昆山每一个区小学都设立了一个这样的班，每两年搞一个活动，至少面上的工作是做得可以的。我觉得是不是学校可以开昆曲学校，开兴趣班，把水养大，把基础打扎实，我们是考虑将来一代一代地传下去，培养戏曲文化的根、土壤，扎根以后才可能枝繁叶茂。

这七个方面基本就是这些内容。教育部 2015 年还是 2014 年颁布了一个文件，主要内容是戏曲进校园，是教育部、文化部，七个部委联合发布的，这里面就提到了戏曲进校园。这个文件我看了一下，给予政策扶持，蛮好的，经济、政治上都给予支持。我们根据地方特点，赣剧也好，采茶戏也好，昆曲也好，可以搞进校园活动。有的小学要开民间戏曲采茶戏。我希望昆曲、赣剧有班。中学可以开欣赏课，大学里面开一些选修课，这些东西都可以考虑。我谈这三个方面，七个建议，请有关的同志们转呈给抚州市的领导，给他们做决策参考。

今天我到这里参加了这个文化传播研讨会，而且我还看到一些演出。参加这些活动使我的担心减掉了一半。我前面三个问题减掉了一半，挺好的。如果我们很多研讨会和研究方向都能这样走的话，我相信我们的水会越养越大，林子会越搞越大。

最后我想说，我们是根据古代阴阳平衡的原理，文化生态的理念，文化思维的目光和系统论，现代社会科学的思维这几条原则来总体思维、思考这篇文章的。谢谢大家！

主持人：戏曲需要批评，只有不断地批评才能更好地调整，使戏曲健康地发展。顾先生所说的都是他自己深有体会的一些现象。不过有时候，有一些问题还是要老生常谈，关键要看在什么环境下。有些话要反复强调，有些话是真理，也需要反复强调。

下面请董单老师发言。因为我们的时间还有一个小时，还有五位老师要发言，所以必须每个人的发言控制在十分钟之内。

董单：我来说一下。我准备了一个幻灯片，但是我们的设备无法放，所以我就来详细说一下。首先感谢邀请我参加这个会议。我可能是一个特别小的晚辈，研究的方向跟大家的也不太一样。我是从事外语工作的，我的题目是《中国戏曲在英语世界的意见与接受》，主要是以《牡丹亭》

英译的传播、研究为主要内容的。

我从四个方面来说一下《牡丹亭》的英译本的情况。

首先说一下《牡丹亭》最初的英译本。《牡丹亭》的英译本最早是1939年在北京大学完成的。一个英国学者在北京大学当教授，他翻译的。他的历史贡献是十分突出的，他不仅是《牡丹亭》在西方的首译者，而且是在全世界的首译者，所以他的贡献在历史上非常突出。第二个译本是在1960年完成的，是杨宪益、戴乃迭夫妇翻译的，共译了11出，还对完整的剧情做了详细的介绍。第三个译本是翟父子翻译的。他们做的是编译本，做的《标梦》和《寻梦》等三出。第四个译本是1972年完成的，是一个美国哈佛大学的学者翻译的。这个人现在在《牡丹亭》海外传播译本学界是非常出名的。他是以直译的方式进行翻译。西方译者特别喜欢原汁原味地传递中国戏曲。他不做规划，然后给一些文内加注，就是重在传播文化信息。第五个译本是在1973年完成的。有一位英国的华裔学者做了四出折子戏的选译本。他的特征就是完整地再现原文风格，而且戏文的理解表达得很顺畅。第六个译本是1996年完成的，就是我们所熟悉的哈佛大学的一位学者的版本，他是以美国文化的习惯来重新诠释了一下。最后一个改译本，是2009年的译本，是一个美籍华裔翻译的版本。而且他有一个鲜明的特点，不同于以往更多的学者是从文学本来进行翻译的，他是用台本来做的选译。

我想说的第二个问题是，到目前为止，《牡丹亭》在我们国内学者比较公认的有四个全译本。首推的是美国哈佛大学教授翻译的版本。他在1972年做过选译，然后做了《牡丹亭》的全译本。他后来又对全译本做了修订，然后在1980年重新出版。这个版本在西方世界流传是非常广的，而且是公认比较准确的版本。他是以自由体诗和大量的注释为译本撰写主要形式的。这个版本还是以文化传播和原汁原味反映原作为目地的。他的传播功能是功不可没的。第二个全译本是 1994 年中国科技大学的张光前教授翻译的。因为作者是国内学者，所以他的语言可能会准确一些。然后第三个译本就是汪榕培教授的译本。这是戏剧界比较认可的一个译本。他是在 2000 年和 2001 年又重新译了汤显祖的“临川四梦”。因为高教授比较懂戏，所以再现了音韵，就是有节奏感。第四个译本是在 2009 年出版，然后在 2012 年再版的，是北大徐安中（音）教授的《牡丹亭》。这个版本一直贯穿“三美”——艺美、音美、形美，它很好地传达了原文的逸韵，表达比较流畅。这是译本的情况。

我想说一下到目前为止对《牡丹亭》译本的研究非常火热。我在中国知网又重新收集了所有的文献，在主要的期刊里的文章基本都收集了。当然还有一些非常小的期刊里面的文章我没有选。主要期刊上发表的相关文章就有 56 篇之多，当然可能实际数字会比这个更多一些。而这些发表的文章的主题有译本的评价、传播，译本比较，然后文学的翻译，以及戏剧翻译策略，翻译美学，翻译理论，还有语境学和隐形形态等。这些翻译上的观点也各不相同、说法众多。我想说一下，这些译本在内容上还是十分丰富的。这些文章主要是以译本评论为主，基本上占 56 篇中的三分之一多。然后还有少量文章是做译本比较，有的是对两个译本，有的是对三个译本。少量的是对我之前提到的一些改译本，或者是舞台本的比较。还有的文章涉及的是翻译研究，还有典故翻译，包括翻译策略、海外翻译和翻译美学。

我想特别提到的是译本的硕博论文。硕博论文在译本的研究上起到了重要作用。由于它的篇幅容量更大，所以论文的研究更加详细，比较全面。论文的译本内容非常丰富，从唱词等方面，不同的学者都做了研究，基本是全译本。另外是视角比较多元，以社会符号等来嵌入研究，也更加深入一些。这是对译本研究的概述。

我想简单说一下《牡丹亭》的海外传播。它的海外传播非常多，我想把译本和海外传播放在一起来说一下。这样可以更好地展现出我们戏曲在英语世界的情况。我只选了五个版本。首先一个是在1999年，译本出版之后，由美国的塞勒斯导演的《牡丹亭》。他的歌剧版的《牡丹亭》，不是以传播戏曲文化为目的的，它是以传播《牡丹亭》的内容为主的，没有很好地再现昆曲，还是以西方歌剧形式来表现的。第二个是陈世真（音）导演的版本，他做的完全是一种呈现中国社会传统民俗的演出，有人说像大杂烩。他是非常全面展示传统文化方方面面的。他的版本是在20世纪90年代末或者21世纪初上演的，主要是针对青年观众。在国外对昆曲的传播起到了一定的作用。2016年，在汤显祖文化纪念活动中，江苏昆剧团的伦敦演出也非常好，还走进了剑桥大学。还有芭蕾舞剧《牡丹亭》，芭蕾舞剧保留了昆曲。所以《牡丹亭》的传播，现在演绎的形式非常多样化。我想在译本和演出的基础上做一点点的讨论和思考。曾经在翻译上有一篇关于《红楼梦》的文章，我觉得非常有针对性。《红楼梦》是小说的巨著；《牡丹亭》是戏曲的巨著，我觉得基本上可以体现和说明我们中国传统文学的现状。首先是语言的流畅。西方读者一般都喜欢看中国译者做的译本文本，这是一个问题。刘教授在美国的大学当中，对他所教的学生和两个教授做了一个调查。结果看到对《红楼梦》著作的调查情况是基本上学生都没有读过，甚至有的人听都没有听过。而这所大学的两个教授，是做跟影视有关的学科研究的，也是只听说过，没有读过。这个调查就是在2013年做的，其实离我们很近。今天很多老师都感慨，我们的戏曲在英语世界的传播，不像我们所听到的那样乐观，实际上有很多困境，而且可能这个路程还很遥远，还需要一个非常漫长的过程。

我最后的结论就是，英国译者有他的语言上的优势，而中国译者在翻译这些文学名著的时候，可以比较准确地传播原文。无论中国译者和外国译者，他们都是在前人的基础上扬长避短，精益求精。各个学者的翻译方法、技巧不同，但是出发点是一样的。所以我觉得我们的译本在中国译者和外国译者的合作上应该下一些功夫。我要有对经典的坚守。今年我们办了一个戏曲评论，对经典一定要敬畏和聆听。因为聆听这些经典的剧作，就是聆听祖先的声音。所以我觉得对昆曲的传承，要有昆剧本来的剧本做译本，而且它的剧目我们应该保持最经典的演出。但是其他各种意识的创新，我觉得对传播是很有好处的。这是我想说的，可能比较浅显，谢谢各位专家教授。

主持人：如果没有翻译作品，莫言不能得诺贝尔奖，从这儿就可以看出翻译多么重要。你们在翻译过程中，当然传统不能缺失。董单她全面、系统地梳理对外翻译的作品，让我们看到了又一片新的天地，我觉得她的探索是很有价值的。我们抓紧时间。下面有请蒲波同志。

蒲波：各位大家好！我是《中国艺术报》的记者蒲波，可能大家发言的形式很不一样，但是内容各有千秋。我简单介绍一下，我是《中国艺术报》的。在一些重要的文化活动中，比如上海国际艺术节等活动中，《中国艺术报》的报道都占有重要的一环。《中国艺术报》是以消息、通讯等形式予以关注的。从这些报道当中，读者可以了解到很多有价值的信息。比如说昆剧团开展海外“临川四梦”巡演之旅，比如 7—9 月份做了 11 台剧目的演出。关于这个演出，也做了非常详细的报道，这个报道都在我们艺术版的头条。《中国艺术报》在 8 月 5 日，汤显祖的相关报道在三个版面见的报，可谓重拳出击，头版刊登了我们的评论，从汤显祖与莎士比亚的争论开始。这篇文章给我们提出了新的课题，我们要摆脱攀附心理和边缘心态，充满自信地加强研究，让我们优秀的作家为更多人所知。文章里有昆剧，也有人生，我自己特别有感触的一处就是，昆曲最大的好处是教育人的一种生活态度。“临川四梦”就是人生，我觉得这句话是对“临川四梦”非常精辟的总结。在当期，我们副刊部的副主任关于国家图书馆纪念三大巨匠——莎士比亚、汤显祖、塞万提斯逝世400周年的一个活动要我们做了一个报道。他把外国文学的研究专家和昆曲、艺术家都邀请来做主题演讲，而且还邀请中国戏曲研究院的专家。据我所知，腾讯做了全程的网络直播，在网络上影响也是不错的。

我个人认为，有关汤显祖逝世400周年的纪念活动，报纸能够这样重点的报道，涉及方方面面，这跟国家层面力量的推动当然有必然的关系。8月30日晚上，在国家大剧院上演了演出。刘奇葆部长观看演出，我们报纸也及时反映，次日就发布了消息。对于昆剧产品的共性，以及文化部的一系列的安排都做了比较全面的报道工作。在9月19日，本报以头版头条的形式，对刘奇葆部长在纪念汤显祖逝世400周年座谈会上的讲话做了比较清楚的发布。标题就是强调要“礼敬优秀传统文化，增强中华文化自信”。我觉得这个讲话里，刘奇葆部长说的有一句话让我觉得非常到位。他里面提到了汤显祖的作品是历史的，也是当代的，是高雅的，也是大众的，是民族的，也是世界的。就是说我们在感受汤显祖的艺术魅力和当代价值的时候，要解读文化基因对我们传承优秀传统文化，促进优秀文化的交流互进，有怎样深刻的启示和积极的借鉴作用。他还强调，我们今天要纪念汤显祖，就要坚持文艺品位，人民情怀。从报道上反映的情况看，戏曲界是忙碌的，话剧界也没有闲着。本报记者在 11 月 23 日，就广州话剧艺术中心的话剧《邯郸记》在国家大剧院上演进行了报道。从这些报道当中读者可以获知不同的演出方式。报道中介绍了演员还有身段的训练，如何在舞美上是打造和谐美好的舞台风格，表演采取陌生化的手法。在文代会期间，本报记者还对新创话剧“临川四梦”做了采访。就记者采写的内容来看，可以看到主创人员将四个不同的梦融合到一起，以轮回、变换和悲鸣的情怀与现代手法相结合，对经典故事进行了二度创作。

最近一个比较重要的报道是 12 月 14 日，本报以头条的形式发布了《牡丹亭》巡演的报道。这篇文章非常生动，里面也写到，中巴演职人员惊喜地发现汤显祖画像和从中国带回的《牡丹亭》剧本。从我们艺术报对于各个艺术家或者各个艺术作品的长期的关注来看，对汤显祖在 2016 年的关注是有侧重的，而且从报道的内容上，专业性的体现上来看是非常明显的。3 月份的时候，北京剧协举办了纪念汤显祖逝世 400 周年的研讨会。专家的讲话引起了大家的思考。专家们认为，人们对莎士比亚是很熟悉的，但是对汤显祖认知度是比较低的，还是应该加强对汤显祖及其剧作的研究和传播。在传播的环节上，作为新闻工作者，也需要深入地学习汤显祖，去了解汤显祖的剧作，这样才能被变动的宣传为主动的挖掘，才能明确要传播什么，哪些能够更有价值，更有新意，才能做有责任心和有历史感的报道。我自己感觉，汤显祖的报道还是在很简单的节目宣传的层次，报道还是比较浅层次的。但是对于这其中相关的，辐射更广阔的报道却很少。这可能也是戏曲报道方面共同的问题。更广阔的媒体像我们的报纸，可能在戏剧的生态、生产机制，包括产业营销方面的关注相对比较小。这个跟记者的经历也有关系，与知识上的局限性也有关。我觉得我们戏曲界如果希望更好地宣传戏曲，对记者进行一些明确的培养也是很有必要的。谢谢!

主持人: 下面我们请张婷记者发言。

张婷: 各位专家，领导好！我是《中国文化报》的记者张婷。为了呼应文化传播研讨会的主题，我想谈一下汤显祖的海外传播。今年是汤显祖与莎士比亚两位文学巨匠逝世400周年。作为文化部主管的权威性的文化艺术方面的报纸，我们对文化部、外联局、文化部中外文化交流中心携手海外中国文化中心，在全球20多个国家协同跨越时空对话，纪念文学巨匠汤显祖和莎士比亚的主题活动进行了跟踪报道。

下面跟大家分享一下这些活动。11月14日，汤、莎小剧场教学培训班结业演出在开罗中国文化中心举办。学员们吐字清晰，情感表达准确，一招一式，有模有样，赢得了台下观众的阵阵喝彩。11月15日，由巴黎研究大学主讲的中国明代剧作家汤显祖讲座在巴黎中心，中国文化中心举办。该讲座阐述了汤显祖的生平、社会背景,《牡丹亭》的创作及其作品对中国乃至世界的影响。9月13日至23日，纪念汤、莎逝世400周年展览，引起了观众的极大兴趣。开幕式上我拜访了法国导演阿兰·马扎尔。他于1989年在中国拍摄了纪录片《牡丹亭》。当天这位导演到现场向嘉宾介绍了影片的拍摄过程和自己对昆曲的热爱。10月6日纪念汤、莎主题展览展出。俄罗斯国家科学院东方研究所研究员向来宾介绍了汤显祖作品在俄罗斯的研究现状。北京外国语大学教授李英南也介绍了由他翻译并在俄国刚刚出版的全球首部俄文版的《牡丹亭》。10月3日晚，上海昆剧团的演员在比利时布鲁塞尔上演了《牡丹亭》。在这个活动现场有一个小插曲，欧美官员换上昆剧戏服，上台体验昆曲，现场还挺轰动的。原上海昆剧团团员还为观众介绍了昆剧的发展、汤显祖的生平，还跟大家介绍了昆曲的音乐、唱腔，嘉宾们都上台体验水袖及造型表演，现场非常欢闹。9 月 14 日，这个展览在德国的柏林举办。德国观众们说 17 世纪的《牡丹亭》在欧洲最早的译本是德文版的，不知道对不对。9 月 24 日，在太平洋大学举办的活动上广东粤剧院表演了《牡丹亭》。10 月 13 日，主题展在马尔他大学开幕。孔子学院院长表示如果说丝绸之路是东西方贸易的联系，那汤显祖和莎士比亚则是通过思想实现跨越时空的联系。还有很多，有二十多个国家我就不一一介绍了。我的介绍就先到这里。文化部作为跟踪报道的单位，很多内容都是独家报道的。

主持人：感谢两位记者的发言。过去我们看到记者，大概就是来绕一下，拿一个新闻通稿，再拿一个信封就走了。现在我们的记者跟我们一块儿去探讨，还那么细致地梳理，我真的十分感动。刚才他们的发言角度不完全一样，一个对外宣传，一个对内宣传，但是都非常细致，无非就是创造、传播。我们新闻媒体发挥了重要的作用，现在作风改进很明显，希望能给予更切实、更多的一些报道，甚至一些指导。

下面有请编剧潘乃奇女士发言。

潘乃奇：我是编剧，其实也在写一点评论，是这样的，刚才几位剧团的同仁都从一线院团的角度来谈文化传播的一些想法和认识，我大概跟他们的出发点类似，我也从院团出发，从演出的角度谈一下关于汤显祖和“临川四梦”的话题。我想谈的是上海剧团的启示。在半个月前，“临川四梦”的巡演进行了收官演出。这次巡演共完成了 48 场演出，它的足迹遍布国内外，国内像北京、上海、广州、济南等，国外像两位记者老师说过的那些国家都去了。并且这个演出所到之处产生的效果都是很好的。“临川四梦”已经成为2016年最引人注目的文化事件，我举的一些例子是跟票房有关的。在广东，“临川四梦”创下了新纪录，总票房是100万元，四天的演出观众超过了6800人，在北京可以坐1000人的大剧院，都达到了100%。看起来是一个很简单的数字，对于戏剧而言这个是挺不容易的。事实上很多院团，很多剧种都在尝试上映汤显祖的剧作，包括我们昨天看到的，都有这种探索。但是最终影响力，票房影响力取得好的效果的并不是特别多。我希望取得成功的几点因素可以对各个地方院团的不同剧种，对传播汤显祖的作品带来一点启示。

第一，在演绎汤显祖的作品中，应充分体现出剧种的影响力。昆剧的优势是不可替代的。放眼国内的其他剧种，在中国范围内整体实力上还没有能同昆曲抗衡的。其实昆曲近年来在提升自身剧种影响力上，做了最大的努力，这些经验是可以复制的。除了国家政策的扶持之外，很多策略都融入到推动昆曲影响力的战略当中了。如今各界名人，用自身的社会影响引发了社会上对昆曲的关注风潮。前些天在电视节目中看到影视名人赵雅芝、汪涵、谢娜，他们都成批地来学习昆曲，在网上可以看到好多他们昆曲装扮的造型亮相。事实上他们的扮相没有什么特别之处，但是拥有大量粉丝的他们，这些行为无形中影响了很多人。通过他们的造型，通过他们的传播使很多人能够认识昆剧。其他的剧种也可以通过多元化的方式来提升剧种的知名度和影响力，在戏曲圈之外让更多的人关注，来扩大受众的基础。这样来排汤剧或者其他剧目会更有影响力。

第二，重视人才建设。在“临川四梦”的巡演中，选择了珍藏版进行演出。演出汇集了老中青三代不同的人才。刚才我听到有的院团的老师在说，有的院团人才断层，其实有了好的人才储备，才可能让巡演或者排演有好的基础。所以我们要向上昆学习重视人才建设。

第三，上昆对“临川四梦”的巡演所做的传播途径的拓展，值得其他剧种借鉴。高层怎么宣传、发行、营销，这是他们很有经验的地方。我原来一直以为戏剧院团只能演戏，但是事实证明戏剧也是可以产生轰动效应的。上昆有演出的实力，又有一系列的运营能力，可以概括为剧场之外的传播。他们曾经专门设立通往剧场的公交专线，进行前期的铺垫。前不久习总书记讲了，我们无论在文艺创作上，还是我们做文艺工作的时候，都要和时代共振。我觉得上昆做到了这一点，随着社会各界的发展，在这样的信息时代，在这样的背景下，我们的戏曲院团该如何用匹配的方式来营销、推广戏曲呢，我觉得它做了非常好的典范作用。

举一个反例，我们省内有专业人士想看戏，都不知道哪一天演出。对比一下就看出了差距。其实戏曲如果想让更多的人尤其是想让青年人关注，无论演谁的作品都是一样的。我们不能关起门来只顾自己搞，而应该走出去，应该拓展走出去的方式和方法。有好的人才和态度，有走出去的魄力和能力，有与时代共振的行动这样才能吸引当代的观众。我觉得这些是上昆在传承传播汤显祖、“临川四梦”过程中所带给我们的一些启示。我个人认为，可能这些启示值得我们去思考。如果说我们其他的剧种和其他的院团，无论在艺术上、运营上、传播模式上都能尽力做好这一点，我想对汤显祖传播的效果，我想对汤显祖文化品牌的确立和深挖，可能也会有更好的一些进展。谢谢各位老师！

主持人：我们上昆的经验是值得总结、推广的，演出规模很大，共有四场。在当年的演出市场当中，能取得这样的成绩很不容易。潘乃奇编剧从剧本的质量，从艺术类创造，从营销、推介，推而广之到人才培养，通过个案的分析，给我们总结了经验，值得我们总结，值得我们吸取。下面最后推出重量级的苏子裕先生。苏子裕先生是江西省艺术研究院研究员，在长期的艺术研究中硕果累累，特别是对剧种的研究有突出的贡献。苏子裕先生虽然70多岁的年龄，但是宝刀不老，仍然坚守在第一线，下面请他发言。

苏子裕：最后耽误大家几分钟，题目是《汤显祖文化传播》，我们研究这个专题，我谈两个问题，首先是文化传播；其次是汤显祖的文化传播。文化传播首先解决的问题是文化认同，到了新的过渡期，到不同的民族里去，到不同的地区里去，你这个文化能不能传播，能不能得到人家的文化认同，这是一个关键。而文化认同的建立必须有两个基础的问题要解决：一个是文化自觉；一个是文化自信。而这两方面我们现在都缺乏。文化自信的问题我不想多谈，因为这个牵扯的事情太多，时间也不够。我谈谈文化自觉的问题，其实我是不自信的，尤其是对戏曲。大家谈戏曲如何走出去，我看我们的戏曲是如何挽救它的衰亡的问题。这里各种各样的会演，这个节那个节，万紫千红，就跟杜丽娘走进后花园一样，姹紫嫣红，开遍了。实际上剩下的是什么？——断壁残垣。我们面临的是一个一个剧种，一个一个剧团，名存实亡。这次我到四川大有感触，我们江西也是。我在剧团待了17年，所以我对剧团的这个群体，演员这个群体我是很有感情的。面临这个局面，我是有点伤感的，心里很纠结，更不要谈走出国外。我们谈什么走出国外，我们这样的队伍能走出国外吗？这个不多谈。

现在我们认真地谈一谈汤显祖的传播问题。汤显祖传播问题是两个问题：一是让汤显祖的精神活在人们的心里；二是让汤显祖的剧作在舞台上动起来，动起来是关键。你不动，其他都是空的。我看到我们一些演出，现在我们戏剧界的人，包括内行和非内行，都忙着跟世界接轨，硬要让中国戏曲跟世界接轨，结果怎么样？把我们的戏曲搞成广场艺术，要么回到古罗马时代，要么是当成是一种现代科技。绑架我们的戏曲，淹没我们戏曲的本身，这是最严重的。你看所谓的大腕，大剧作、大歌队、舞队、大乐队，我们戏曲本身是演员的艺术，以前都是以演员为中心。我要搞什么，就是要让演员有说话权。一个戏首先是演员考虑要怎么演，然后是导演，再后面是编剧，最后是领导说了算。但现在实际情况却是这样，一般剧团排戏，要么是到外面去请演员，要么是到外面找来一个团队，什么都包了。这个戏演完了，这个戏获了奖，戏也没了，这就是现在戏曲真实的生存状态。这样的生存状态，能不使人忧虑吗？包括这次汤显祖艺术节，有一些这样的东西，留下了什么？这一次我们汤显祖在这里，汤显祖的戏在这里真正感动了多少人？有多少个曲牌能留下来为群众所传唱？有多少折子戏可以为群众扮演？我觉得我们要考虑这个问题。因为戏是人民的，我觉得我们搞文艺研究，搞理论研究应该面对这个现实，这是第一条。

昆剧在传播汤显祖的剧种里功不可没，它是最忠实的传播者，为什么这么说？汤显祖的剧作不是为昆剧写的，但是我们这个腔没有留下来。说实话，昆曲有了《牡丹亭》是双赢，它的表演身段是通过《牡丹亭》留传下来的。所以要感谢昆曲，无论如何我们的昆曲不能再没落了。所以我跟抚州提意见，将来我们这里要有一批这样的演员，就唱《牡丹亭》。这样才能将汤显祖保留下来，这是我想说的一个问题。据我所知，汤显祖是江西人，但是我们江西的这些地方戏曲声腔是不唱《牡丹亭》的，包括名气很大的弋阳腔，都不唱《牡丹亭》。只有浙江的调腔唱一两出，这是什么情况？这是历史摆在这里。解放以后搞了一些改革，有些采茶戏也唱了《牡丹亭》，这说明《牡丹亭》不是不可以唱，地方小戏不是不可以演的。

前天看了我们浙江何老师演的那个段子我很有感触。何老师的嗓子很好，有磁性。其实越剧演汤显祖的剧作，大概在上海早就有了，早就进行过尝试，可惜没有继续下去。这一次的这个尝试很好。越剧本来就是才子佳人戏，浙江绍兴有一句话，“调腔为天下，越剧为家下”，为什么越剧不能演《牡丹亭》呢？所以演汤显祖的剧作是可以的，设身处地的量身订作一些剧种，量身订作一些表演，量身订作一点音乐唱腔，增加一点音乐唱腔，有何不可呢？另外川剧，本来是很高亢的，但是现在一提到川剧就意味是变脸。川剧演的是小生，川剧有他的特点，可以往幽默风趣的方向发展。为什么不可以是汤显祖的剧作呢？所以我们现在搞艺术工作者的人，我们要进行一些改革。这里面现在说实话，人才难留，稍微有一点才能的都搞电视，赚大钱去了。但是在戏曲方面我觉得地方剧种搞《牡丹亭》，是可以搞的，我们可以往这方面探索。大家都在那里赞赏过去的大师的表演。我们演员唱的《贵妃醉酒》，她的特点就是可以唱四平调。梅兰芳就是这样唱四平调，就是《忆江南》。我们为什么不可以在这个基础上进一步地发展它，所以我说让汤显祖的剧作活起来，必须做到两点：第一，要很好地保护，保住昆腔这个苗，千万不能再丢了。因为一些唱法，一些身段要保留。就这个意义上讲，比京剧更完善。第二，我们要做一些探索。第三，我们改革的时候都很谨慎。在“临川四梦”的整体塑造上，不要把它搞成广场艺术，它是高雅的，可以从一些小折子戏开始。我们可以借鉴一些清代人的做法，就是从这里面选一些折子。之前选的是一些通俗的折子，包括《圆梦》这些等等，前面已经在做了，我们现在反而丢在一边。千万不能用广场舞那种类型的演出去搞我们汤显祖的东西。我们汤显祖的《牡丹亭》是兰花，不是《牡丹亭》的牡丹，不需要浓烈，需要淡雅，需要高雅。我就谈到这里。

主持人：由于时间关系，苏子裕先生还不能充分地展开其论题。他怀着深深的忧患意识指出了当前存在的问题，是我们需要注意的。今天下午我们怀着认真的精神，坚守的态度，圆满地完成了我们的学术研讨任务。大家互相交流，开诚布公，可以说是在我们的抚州会议上正式提出“汤学”之后，第一次深入认真地做了关于“汤学”的内涵和外延的框架性研究。我们相信将来“汤学”的研究一定会蔚为体系，取得丰硕的成果。

2016 国际戏剧大师汤显祖文化传播研讨会闭幕式致辞

主持人: 尊敬的陆主席、陈市长，尊敬的各位领导、各位专家、各位嘉宾朋友们，大家好!

今天才子之乡群贤必至，在汤翁故里，2016 国际戏剧大师汤显祖文化传播研讨会，经过实地考察、戏剧观演、学术研讨等议程即将落下帷幕。现在我们举行闭幕式，今天的闭幕式主要有两项议程，下面分项进行:

首先进行第一项议程，请文艺评论基地主任谢柏梁总结。

谢柏梁: 谢谢! 我们就两天来的 2016 国际戏剧大师汤显祖文化传播研讨会做一个简单的小结。在本次大会和晚会的过程中，首先，我们响亮地提出了“汤学”的正式建立这样一个倡议。我们说以前的“汤学”大部分是打引号，还有一点欲说还休，还有一点不够自信。但是在今天我们要说“汤学”和红学一样，“汤学”和莎学一样，经过一代一代学者，经过一个又一个活动，经过一番又一番的演出，包括我们此次盛会的研讨，我们可以响亮地提出“汤学”名正言顺的成立，和“汤学”内涵的建立。它既包含对汤显祖的研究，也包括对汤显祖作品的研究，还包括对汤显祖的剧作的研究，更包括对汤显祖剧作的演出、报道、翻译等不同传播方式的认识、研究和总结。这样的“汤学”才是真正的“汤学”，这样的“汤学”才具备比较大的格局。刚才讲的，对哲学和美学方面的研究，还包括了“汤学”与戏剧文化和人文祭礼、人文民俗方面的研究，更重要的是把汤显祖作为中国戏剧的品牌、中国文化的品牌来进行研究。我想这个都是“汤学”研究范畴内的应有之义。

其次我们就“汤学”的表达方式在我们会上有一个探索，不仅仅做在我们所谓研究阶层、精英阶层的一些自己小圈子内的研究，自己说话自己听，小圈子里相互消化，相互学习，这还不够的。我们“汤学”的提出，是希望能够借助媒体，借助政府的推广，把“汤学”推广成为老百姓的学问，成为大众的学问。这是最重要的。包括请各个剧种的杜丽娘返乡，就是因为我们觉得把共享文化的权利交给老百姓，让老百姓不仅仅是与这些精英同乐，更重要的是共同关注汤显祖，共同传播汤显祖，把汤显祖从小众的研究发展成为大众的研究，成为中华文化重点人物和经典文化的民族共识，这是汤显祖研究一方面的特点。

再次，在这次盛会上，我们既谈喜也谈忧，谈喜我们说汤显祖研究在 2016 年以来，已经达到了前所未有的高峰，关于汤显祖研究的高峰，关于中国剧作家的研究，关于中国戏曲在全世界传播的高峰，我们谈了好多好多。同时我们还提出了自己的希望，我们希望汤显祖研究能够更多地得到各个方面的支持。我们希望汤显祖研究更多地得到海外戏剧界的回应。刚才我们有董单老师，还有张婷记者，她们从不同的方面回顾了海外的传播，我们有学者在做海外的研究。但是我们也提出，在今年以来，就是在2016年，关于汤显祖的海外研究的正规的论文，目前是暂时还没有看到。但是已经有了关于“汤学”极好的一些成果，比方说加拿大UBC的《〈牡丹亭〉研究》，那么厚厚的一本书，是英文专著。这样一些西方的成果，我们怎么样从我们的角度去解读。作者是绝对的美国白人，我们接待过他多次，但是在加拿大教书。像这样的优秀学者，以什么方式，使他的成果进入到我们的研究层面里来。我们不说表彰，我们来予以重视，我们予以海外的“汤学”一定的支持。我们也要把这些力量怎么聚集起来。我们从今天的会议当中，又深化出新的探索，不仅仅是聚集国内，不仅仅是聚集海峡两岸暨香港、澳门，不仅仅是聚集华人，还有其他民族关于汤显祖研究的团队，而且以相应的方式予以重视，甚至是表彰，我觉得也是其中应有之义。

另外刚才各位提到，我们目前关于汤显祖的演出，主要还是昆曲。后来我们最大限度地拓展汤显祖作品的演出。比方说越剧的演出，李沛婕的《牡丹亭》，不仅仅有昆曲，还包括地方剧种，还包括整个其他的戏曲剧种、话剧剧种……还有其他海外的，其他的新型的表演方式。我们热切地希望有更多的演出出现。昨天我们自己做了一个尝试，仅仅是国内的，还不完全是戏曲的荟萃。有一些剧种，比方说秦剧，比方说秦腔，都是因为剧团的原因，各人身体的原因，还有的在乡下，他们的信号时断时续，我们希望把国内的戏曲全部结合起来。如果汤显祖只是我们中国人的，这是对的，这是我们的主体，我们的大本营。可是也应该像莎剧一样，在全世界范围内加以推广和演出，对于这件事我们都有责任。实际上各位关注到今天早晨中央电视台新闻联播节目播了一个节目，我看了觉得高兴，同时觉得不满足。中央电视台播的节目是什么呢？是江苏省昆剧院的新剧，是改编汤剧，我想这个也很好。可是为什么不把角度再改过来，既研究昆曲，再编一个，比方中英文的剧，比方说美国人演我们的汤剧不是更好吗？我也欣喜地看到，从昨天晚上到今天，国内的媒体对我们省会的报道已经有 10 种之多，有《光明日报》，接下来是《人民日报》，还有《中国艺术报》《中国文化报》等。我们地方的报道，从南昌到这里都不少。我们这样一个报道，仅仅还只是一个开始。还有我们的汤显祖研究分会的研究的杂志，还有我们中国戏曲学院，我们积极的《戏曲评论》杂志，我们肯定要做汤显祖盛会的专刊，也肯定要以一个篇章来展示我们会议的内容。今后我们还想编写一本像样的书。除了开幕式速记不在场，我们所有智慧的成果都被记录下来。我们也请各位在我们速记稿的基础上，重新把它规范成文，重新把它重视、升华，成为更好的我们会议的记录和推动我们今后“汤学”研究的一个小小的脚印。

我觉得今天一天的会，昨天一晚上的演出，在我们中国文联、中国文艺评论家协会的领导和关怀下，在我们抚州市委市政府的具体操办和指导下，在我们抚州文管局等单位的承办过程下取得了很好的成果。就在刚才江西省文联主席叶青先生很客气的打电话、发微信来，说这一次他没有能够参与，表示万分的歉意。希望我们今后把“汤学”研究，把这样的事情做好。

以上是我简单地回顾了一下我们今天会议的情况。我们相信，只要“汤学”这一面旗帜能够更加鲜亮、更加鲜明地飘扬起来，在国际文坛上、在国际政坛上具有一定的影响和声望，就是我们元江兄讲的，就会让世界跟我们拉近距离。因为今天时间不够，我们作为操办人不好更多地说自己的话，实际上汤显祖的《牡丹亭》已经得到了全世界政要的关注。今天时间不够，我就不多说了。以前克林顿访华的时候，必备的项目就是在上海看《牡丹亭》。关于这一章写了六七万字，后来出版社说，看是很好看，但是限于当时的情况，还是不能出版。可是时过境迁之后，我们还是要全文出版。到法国，到整个政界，为了汤显祖能够在舞台上推出，能够让现任的美国总统看《牡丹亭》，整个国际政坛当时都很关注中国的文化世界。这方面的内容今天我就不过多地展开了。我们有很多很多的资料，后来北京方面也做了许多共同的探讨。从中国文联到福州市，到中国戏曲学院，到更多的海内外同道对汤显祖的重视，这不仅仅是名称的问题。今天会议上好多人的说法，不是一个名称，不是一个符号，他说汤学和莎学都把人性最好的画面，最纯情的画面，也最矫情的画面展示出来，这才是汤学真正的魅力。“汤学”是地方的，是中国的，但不仅仅是抚州不仅仅是中国的，它是属于全人类的宝贵的文化遗产。可是要让我们的想法成为全世界文化人的共识，我们还要做艰苦的工作，我们还要行万里路。谢谢各位！我的汇报就到这里。

主持人：下面进行第二项议程，有请中共抚州市委常委、宣传部长傅云同志致辞，大家欢迎！

傅云：各位来宾，各位专家，女士们、先生们，下午好！

2016 国际戏剧大师汤显祖文化传播研讨会及各剧种杜丽娘返乡晚会进行到现在已经接近了尾声。我们十分高兴地看到各位来宾、各位专家在两天的时间内，为弘扬和传播汤显祖文化尽心尽力，为我们汤翁故里负起进一步弘扬汤显祖文化的应有责任而献计献策，使我们抚州受益匪浅。为此我代表抚州市委市政府向与会的各位嘉宾表示诚挚的谢意！

弘扬汤显祖文化，讲好中国故事，抚州作为临川文化的传承人，临川义不容辞，更要有强烈的文化自觉和责任担当。抚州正在努力创建国家历史文化名城。历史文化名城应该如何建设，城市的品位应该如何提升这个重大课题离不开文化两个字。前不久，我们省委书记鹿心社同志在抚州考察时就指出，文化是抚州最大的特色，也是抚州最亮的品牌，最佳的名片。昨天和今天上午，我们新任的省委常委宣传部长赵力平（音）同志也在我们抚州。他考察的第一个设区市就是抚州市，也对我们抚州提出了打好文化牌的殷切希望。他要我们打好文化牌，讲好中国故事，多出精品力作。

对抚州而言，临川文化就是抚州这座城市的灵魂，是主要标志。它曾经而且仍然在持续、广泛、深厚地影响着抚州人民的精神生活，并成为抚州人民为这座城市骄傲和自豪的渊源。先贤汤显祖就是文化的杰出代表。因此打好汤显祖文化这张牌，以文化提升、塑造抚州的高品位形象，进而推动抚州经济社会发展，已经成为抚州上上下下的共识。根据这个思路，我们在制定和实施以汤显祖文化为抓手的抚州文化发展战略，并以此为依据，制定出抚州文化发展五年目标。打造中国戏都、海内外高地、全国历史文化名城，以山水为载体，以文化为灵魂，五年内在文化、生态旅游产业方面持续发力，把文化优势转化为产业优势，资源优势转化为经济优势，为美丽江西建设创造抚州经验。我们将充分运用汤显祖这一优秀的传统文化符号，向世界讲好中国故事。作为汤翁故里，我们以文化创建乃至整个经济社会发展和进步为契机，我们将通过上下一致的努力，让抚州成为写戏、看戏、评戏的展演中心，成为国际性的中心基地，成为寻梦、圆梦的文化旅游胜地，成为历史文化名城，成为名副其实有梦、有戏的地方。作为汤翁故里，我们正在建立文昌里文化历史街区，让抚州成为举世瞩目的汤显祖戏都。我们正在加紧规划建设三翁小镇，要将莎士比亚、塞万提斯引进抚州，体现莎士比亚、塞万提斯的无穷魅力。作为汤翁故里，我们正在制定教材，重点是让孩子们能脱口而出地唱出汤显祖作品中的名段，让戏曲能进校园。作为汤翁故里，我们将建立基金会，使汤显祖文化进一步走向世界。我们将通过多种形式，将新创的音乐剧《汤显祖》，乡音版“临川四梦”，通过多种对外文化交流活动展示出来。让世界了解中国，多彩的中国，博彩的中国，了解一个文化深厚的抚州，一个和谐的抚州。这是抚州人民的一个共同愿望。今天各位来到美丽的抚州能够感受到汤翁故里的魅力，更能看到具有文化氛围的历史文化名城。为了这个美好的明天抚州人民会担负自己的责任，会用持续不断地努力把蓝图化为现实。

各位来宾、各位专家，抚州的明天正在恭候你们的光临，谢谢大家！

主持人：刚才谢柏梁主任就今天的研讨会做了一个很好的总结，傅云部长做了一个很好的闭幕词。今天我们闭幕大会的议程就全部结束了，现在我宣布2016国际戏剧大师汤显祖文化传播研讨会闭幕。

第二部分

与会专家撰写的相关论文

海内外《牡丹亭》的改编演出

谢柏梁

明万历二十六年（1598 年），汤显祖的《牡丹亭》呱呱问世。此前三年，莎士比亚的《罗密欧与朱丽叶》也已写就。东西方两部浪漫的爱情名剧，从文学本和演出本两个层面上，400 年来广泛而深刻地影响了世界，敲击着人们的审美认知和既喟然感叹又热切向往生死绝恋的心弦。

在 2016 年亚洲和欧美部分国家举办纪念汤显祖、莎士比亚和塞万提斯逝世 400 周年的演出、演讲和学术会议的热潮中，由中国文艺评论中心、中国戏曲学院和汤翁家乡抚州市政府组织的各剧种“杜丽娘返乡省亲晚会”，在汤显祖大剧院上演后，赢得了演剧界、学术界和社会各界的广泛关注。晚会不仅汇集了昆曲、京剧、越剧、川剧、黄梅戏和赣剧、盱河高腔等八大戏曲剧种，还有中央芭蕾舞团的芭蕾舞剧、上海话剧中心的中英肢体剧和中美合作的话剧《牡丹亭》片段，共同为观众奉献了众多风格各异却又同样光彩照人的杜丽娘形象。

昆曲是《牡丹亭》的最佳载体,《牡丹亭》是昆曲的最佳品牌。这是一个戏剧史上最为真实的悖论组合与惊天逆转:汤显祖作为江西人,其《牡丹亭》原本是为当地的宜黄腔写作的。他在《七夕醉答君东》中题咏道:“玉茗堂开春翠屏,新词传唱《牡丹亭》。伤心拍遍无人会,自掐檀痕教小伶。”但是宜黄腔毕竟有地域的局限性,此时在全国范围内扶摇直上的剧种是昆曲。苏州昆曲界的专业人士,很快就发现了该剧与昆曲精魂相合的内在联系。以吴江派首领沈璟为代表的一批苏州大曲家,成功地将《牡丹亭》予以了昆曲化的移植改编。这些基于声腔和上演起见的改编,却引起了汤显祖的勃然大怒:“彼恶知曲意哉!余意所知,不妨拗折天下人嗓子!”

但是事情的发展并非以汤翁的意志为转移。昆曲界人士强大的改编与搬演力量,使得一部不是为昆曲而写的剧目《牡丹亭》,居然成为昆曲的最佳代表剧目。到了乾隆年间的叶堂手中,他又尽可能回归到汤显祖原剧的范围内依词度曲,最大限度地吻合了汤显祖的意趣神色。当代昆曲大家张继青被法国人称之为“东方歌剧皇后”。中国各种版本的昆曲《牡丹亭》到欧美巡回演出,已经成为常态化的文化现象。

京剧的《牡丹亭》改编,总的来看只是昆曲昆演和昆曲京演的差别。即便是京剧大师的表演,也很难超越昆曲大家的表演典范。《春香闹学》有京剧的味道,但也只是一折戏而已。倒是国家京剧院的国戏在读研究生王珺,别出心裁地将“原来姹紫嫣红开遍”用梅派四平调开唱,赢得了大家的一致赞扬。今后京剧如何改编上演汤显祖的本戏,总还是有待探索的一个课题。

越剧的《牡丹亭》改编,到目前为止最有声势也最有成绩。浙江越剧团就有两个版本，中国戏曲学院越剧班有一个版本，福建芳华越剧团有舞台版和电视版。浙越最早的版本是国戏第三届青年研究生班的李沛婕演出的版本。她的毕业作品就是吕建华改编的 2004 越剧版《牡丹亭》。这部作品的特色是略微减少昆曲杜丽娘的仙气，让她更加低调地回到人间，贴近百姓，追求的是深入浅出、通俗易懂地与观众产生共鸣。到乡镇演出的时候，主创人员都怕老百姓看不懂《牡丹亭》，但结果老百姓恰恰对这出戏最为欢迎。有位老先生含着泪对主演说，越剧观众期待了四十年的《牡丹亭》，终于在舞台上呈现了，我向你们道谢！

从文学品格上来看，国戏越剧班的毕业大戏《牡丹亭》较为高蹈一些。由颜全毅改编的剧本，将越剧小生与柳梦梅对接起来，杜丽娘成为第二主角。全剧风光绮丽，充满了诗情画意，得到了越剧观众的一致好评。

浙江小百花越剧团独出心裁地将莎剧和汤剧结合起来，《寇流兰与杜丽娘》在伦敦、巴黎和德国演出，都激起了大家的好奇心。这一具备学术文化交融与探索的好戏，具备国际化的情怀和文化品格。

川剧《牡丹亭》别开生面。名家陈巧茹在前半段羞羞答答，表演温婉有如昆曲风格，但在后半部却风格迥异。在阎罗殿的妖魔鬼怪面前，川剧杜丽娘泼辣果断，大开大合，与娇滴滴的苏昆杜丽娘形成鲜明对比，充分展现出四川女孩子的刚柔相济、炽烈火热的辣味。

黄梅戏的《牡丹亭》以湖北、安徽的版本为例，迄今已经拥有了一些戏迷。但整本剧的精致化与经典化，还在继续努力的过程中。

地方戏中演过《牡丹亭》的剧种还有豫剧、北路梆子、秦腔、青海平弦戏、粤剧等多个剧种。秦腔名家左秋芳将这出戏作为自己的代表作之一唱到民间，唱到连北方观众也同样喜欢，实属不易。

在汤显祖的家乡，著名戏剧家石凌鹤先后将“临川四梦”改编成赣剧，其《还魂记》两次上庐山为毛泽东主席等中央高层演出，得到了较高的评价。从现在陈俐教授演出的版本来看，其表演之欢快，场面之流动，青春少女的娇羞之外的春情涌动，比起昆曲来显然要热闹许多，节奏也明快很多。采茶戏和盱河高腔版《牡丹亭》，这几年也越来越引起大家的重视。

在海外，比较知名的演出有德国版、欧洲版和美国版三种。

德国版《牡丹亭》是德国汉学家洪涛生（Vincenz Hundhausen）创办的北平德国剧团排练演出。该剧于1936年先后在德国、奥地利和瑞士等国上演，德语版《牡丹亭》体现出中国式生死不渝的爱情，引起了德语戏剧界和文化界的一片惊艳之声。

欧洲版《牡丹亭》由世界级前卫导演彼得·谢勒（Peter Sellers）执导，谭盾作曲，英语和中文双语演出为主，全部时长3小时。该剧于1998年夏首演于伦敦巴比肯中心，1999年春美国首演于柏莱克，在欧美戏剧界都有较大的影响。该剧的特点是西洋美声歌剧、话剧和昆剧三线并行。其中昆剧部分由华文漪饰杜丽娘、史洁华饰春香。不仅许多西方观众被感动得热泪盈眶，就连身穿紧身衣、水袖化做两缕纱的华文漪本人也都沉浸于中而难以自拔。黄英的歌剧版杜丽娘也引人入胜。《华尔街日报》评论说：“黄英丝绸般的音色对杜丽娘角色的诠释，是歌剧《牡丹亭》最吸引人的一部分。”

美国版《牡丹亭》由旅美华人陈士争执导，演出时长为20小时。由温宇航（原北昆演员）、钱熠（原上昆演员）主演，评弹辅演。该剧原本是林肯艺术中心与上海昆剧团的合作项目，后来因故辍演，引起了国际文化界和欧美政要的极大关注。林肯艺术中心独家打造的《牡丹亭》参加了欧美诸多主流艺术节，在国际上影响较大。

除了《牡丹亭》之外，汤显祖的其他剧目也开始受到海外人士的关注。由英国利兹大学和中国对外经济贸易大学的师生，将莎士比亚的《仲夏夜之梦》和汤显祖的《南柯记》合二为一而创作的新的舞台剧《仲夏夜梦南柯》以一场跨越时空、来去古今的邂逅，在中英两国都引起了年轻人的追捧。

随着汤学作为可与莎学媲美的显学地位的确立，随着中国文化方兴未艾的国际化传播，《牡丹亭》和其他汤剧，还将在国内外化身为不同样式的艺术表现形式，例如刚从英伦三岛载誉归来的中央芭蕾舞团的芭蕾舞剧《牡丹亭》，例如中英肢体剧和中美话剧《牡丹亭》的艺惊四座。庄严妙相无穷飞花，同一法身幻化无穷，这些演出都会在国际剧坛上获得更加广泛的影响，具备更多经典的意义。

2016：汤、莎、塞之铿锵三翁行

——走向世界的汤显祖

谢柏梁

2016年，正值世界著名戏剧与文学大师汤显祖、莎士比亚和塞万提斯逝世400周年。国度不同，因缘不一，这三位大师不能同年生，但却选择了同一年走向天国。凭借他们留在人间的戏剧与小说作品，他们早已走向了全世界。如今，世界上爱好戏剧与文学的人们，都在密切关注他们的铿锵三人行。

一、如花美眷，似水流年

早在1606年，“临川四梦”作为汤显祖《玉茗堂文集》的一个部分，在南京付梓发行。

四百多年前，当位于英国伦敦的莎士比亚环球剧场正在上演莎翁戏剧《仲夏夜之梦》时，中国的诸多戏台上也在演出中国明代戏曲家汤显祖的传奇《牡丹亭》。正如莎士比亚的剧本被译成多种语言搬上多国戏剧舞台一样，汤显祖的“临川四梦”也在历史的长河中，不断地被宜黄腔、弋阳腔和昆系统所改编上演。近百年来，汤显祖的名剧也在国际舞台上频频演出，受到了大家的青睐和重视。

以《牡丹亭》为代表的“临川四梦”相继问世后，从“自掐檀痕教小伶”的宜黄腔上演，经过沈璟门人、冯梦龙、叶堂等人的不断加工，逐步被转型为昆曲的代表剧目，受到了各方面的关注与重视，从而产生了广泛而深远的影响。

有一大批剧作家直接受到了汤显祖的影响。他们从剧本的立意构思到曲词的风格熔铸，都刻意模仿汤显祖的剧作。洪升的《长生殿》受汤显祖影响之深，不仅在词采，更在于全剧的情旨追求；孔尚任的《桃花扇》，亦处处可见汤显祖渊源；张坚的《玉燕堂四种》受汤显祖启示尤多…… 应该说，汤显祖同时代的剧作家和后代剧人，都在不同程度上从不同方面受到其深刻启迪。

1930 年京剧大师梅兰芳在美国演出《牡丹亭》的折子戏《游园惊梦》和《春香闹学》为时两个来月，轰动了整个美国。每场结束至少谢幕 15 次之多。当时美国人这样评论：“中国剧，雍容大雅，位置之高，分量之重，为世界戏剧之冠。”

20 世纪以来，《牡丹亭》曾几度被搬上银幕和荧屏。1960 年版的梅兰芳、俞振飞和言慧珠版本的《游园惊梦》流传较多。1986 年南京电影制片厂拍摄的张继青版《牡丹亭》，具备昆曲传承的学术文化意义。1996 年拍摄的上海电视台蔡正仁、张洵澎版《牡丹亭》电视连续剧，都具备较大的非物质文化遗产的文献抢救和艺术示范意义。

关于上昆版全本《牡丹亭》和苏州昆剧院的青春版《牡丹亭》，不得不予以提及。

早在1996年初，美国纽约林肯中心艺术节导演约翰·洛克威尔（John Rockwell）与华裔导演陈士争，就想将全本《牡丹亭》搬上舞台。接下来，陈士争受林肯中心艺术节、法国金秋艺术节、悉尼艺术节和香港艺术节联合邀请，与上海昆剧团合作。历时八个月，排练了全本《牡丹亭》，并在上海云峰剧院连续数日彩排试演。

该剧试演甫一结束，《人民日报》华东版就推出了整版的正面评介文章。但与此同时，上海的《解放日报》《文汇报》和《新民晚报》就罕见地同时发表文章，对全本《牡丹亭》中的大出殡与地域景观、倒马桶与庸俗表演等场面予以指责，并借此对全剧做出了整体上否定的评价。后来该剧果然不克赴美演出。

在一切谈判都无法解决问题的前提下，林肯中心理事会主席、著名女高音席尔丝且曾拜托前国务卿基辛格、还有到沪访问的克林顿总统调停，但最后依然没有取得共识。最终，陈士争与上昆各自推出自己的《牡丹亭》。陈士争版《牡丹亭》联合出走美国的原女主角钱熠和音乐总监周鸣，组织了温宇航等另一班演员，凭借原来已经运到纽约的道具、布景、服装，从1998年早春开始，在马萨诸塞州开始了排练，最后参加了林肯艺术节和其他国际艺术节。

一般认为，陈士争版《牡丹亭》的最大赢家是陈士争，因为他从此获得了国际戏剧界的重视和青睐；第二种说法，说上昆的全本《牡丹亭》的辍演，导致了苏州昆剧院青春版《牡丹亭》的横空出世，这都是不争的情况。

但时过境迁，现在看来，也许 1998 年的《牡丹亭》热点事件，为 2001 年昆曲在联合国教科文组织申报首批人类非物质文化遗产成功，准备了最好的铺垫。这是大家都不应忘却的事实。

二、袅晴丝吹来闲如线

2001 年 5 月 18 日，联合国教科文组织在巴黎宣布第一批“人类口述和非物质遗产代表作”名单，其中就包括以《牡丹亭》作为代表剧目的昆曲艺术。从此，昆曲艺术作为人类和全世界的经典艺术，获得了前所未有的群体性关注。

2006 年 9 月 15 日至 10 月 8 日期间，苏州昆剧院青春版《牡丹亭》在美国柏克莱加州大学的四大校区献演四轮共 12 场，演出盛况空前、场场爆满。10 月 3 日下午 3 时在被美国誉为太平洋天堂之城的圣芭芭拉市市政大厅隆重举行命名仪式，市长马丁·布鲁姆（Marty Blum）宣布 10 月 3—8 日为“牡丹亭”周，并在城市主要街道上悬挂“牡丹亭”彩旗。2006 年 10 月 8 日，由美国国会议员路易思·凯普斯代表美国国会向青春版《牡丹亭》剧组颁发了美国国会的特别认定证书，肯定了白先勇先生和江苏省苏州昆剧院《牡丹亭》剧组为中美文化交流做出的杰出贡献。

近五年来，汤显祖到莎翁的老家和欧洲其他国家串门，莎翁的剧作到中国走亲戚，已经不是什么新鲜事了。遂昌县文化部门就为了弘扬老县令汤显祖的戏剧文化，曾 4 次访问莎翁故乡。2011 年，遂昌与浙昆合作，带去了《游园》《惊梦》和《幽媾》等《牡丹亭》的三出经典折子戏。但看惯莎翁全剧的人们，都感叹演出时间转瞬即逝，没有尽兴，期待能够在将来看到完整的《牡丹亭》。第二年，林为林又率团将全本《牡丹亭》

带到了斯特拉特福德。斯特拉特福德艾文学院副院长泰勒·爱向他表示，杜丽娘的美不仅体现在姿态与服饰上，还体现在她跨时代的女性意识上，这一点对英国观众来说并没有距离感。

2013 年，中国戏曲学院与台湾地区“中央大学”组成的《牡丹亭》团队，先后到德国海德堡大学、奥地利音乐学院、维也纳大学和奥地利皇宫，上演了由顾卫英主演的《牡丹亭》。

江苏省苏州昆剧院和日本歌舞伎大师坂东玉三郎合作，在巴黎夏特莱剧院演出了中日版《牡丹亭》。同月，由张继青、顾卫英教唱昆曲的坂东玉三郎，被法国政府授予艺术及文学骑士勋章。

2014—2015 年，在北京举办了首届和第二届小剧场戏曲节。比较有剧场号召力的小剧场戏曲《一旦三梦》，首梦便是笔者缩写的《惊梦》。

去年 7 月 8 日起，在美国纽约林肯中心和弗吉尼亚州狼阱表演艺术中心，中国国家芭蕾舞团先后推出了芭蕾舞剧《牡丹亭》，受到了美国观众的厚爱。林肯艺术中心与各种版本的《牡丹亭》结缘，解不散，理不开啊!

2010 年，中国非物质文化遗产保护中心负责人，与联合国教科文组织的相关方面开始讨论纪念汤翁、莎翁和塞翁的可能性。2012 年，笔者在《光明日报》上发表了《如何纪念世界文化巨人汤显祖》的长文。

2015 年 10 月 21 日，国家主席习近平在伦敦市政厅发表题为《共倡开放包容共促和平发展》① 的重要演讲。在演讲中，习近平主席多次提到了中英两国知名的文学作品和文学家。习近平主席提出，中国明代剧作家汤显祖被称为“东方的莎士比亚”，他创作的《牡丹亭》《紫钗记》《南

① 《共倡开放包容共促和平发展》，新华网伦敦 10 月 21 日电。

柯记》《邯郸记》等戏剧享誉世界。汤显祖与莎士比亚是同时代的人，他们两人都是1616年逝世的。明年是他们逝世400周年。“中英两国可以共同纪念这两位文学巨匠，以此推动两国人民交流、加深相互理解。”

三、最撩人春色是今年

今年（2016年）1月，上海就举办了《汤显祖集全编》和《汤显祖研究集刊》的发布与研讨会。香港城市大学的郑培凯教授在《文汇报》1月4日发表《神交汤显祖》的文章中说：“近期收到好些会议与活动邀请，在大陆诸多城市除外，还有的在巴黎，有的在莎士比亚故乡……怎么回事，为什么全世界都如此大张旗鼓，摆出全副銮驾的架势把汤显祖供奉到文化神坛上去呢？”

阳春三月，中外不同机构纪念三位大师的活动，拉开了一道道帷幕。3月22日，由江西省人民政府主办的中国戏剧家汤显祖逝世400周年纪念活动新闻发布会在北京人民大会堂举行。江西今年将在国内以及英国、西班牙、美国举办或参加系列活动，共同纪念这三位文化巨匠。

先提一下不仅仅是以小说《堂吉诃德》知名的塞万提斯，他在西班牙的红尘生涯中，其戏剧创作也曾风靡一时。只是他的小说名气太大，后代人都忘记了他在戏剧剧本上的贡献了。不过世界人民和戏剧界都还记得他，今年中国、英国和西班牙三国将合作开展一系列文化交流和纪念活动。西班牙国家图书馆等单位会为之举行全球性的一系列纪念活动。汤显祖的家乡抚州，今年将与阿尔卡拉市签订友好城市协议。两位世界级文化大师的家乡挽起手来，汤显祖与塞万提斯在天有灵，也将会感到无比欣慰。

汤翁与莎翁，都以戏剧知名于世。所以他们携手同行、好戏共演的机会更多一些，在今年将会达到历史上的最高峰值。

此前11天，英国皇家莎士比亚剧团在上海大剧院结束了为期4天的莎剧演出后，就慕名来到上海昆剧团，在上昆现场观看了汤显祖代表作之一的《牡丹亭·游园惊梦》，不少人在第一次近距离接触昆曲的过程中感到震撼。该团艺术总监、《王与国》三部曲的导演格里高利·道兰，为昆曲的精致和演员娴熟的技巧惊叹不已，他惊叹昆曲精美绝伦的服装和妆面与简洁的舞台设计形成了一种奇妙的平衡。

3月24日，北京戏剧家协会和《新剧本》编辑部共同拉开了今年汤显祖研讨会的又一道帷幕。与会学者和艺术家们不仅对三位大师表示了敬意，同时也对汤翁和莎翁的戏剧精神予以了比较，还将推进两大戏剧家在小剧场戏剧中的牵手。此前，在繁星戏剧村矗立的汤莎二翁的两尊铜像，早已巍然耸立。

26—29日，由联合国教科文组织指导，国际戏剧家协会、中国戏剧家协会与广州市共同主办的2016世界戏剧日亚洲传统戏剧论坛在广州举行。国际剧协总干事托比亚斯·比安科尼，国际剧协副主席、中国戏剧家协会驻会副主席季国平以及来自世界22个国家和地区的戏剧家协会官员、戏剧艺术家参会。会议共同探讨了亚洲传统戏剧生存现状、发展与交流；并就汤显祖、莎士比亚东西方戏剧文化展开对话。整整一年的广东汤剧莎剧纪念年在仪式上就此开场。此前已经预热的“莎士比亚单元”将持续到4月下旬结束，剧作包括《哈姆雷特》《奥赛罗》《李尔王》。昆曲表演的汤显祖单元也将以“临川四梦”首次合体演出的阵势隆重开场。其实早在十年前，国际剧协在南京召开的戏剧节上，开幕式就出现了汤剧与莎剧片段的同场呈现，并就罗密欧与朱丽叶的逝去和杜丽娘的复生予以了对照展示。

4月伊始，在莎士比亚故乡英国斯特拉福德镇，来自汤翁故乡的采茶戏《牡丹亭》以及傩舞、手摇狮等抚州民间艺术将次第展示，汤显祖和莎士比亚的一组雕塑，也将分别安放在两人故居；在美国的湾区，还将举办美国硅谷各界纪念汤显祖研讨会，正式筹建美国硅谷汤显祖纪念馆，这也显示出科技界对于文化的高度认同与顶礼膜拜。

在北京，国家大剧院等地先后演出上海昆剧团版本和江西乡音版“临川四梦”，还有江苏省昆剧院、苏州昆剧院的其他汤剧和莎剧的系列演出。

9月14日，纪念汤显祖逝世400周年座谈会在京召开，中共中央政治局委员、中央书记处书记、中宣部部长刘奇葆出席会议并讲话，强调要礼敬优秀传统文化，增强中华文化自信，传承好先人创造的精神财富，推动中华文化血脉延续，把跨越时空、超越国度、富有永恒魅力、具有当代价值的文化精神弘扬起来。

刘奇葆指出，汤显祖是我国文艺史上的一座丰碑，和莎士比亚一起被誉为同时代东西方两大文学巨匠。他创作的《牡丹亭》等作品具有永恒的艺术价值，是历史的、也是当代的；是高雅的、也是大众的；是民族的、也是世界的。回望历史、重温经典，感知汤显祖作品的艺术魅力和当代价值，解读其文化基因，对我们传承优秀传统文化、促进中外文化交流互鉴，有着深刻的启示和积极的借鉴作用。

刘奇葆强调，我们今天纪念汤显祖，就要坚守文艺理想、坚持文艺品位，秉持人民情怀、植根生活沃土，使文艺创作获得旺盛的生命力。要在尊重传统、遵循艺术规律的基础上，扬弃继承、转化创新，赋予优秀传统文化新的时代内涵和现代表现形式，实现中华文化现代化。要积极推动中华文化走出去，把最具标志性的文化符号宣介出去，充分展示中华文化的独特魅力，让世界了解一个文化的中国、多彩的中国、博大的中国。

在抚州，今年9月底，最为精彩纷呈的活动有：拜谒汤显祖墓、大型民俗踩街、汤显祖纪念馆新馆开馆、汤显祖逝世400周年国际高峰论坛、第三届中国（抚州）汤显祖艺术节、抚州汤显祖国际研究中心成立等。当地与金融、邮政部门联手，在全国发行汤显祖逝世400周年纪念币和纪念邮票。

在南昌，江西省文化厅厅长池红介绍，江西省将在第六届江西艺术节暨第十届“玉茗花”戏剧节中设立“汤显祖戏剧奖”，并全面实施“汤显祖——江西戏曲传承振兴工程”，推出戏曲剧目创作扶持计划、戏曲人才培养新星计划、戏曲演艺惠民计划、戏曲传承保护薪传计划、戏曲宣传推广普及计划等五大项。

今年底，中国文联文艺评论中心、中国戏曲学院将在11月份汤显祖的忌日召开“汤显祖、莎士比亚、塞万提斯国际学术研讨会”，上海大学将联合南方的大学，在12月份召开“汤学与“牡”学学术研讨会议”。

四、月落重生灯再红

汤显祖的影响，不仅体现在海内外演出和学术会议等方面，还体现在学术界的认定、书籍的出版和相关展览会的推广等不同板块。

在海外学术界，汤显祖在日本与东亚、欧州与北美的影响与日俱增。我们姑且采撷部分大学部分学者的论断与著作。

帝国大学、山口大学：青木正儿。代表作《中国近世戏曲史》，成书于1930年（昭和五年）。1933年上海北新书店曾出版郑震节译本。1936

年上海商务印书馆又出版了王古鲁的译本。他是最早将汤显祖与莎士比亚对比的学者，首倡东方的莎士比亚——汤显祖之说。“东西曲坛伟人，同出其时，亦一奇也。”

哈佛大学：宇文所安（Stephen Owen）。代表论文有：《〈牡丹亭〉在〈桃花扇〉中的回归》。

加州大学：戏剧系主任罗伯特·柯恩（Robert Cohen）教科书《剧场》（Theatre）：《牡丹亭》介绍。古希腊悲剧专家玛丽安娜·麦克唐纳（Marianne McDonald）：“《牡丹亭》是我一生中看过最伟大的一出歌剧。”

加拿大英属哥伦比亚大学：凯瑟琳·斯沃特克（Catherine Swatek）。代表英文著作有：《牡丹亭演出史》。

2008年，美国文艺评论家丹尼尔伯特在贯通古今的《世界名剧100部》中，再次将莎翁和汤翁的剧本收纳其中。《牡丹亭》作为唯一被收列排行的中国剧本，被排到第32位。这部带有教科书性质的排名榜，极大地影响到美国大学生和欧洲大学生对于世界经典名剧的评价。

目前，《牡丹亭》有英、德、法、日、俄的译本；美、日、俄等国也都有“汤学”的研究者。汤剧无穷的艺术魅力和永恒的审美意蕴，已经成为中华民族的一笔重要的精神文化财富。

在中国，近百年来关于研究汤显祖与《牡丹亭》的著名学者以及相关出版机构颇多。他们是：

北京大学：德文系教授洪涛生将《牡丹亭》译成德文，这是该剧的第一个外文版本（1933）。目前教育部颁布的中文系通用教材，是袁行霈主编的《中国文学史》，该书囊括了中国图书奖、教育部人文社科和北京市社会科学成果奖等诸多奖项。其明代戏曲部分包括汤显祖的篇章在内，都是笔者所撰。

南京大学：钱南扬。《汤显祖戏曲集校点》《汤显祖戏曲集》。收集有2200多篇诗文和“临川四梦”剧本的《汤显祖集》，也于1963年起一版再版。

浙江大学：徐朔方。著有《〈牡丹亭〉校注》《汤显祖诗文集编年笺校》《汤显祖全集》（笺校）、《汤显祖年谱》《汤显祖评传》《论汤显祖及其他》等著作。“汤学”的奠基人。

苏州大学：中国典籍英译研究会会长汪榕培。《汤显祖戏剧全集》英文版。上海外语教育出版社2014年版。该书曾经荣获第十四届上海图书奖一等奖，人称典籍英译的典范。

上海古籍出版社：今年1月份，由上海古籍出版社出版的《汤显祖集全编》又在已故学者徐朔方所著《汤显祖全集》的基础上，进行了全面增订，新增汤显祖佚文四十余篇，是目前唯一的汤显祖存世诗文、戏曲作品的深度整理之作。

上海人民出版社：由叶长海主编出版的《汤显祖研究丛刊》，共由七种专著构成：原中国戏曲学院院长周育德先生的《汤显祖论稿》、香港中文大学教授华玮的《走近汤显祖》、武汉大学教授邹元江的《汤显祖新论》、复旦大学教授江巨荣的《汤显祖研究论集》、上海戏剧学院教授叶长海先生的《汤学刍议》、香港非物质文化遗产咨询委员会主席郑培凯先生的《汤显祖：戏梦人生与文化求索》、海南省艺术学校副研究员龚重谟先生的《汤显祖大传》。

中国作家出版社：由笔者撰写的《戏剧大师汤显祖传》，正在紧锣密鼓的撰写过程中。

海豚出版社在今年的伦敦书展上推出了由中国著名翻译家许渊冲所推出的《牡丹亭》（汉英对照版）。许先生曾于2014年问鼎国际翻译界最高奖项之一——国际翻译家联盟“北极光”杰出文学翻译奖，先后出版过一百余种中、英、法互译作品。该书的插图选自万历木刻本，在西方式的皮质封面上烫印中式花纹，堪称是中西合璧相得益彰的实例。

在伦敦书展上，外文出版社和黎巴嫩阿拉伯科学出版社联合举行了汤显祖“临川四梦”合作出版签约暨中国主题图书联合编辑部启动仪式。双方将以“临川四梦”阿语版为起点，从选题策划开始，共同组织专业人员翻译互译，这对于在阿拉伯世界推广弘扬汤显祖的“四梦”，将会起到强强联手、事半功倍的效果。

今年纪念汤显祖和莎士比亚逝世400周年展在巴黎开幕。

2016-09-15 09:57:00 国际在线 分享 参与

国际在线消息（记者 范婷玉）：9月13日晚，大型世界巡回展览“跨越时空的对话——纪念文学巨匠汤显祖和莎士比亚逝世400周年”在巴黎中国文化中心开幕。法国文化部文化戏剧名誉总监余尔斯、法国著名导演阿兰马扎尔、法中文化协会创办主席高醇芳等近百位中法嘉宾出席活动。

巴黎中国文化中心主任苏旭在致辞中表示，今年适逢世界戏剧文学巨匠汤显祖与莎士比亚逝世400周年，为响应2015年10月中国国家主席习近平在访问英国期间提出的“中英两国可以共同纪念这两位文学巨匠，以此推动两国人民交流、加深相互理解”的号召，中国文化部外联局、中外文化交流中心携手海外各中国文化中心举办此次大型展览，旨在将高科技与艺术文化传播相融合，以当代视角传播中国美学文化。

此次展览以汤莎对话为切入点，通过“时代与传奇”“梦与真”“我@汤显祖”三个部分讲述汤显祖及其经典作品的故事，并展现昆曲这一中国最古老剧种之一的魅力。展览还将创新性引入多个虚拟现实影像，让观众穿越时空之门，全方位感受东方历史文化之美以及东西方时空文化的碰撞与交融。

开幕式上播放了由导演阿兰·马扎尔于1989年用35毫米胶带拍摄的著名昆剧演员张继青的珍贵纪录片——《牡丹亭》的数码高清重制版本。观众们为影片中唯美光线等丰富的电影镜头语言的应用而叹服，也再次被昆曲的魅力所倾倒。本片在中国进行拍摄，著名演员茹萍、宋小川出演。马扎尔向在场嘉宾讲述影片拍摄经历时表示，自己深受汤显祖的爱情浪漫主义情节的影响，随后从《牡丹亭》中获取灵感，创作出了一部现代版本的《牡丹亭》剧本。

展览将持续至9月23日。

中国与国际戏剧界横跨2016年全年的纪念活动，不仅使得三位文化巨匠跨越400年的“握手”前行显得如此亲近，还将拉近中国戏曲文化和世界戏剧界的距离，展示中国昆曲的曼妙悠远，演唱中国人的爱情故事，使得东西方戏剧界形成真正意义上的合流。

在世界戏剧史上，低谷与高原，各自相映成趣；而被一代代读者的口碑，被不同历史时代和社会的公信力，渐次推举到高峰绝顶和璀璨星空之中的汤显祖与莎士比亚，将永远令我们高山仰止！

铿锵三翁行，世界皆发声。400年来，莎翁和塞翁都走在前面，他们的戏剧和小说著作成为全世界人民家喻户晓的经典。由于语言的障碍，汤显祖一直只是在中国走动。其全部戏剧作品的英译一直到去年才得以完成出版面世。但是汤翁失马，焉知非福？伴随着中国的崛起、昆曲的演出和中华文化的传播，莎翁、塞翁和汤翁一定会更加愉快地走到一起，相携而行，走得更远。

汤显祖及其“四梦”

谢柏梁

与元代剧坛上诸家并立、各有千秋的创作局面不同，明代剧坛总体上呈现出一峰独秀、群山环拱的气象。汤显祖作为明代成就最高、影响最大的剧作家，其“临川四梦”达到了同时代剧作所难以企及的艺术高峰。这就使之与元代的关汉卿、王实甫，清代的洪升、孔尚任等人交相辉映，共同呈现出中国戏剧史上的瑰丽景观。一些中外学者还将汤显祖与莎士比亚予以平行比较，认为这两位戏剧大师在16世纪与17世纪之交的东西方剧坛上，都做出了横跨世纪、超越时空的卓绝贡献[1]。

第一节　汤显祖的生平与思想

坎坷的仕途　徘徊于儒、道、释之间　“至情”世界观

汤显祖（1550—1616），字义仍，号海若，别号若士，晚年自号茧翁，自署清远道人，江西临川人。

他的一生历经明朝嘉靖、隆庆、万历三个时代，那正是朝廷比较腐败、社会比较动荡的明代中晚期。明世宗的声色之欲与丹术之湎，明神宗的酒色财气集四毒之全，都导致宦官的专权未息，内阁的党争又起。专权和党争的根本目的在于最大限度地渔利，处处占田夺产、种种苛捐杂税，倒霉的还是老百姓。内忧和外患是一对相互纽结的孪生兄弟，所以北有俺答部落的频频骚扰，南有倭寇的时时进犯，给京畿地区和东南沿海数省的人民造成了深重的灾难。

出生在读书世家，汤显祖承袭了四代习文的家风[2]。他 5 岁能属对联句。10 岁学古文词，对《文选》颇为喜爱。14 岁补为县学诸生，在县学里名列前茅。21 岁时又以排名第八的成绩，中了江西第 8 名举人。此后几年，他先后印行了《红泉逸草》《雍藻》（已佚）和《问棘邮草》等三部诗集，在省内崭露头角。

这位江西才子开始向京城发展，但却在全国性的进士科考中屡考屡败，一再受挫。他先后于隆庆五年（1571 年）、万历二年（1574 年）和万历五年（1577 年）三次参加京城大考，但都名落孙山，失意而归。从 22 岁考到 34 岁，汤显祖才于万历十一年（1583 年）以不大靠前的排名中了进士。如此高才却在科考上如此坎坷，其中必有原委。传说当朝宰

相张居正为了让几个儿子能顺利过关，曾先后两次让汤显祖陪考，并许愿让其高中鼎甲。但正直清白的汤显祖每次都断然拒绝，自谓“吾不敢从处女子失身也”（邹迪光《临川汤先生传》）。直到张居正病故后，汤显祖才得以跻身到进士的行列[3]。此时，张四维和申时行两位内阁新相又令其子来拉拢他，汤显祖再度敬谢不敏，当然也就不能官居要津。等了一年后，汤显祖要求到南京去，做了个掌管礼乐祭祀的太常寺博士。

万历十九年（1591年），官闲志不闲的汤显祖向皇帝上本，在著名的《论辅臣科臣疏》中直接抨击首辅申时行等朝廷大员，同时也间接批评了褒贬失当的皇上。这就引起了神宗与申时行等人的极大愤怒，将汤显祖贬谪到遥远的广东徐闻县任小吏典史[4]。两年后，汤显祖才被调到偏僻贫穷的浙江遂昌担任知县。他在遂昌任上灭虎清盗、劝学兴教；每逢除夕、元宵，还令狱中人犯回家团圆或上街观灯，成为两浙县令中政声极佳的官员。

弹指之间，汤显祖在仕途上已经颠簸了15年，任遂昌知县也满5年了。继任首辅王锡爵曾经被汤显祖上疏时抨击过，自然对他不甚喜欢，有意压下了荐举汤显祖的公文。长期屈沉下僚的汤显祖上感于官场的腐败、矿税的危害，下感于朝中有后台的地方恶霸之有恃无恐，还因为爱女、大弟和娇儿的先后夭亡，于万历二十六年（1598年）毅然上京辞官，返回故乡。从此，中国少了个志不获展的清官，多了位第一流的文学家和戏剧大师。

归隐于临川玉茗堂中，汤显祖先后创作了《牡丹亭》（1598年）、《南柯记》（1600年）、《邯郸记》（1601年），连同之前逐步写作的《紫钗记》在内，合称为“临川四梦”或者“玉茗堂四梦”，并在剧作中完整地展示出其“至情”世界观。“至情”论主要是源于泰州学派，同时也渗透着佛道的因缘。

汤显祖的老师罗汝芳，是泰州学派代表人物王艮的三传弟子。他在任云南参政时因全力阐扬泰州学派的理论而被罢官。他在《近溪子集》等书中提出“制欲非体仁”的观点，肯定了人的多重欲求。汤显祖从老师身上直接体悟了泰州学派的一些主张，他曾自谓“一生疏脱，然幼得于明德（汝芳）师”（《答邹宾川》）。对汤显祖打开思路大有启发的人物，还有王学左派的后期代表人物、著名的反封建斗士李贽。李贽的诸多论说带有市民阶层强烈的个性解放色彩，对汤显祖产生了积极的影响。

与李贽并列为思想界“二大教主”的禅宗佛学家达观和尚，与汤显祖有着多年的神交。达观在其有生之年，几乎都在关注并劝化着汤显祖。当年中举后，汤显祖曾在南昌云峰寺题过两首禅诗；没想到时隔二十余年，达观在初见汤显祖之时，便能一字不差地背诵出来。汤显祖的“寸虚”之号，也是达观所赐。

业师罗汝芳、亦师亦友的达观和尚、素所服膺的李卓吾先生，在汤显祖思想与人格的形成过程中矗立起三座丰碑。他深情地回顾道：“如明德先生者，时在吾心眼中矣。见以可上人（达观）之雄，听以李百泉之杰，寻其吐属，如获美剑”。（《答管东溟》）他们对汤显祖确立以戏曲救世、用至情悟人的观念都影响至深。

仙风道骨的隐居传统、寻幽爱静的家庭祖训，也在一定程度上左右着汤显祖的人生选择。祖父40岁后隐居于乡村，并劝慰孙儿弃科举而习道术；祖母亦对佛道经文诵读不倦。就连汤显祖的启蒙老师徐良傅，虽然身为理学名臣徐纪之子、并曾任武进县令，但因直言被罢官后也对蓬莱仙境景仰契念。罗汝芳师也深通神仙吐纳之旨。凡此种种，都潜移默化地影响着汤显祖的人生信念。他之所以没有偏执于仙佛一端，也与仙理佛旨的左右牵引所形成的相对平衡有关。徘徊出入在儒、释、道的堂庑之间，这使得汤显祖更加洞彻事理，更能从容构建自己的“至情”世界观，并在戏剧创作中予以淋漓尽致的演绎和张扬。

汤显祖的“至情”论大致表现在三个层面上。

从宏观上看，世界是有情世界，人生是有情人生。“世总为情”（《耳伯麻姑游诗序》），“人生而有情”（《宜黄县戏神清源师庙记》），“情”与生俱来并始终伴随着生命进程。而且“万物之情，各有其志”（《董解元西厢题词》），各有其秉性和追求。“思欢怒愁”等表象、感伤宣泄等渠道，都是情感流程中的不同环节。

世间之事，非理所能尽释，但都一定伴随着情感的旋律。

从程度上看，有情人生的最高境界是“至情”，《牡丹亭》便是“至情”的演绎。汤显祖在该剧《题词》中说：“情不知所起，一往而深。生者可以死，死可以生。生而不可与死，死而不可复生者，皆非情之至也。”这种贯通于生死虚实之间、如影随形的“至情”，呼唤着精神的自由与个性的解放。

从途径上看，最有效的“至情”感悟方式是借戏剧之道来表达。戏剧表演可以“生天生地生鬼生神，极人物之万途，攒古今之千变”，使得观众在戏剧审美活动中无故而喜，无故而悲，将旁观者的冷漠与麻木不仁的状态调整过来，“无情者可使有情，无声者可使有声……人有此声，家有此道，疫疠不作，天下和平”，人们最终在“至情”的照耀下，于戏剧的弦歌声中，把世界变成美好的人间（《宜黄县戏神清源师庙记》）。

汤显祖曾经尝试过以情施政，在县令任上创建其“至情”理想国。情之所致，除夕、元宵所放之囚犯按时归狱，无一逃逸。情之所感，当他辞官南下时，遂昌黎民代表在扬州苦苦挽留。汤显祖为百姓开办了相圃书院，百姓也为业已离任的好县令在书院中建立了供奉的生祠[5]。然而绝情无义的朝廷及其大小爪牙们的倒行逆施，最终使汤显祖的政治“至情”理想国的美梦归于破碎。于是，他就借梨园小天地展现人生大舞台的瑰丽画面，在戏剧艺术中畅快恣意地演绎出无情、有情和至情的三大层面和多元境界。他甚至把戏剧的情感教化作用自由铺张、无限放大，最终把戏剧看成是一种可与儒、释、道并列的极为神圣的精神文化活动。他的《宜黄县戏神清源师庙记》虽然挟裹着夸饰、排比的修辞意味，但更多的是寄寓着其以“至情”为中心的社会理想，充满着丰富与热情的人文关怀精神。汤显祖再三强调人的情感需要，肯定人的审美欲求，这正是对程朱理学无视情感欲望的有力反拨，哪怕矫枉过正，却也淋漓畅快。总的看来，汤显祖的“至情”观念及其戏剧实践，是对统治阶级所设置的重重精神枷锁的挣脱与释放，是意识形态领域中十分可贵的自由精神之翱翔。

第二节　汤显祖的代表作《牡丹亭》

题材渊源疏浚　人物性格冲突　浪漫主义风格　文化警示意义

文学史上的杰作往往是站在前人搭建的云梯上得以升华的，汤显祖的《牡丹亭》也不例外。传统文学中类似《搜神记》中紫玉、韩重人鬼恋的故事原型难以胜计。据汤显祖自己说，该剧“传杜太守事者，仿佛晋武都守李仲文、广州守冯孝将儿女事，予稍为更而衍之”（《牡丹亭题词》）。但是《牡丹亭》的真正蓝本应该是《杜丽娘慕色还魂》话本[6]。

汤显祖以点石成金的圣手，将故事的认识意义与审美价值擢升到新的高度。话本原是两个太守、一双儿女门当户对、终偕连理的喜剧框架。汤剧则将男主人公的社会地位下移为穷秀才身份，就连科考的盘缠都要靠他人资助。话本中的双方父母承认儿女婚姻何等爽快，而剧中的杜太守要认可女婿则比登天还要困难。话本中正反两方面冲突的阵营十分单薄，剧本中则创造了腐儒陈最良、花神与判官等一系列新出现的人物，从而使冲突的构建更为丰厚完整。话本要窘迫仓促地讲完一个言情故事，剧本则舒缓从容地演述出一个个如诗如画的抒情场面。指出《牡丹亭》的渊源与蓝本，丝毫无损于汤显祖的光辉，反而更进一步体现出这位天才作家对民族民间文化遗产的尊重和发展。

《牡丹亭》不仅仅写了外在事件的矛盾纽结，更在于写活了人物形象，描摹出主要人物不断发展着的性格，并使得隐性而内在的戏剧冲突渐次升级[7]。

杜丽娘与小丫头春香、青年书生柳梦梅构成了全剧冲突的正方。

身为官宦人家的千金小姐，杜丽娘才貌端妍，聪慧过人。“男女四书”能逐一记诵，摹卫夫人书法几可乱真。作为掌上明珠般的独生女，她对父母无比孝顺。作为女学生，她对老师无比尊敬，一见面就提出要为师母绣双寿鞋。按理说，这样一位淑静温顺的娇小姐，完全可以无忧无虑地等着有朝一日做贵夫人。但杜丽娘除了她乖乖女的一面，还显示出她与大自然的天然谐和感以及对美与爱的强烈追求，还有其心细如丝的分析能力和独立识见，以及建立在独立识见基础之上的自由与反叛的精神。她的女红精巧过人，便在衣裙之上绣上了成双结对的美丽的花鸟。她对陈先生“依注解书”的授课方法深感不足，认为《诗经》中的《关雎》篇并不一定是歌咏后妃之德，而是对自由相亲的鸟儿、浪漫结对的君子与淑女的礼赞。因此一旦她面对菱花镜发现了自己无比娇艳的“三春好处”，一旦她步入了充满着生机、流淌着春意、洋溢着热情与渴望的后花园中，她的惆怅无奈、她的委屈与痛苦便如江潮般在心头激荡。诗词乐府的深厚修养，春情秋恨的花季苦恼，对古来才子佳人先偷期密约、后成就佳偶的回味，都使得杜丽娘喟然长叹：

年已及笄，不得早成佳配，诚为虚度青春。光阴如过隙耳，（泪介）可惜妾身颜色如花，岂料命如一叶乎！

无可排遣的春情幽怨愈积愈多，决堤冲防，势所必然。她终于在昏然梦幻中，经由花神的引点，得到了书生柳梦梅的及时抚爱，品味到生理释放与精神解放的同步欢悦。那种怜香惜玉的爱惜与温存，那些半推半就的腼腆与主动，那般刻骨铭心的极乐体验与无限回味，都成为杜丽娘高于一切的情感财富。她那番“这般花花草草有人恋，生生死死随人愿，便酸酸楚楚无人怨”的感喟，正是对所谓恋爱自由、死而不怨的强烈呼唤。

由唯唯喏喏的乖乖女，发展到勇于决裂、敢于献身的深情女郎，这是杜丽娘性格的第一度发展。一度发展是如此的迅捷，升华得如此强烈，梦醒之后与现实的距离和反差又是如此之巨大，以致杜丽娘不得不付出燃尽生命全部能量的代价，病死于寻梦觅爱的徒然渴望之中。但杜丽娘的可贵之处不仅在于能为情而死，还表现在死后面对阎罗王的据理力争，还表现在身为鬼魂而对情人柳梦梅一往情深、以身相慰，更表现在历尽艰难险阻，最终为情而复生，与柳梦梅在十分简陋的仪式下称意成婚，终成佳话。这就是杜丽娘性格的第二度发展与升华，所谓“一灵咬住”，决不放松，“生生死死为情多”。

杜丽娘性格的第三度发展表现在对历经劫难、终得团圆之胜利成果的保护与捍卫。面对亲爹爹再三弹压状元夫君的淫威，回应老父亲在金銮殿上指着嫡亲女儿“愿吾皇向金阶一打，立见妖魔”的狠心，杜丽娘在朝堂之内时而情深一叙，时而慷慨陈词，把一部为情而死生的追求史演述得那般动人，就连皇上大人也不得不为之感动，甚至亲自主婚，“敕赐团圆”。这正是对生死之恋与浪漫婚姻的整体承认与辉煌礼赞，也是正方获胜的当朝凯歌。

小丫头春香是一个活泼可爱的人物，从某种意义而言，春香正是杜丽娘性格中调皮、直率甚至相当活跃的层面之外化。闹学的主角是她，而后台则是杜丽娘。尽管杜丽娘还是用“一日为师，终生为父”的格言去教训春香，但她本人又何尝不想与丫环一块去玩耍呢？发现后花园的是春香，而在后花园中演出一幕男欢女爱、惊神泣鬼的梦中喜剧的正是小姐本人。春香的导引与帮衬，便得杜丽娘更为内涵丰富、仪态万方。这一对少女珠联璧合般的联袂登场，与后来舞台本中花神圣母般的形象交相辉映，将女性美的群体阵容渲染得靓丽如画。

书生柳梦梅的性格基调是痴情、钟情与纯情。拾到美女像便想入非非，以图像叫唤出真身来，此谓之痴情；此前在梦中便与素昧平生的杜丽娘结合，此谓之钟情；旅居过程中又与女鬼结合，使之起死回生后又对她忠心不二，此谓之纯情。他与杜丽娘构成的男女声二重唱，在整个中国戏剧史上都是令人心醉、心悸乃至心折的经典曲目。此外，为杜丽娘的真情所感召，爽快的判官和富于理解力与同情心的皇帝都加入了正方的阵营，这就使得杜丽娘得以处变不惊、起死回生，终获胜利。

构成本剧内在冲突的反方阵营主要有南安太守杜宝和老塾师陈最良

两人。杜宝主要代表顽固不化的封建统治阶级，陈最良则代表着陈腐迂阔的教育体系。他们都对杜丽娘惊世骇俗的举动不能理解，不肯承认。用杜宝的话说，是“古者男子三十而娶，女子二十而嫁”，女儿点点年纪，知道什么七情六欲？用陈最良的话讲，他活了一辈子，从来不晓得伤什么春，动什么情。用封建社会的常理常规来阐释蓬勃发展、防不胜防的儿女情长，自然是难以理喻的。这些缺情寡感的封建家长们的反常生态与扭曲人格本身就十分可悲，他们又如何去理解杜丽娘那么丰富多彩的有情世界？

平心而论，杜宝最初也是一位不坏的父亲。尽管不许女儿闲眠的斥责过于严厉，但他要求女儿多多读书，并特为丽娘延师教化，也是为了女儿“他日到人家，知书达理，父母光辉”。要先生教女儿《诗经》也属十分正确的选择。但这位固执而呆板、严肃而方正的父亲，却从未真正关注女儿的身心发展和情感变化。只有当女儿游园得病后，杜太守才深感伤心，“半边儿是咱全家命”。但只要涉及官场事务，杜太守便立刻以国事为重，把人命危浅、气息奄奄的女儿早抛在了脑后，就连杜夫人也对太守的寡情而痛感“伤怀也”！尤其是当杜宝官极人臣后，他的人格愈加扭曲，心理愈加异化，不仅缺乏起码的家庭温情，而且显得绝情绝义。为了维护官场上的名誉，这位宰相级的平章大人也就决无可能去认什么柳梦梅作女婿，只恨没有能将柳生乱棍打死；当他得知女儿复生事后，不仅不亲自勘验，反而再三请人奏本诛妖，当朝请皇上着人擒拿妖女。哪怕活生生的亲女儿再三痛陈原委，杜大人也决不为之所动。这道理很简单：他宁要一个贞节的亡女，也不认野合过的活的杜丽娘，说到底是以免妨碍了他在朝廷上的官位尊严。杜宝性格发展的过程，便是逐步受到官场异化的过程。汤显祖当然无意把杜宝写成坏人或恶人，但却时时提醒人们：怎样才算一个正常而健全的性情中人？王思任在《批点玉茗堂牡丹亭叙》中分析杜丽娘为“月可沉，天可瘦，泉台可瞑，獠牙判发可狎而处，而梅柳二字，一灵咬住，必不肯使劫灰烧失”；分析“杜安抚摇头山屹，强笑河清，一味做官，片言难入”，这正是对女儿重深情而乃父重高官的精到点评。

奇幻与现实的紧密结合，强烈的主观精神追求，浓郁的抒情场面，典雅绚丽的曲文铺排，都体现出《牡丹亭》较为典型的浪漫主义风格和多重艺术魅力。假使说屈原《离骚》中的美人香草是对现实生活的曲折影射，那么《牡丹亭》中的天上地下、虚实正奇则达到了一种从心所欲的境界，现实与奇幻在此汇聚并得到了难能可贵的统一。仅仅为了春情的驱驰，杜丽娘没有爱却可以得到爱，没有情人却可以生发出情人，虽然是春梦一场却又俨然如真，甚至为了追求梦中情人而一命归阴……正如汤显祖本人的《题词》所云：“梦中之情，何必非真？天下岂少梦中之人耶？必因荐枕而成亲，待挂冠而为密者，皆形骸之论也。”

尽管汤显祖可以使人物故事虚到极点，但有时却又落脚到真切的实处。例如杜丽娘死而复生之初，柳梦梅便迫不及待地要与之交欢。在遭到小姐的婉拒后，柳生便以日前的云雨之情反唇相讥。于是杜丽娘便耐心解释说：“秀才，比前不同。前夕鬼也，今日人也。鬼可虚情，人须实礼。”她反复表白自己依旧是豆蔻含苞的处女身，魂梦之时的交合与兴奋，原与真身无碍。每当汤显祖笔下的人物在梦境魂乡时，那一种泼天也似的自由精神便无所不在、无所不为；一旦梦醒还阳，便“成人不自在”，小姐必得遵循人间的礼法，受种种无奈的束缚。这种先虚后实、虚实结合乃至虚则虚之、实则实之的分离、移位、比照与还原，正好将理想与现状融汇贯通起来，提醒人们去做现实中的浪漫主义者和理想中的现实主义者。

以一组重点抒情场次作为主人公强烈追求的载体，主观精神的外化，并在此基础上酿成绚丽曲文对剧情的总体浸润，促使戏剧冲突持续升级，这正是《牡丹亭》的神韵之所在。从《惊梦》《寻梦》到《写真》《闹殇》，这是杜丽娘的情感抒发得至为强烈、命运呈现得至为酸楚的重点抒情场次。《惊梦》是写对美和爱的发现与拥抱；《寻梦》是对爱与美的深刻回味与强烈追忆；《写真》是描摹美的容颜及传递爱的信息；《闹殇》是写美的毁灭与爱的持续延伸。

最使人感慨系之的是《惊梦》这场戏，这是对自然、青春和阴阳媾合之美的深情礼赞，自始至终充满着庄严华妙的仪式感。为了这次赏春游园，春香早已吩咐下去将花径扫除干净。甚至连莺莺燕燕等大自然的催花使者，春香都事先打过了“借春看”的招呼。为了这番对春光的礼拜，杜丽娘临行前又细细梳妆，悉心打扮，极尽千娇百媚之态、娇羞万种之容，“步香闺怎便把全身现”。这哪里是出门之前的一般梳妆，分明是新娘出嫁前的盛妆场面。带着剪不断、理还乱的春闷万种，踏着惜花怜己的青春脚步，杜丽娘一入花园便如痴如醉，顿生大梦初醒之感：

> 原来姹紫嫣红开遍，似这般都付与断井颓垣。良辰美景奈何天，赏心乐事谁家院！恁般景致，我老爷奶奶再不提起。朝飞暮卷，云霞翠轩；雨丝风片，烟波画船……锦屏人忒看的这韶光贱！

不仅仅是对春光之美无人识得的叹息，更重要的是对自身之美无从开掘的感喟。青春与美色的耽误，就是一种巨大的荒废和自戕性的打击。

韶光不再、年华不永，自怜自爱、自惜自苦，斯人独憔悴！

青天白日之间解决不了的困惑、幽怨和涌动着的春情，只能在梦中靠五彩的如意世界来体贴关怀。如是则有可人意的俊书生手持柳枝来拨云化雨，又有花神来保护现场，待其情得意满、享尽高峰体验后以一片落花惊醒香魂，将美妙幽香的仪式感渲染到极致。《惊梦》作为古典戏曲中最受人感佩、发人深思的儿女风情戏，整体浸润着浪漫主义的感伤之美、追求之美、情爱之美和理想之美。

典雅华丽、摇曳多姿的语言美，痴痴迷迷、恍恍惚惚的情态美，在《拾画》《玩真》《幽媾》《冥誓》和《回生》等出戏中，也将柳梦梅的情感世界予以了充分发露。柳生拾画时的“春怀郁闷”之情，得画后便转型为将其焚香顶礼、书馆供奉的“一生为客恨情多”，转化为终于有了交流对象的意外欢悦。《玩真》时关于美人图的再三玩味与身份考索，都流动着诗画的通感，文化的底蕴。似观音怎不上莲花座？是嫦娥怎无祥云托？“似曾相识，向俺心头摸。”两相感动时，“春心只在眉间锁，春山翠拖，春烟淡和，相看四目谁轻可！（任心）横波、来回顾影不住的眼儿睃”。一幅静止的肖像画，在柳梦梅眼中透露出无限柔情与跃动着的生机，“未曾开半点么荷，含笑处朱唇淡抹，韵情多。如愁欲语，只少口气儿呵”。对画中人儿审美得如此精到细致、这般呼之欲出而且情意葱茏，放在文学史上都是不可多得的妙笔。相对静态的端详与揣摩，饶有风趣的声声叫画，都极为迅捷地推进了剧情的动态发展，缩短了情天恨海间的梅柳距离，体现出剧作家柔情万种的浪漫主义情怀。

《牡丹亭》又是一部兼悲剧、喜剧、趣剧和闹剧因素于一体的复合戏[8]。各种审美意趣调配成内在统一的有机体。全剧共 55 出，前 28 出大体属于以喜衬悲的悲剧，后 27 出属于以悲衬喜的喜剧，所以王思任在批叙中说：“其款置数人，笑者真笑，笑即有声；啼者真啼，啼则有泪；叹者真叹，叹则有气。”仅仅为了争取爱的权利，便不得不付出生命的代价，这既是杜丽娘本人的青春悲剧，也是家庭与社会的悲剧，《诀谒》《闹殇》《魂游》等出戏，都极其深重悲凉，凄伤宛转。而《闺塾》等出戏则极富喜剧色彩。天真活泼而又调皮的春香，与老成持重却时带迂腐的陈先生，都在犯规与学规之间彼此较量，呈现出好玩有趣而且反差甚大的喜剧效果。石道姑等人的设置，更带有闹剧、趣剧的味道。柳梦梅中状元后遭受误会、防范和拷打，都闹腾得相当过分，但其中的悲剧意味也着实令人伤感：原来做官是要以六亲不认、牺牲情感作为起码代价的！这种悲喜交融、彼此映衬的戏曲风格，正是有中国戏曲特色的浪漫主义精神的具体呈现。

诞生于16世纪末的《牡丹亭》，有其特殊的文化警示意义。

一是以情反理，反对处于正统地位的程朱理学，肯定和提倡自由权利和情感价值，褒扬和表彰像杜丽娘这样超越于时空形骸之外的有情之人，从而在理论上廓清正统理学的迷雾，在受压迫最深的女性胸间吹拂起阵阵和熙清新的春风。身处明代社会中的广大女性，确实有如生活在水深火热的监牢之中。一方面是上层社会的寻欢作乐、纵欲无度。畅春药、房中术在王公贵族中大行其道；就连“宦寺宣淫”（《万历野获编》），亦属司空见惯。另一方面是统治阶级对老百姓尤其是女性的高度防范与充分禁锢。用程朱理学来遏止人欲毕竟过于抽象，那么用太后、皇妃的《女鉴》《内则》和《女训》来教化妇女更为具体。当然最为直接、生动，具备强烈示范意义的举措是树立贞节牌坊。明代的贞节牌坊立得最多，而每一座牌坊下所镇压着的，都是一个个贞节女性的斑斑血泪、绵绵长恨和痛苦不堪的灵魂。《明史·烈女传》实收三百零八人，统计全国烈女至少有万人以上。一出《牡丹亭》，温暖了多少女性的心房！封建卫道士们痛感“此词一出，使天下多少闺女失节”，“其间点染风流，惟恐一女子不消魂，一方人不失节”（黄正元《欲海慈航》），这正是慑于《牡丹亭》意欲解救天下弱女子之强烈震撼力的嘤嘤哀鸣。

二是以个性解放、突破禁欲主义束缚的情感实践，用来肯定青春的美好、爱情的崇高、两性会聚的极致欢悦以及生死相随的无限美满。千金小姐杜丽娘尚且能突破自身的心理防线，逾越家庭与社会的层层障碍，勇敢迈过贞节关、鬼门关和朝廷之上的金门槛，这是对许多正在情关面前止步甚至后缩的女性们的深刻启示与巨大鼓舞，是振聋发聩的闪电惊雷。杜丽娘的处境原是那般艰难，拘管得那么严密，她连刺绣之余倦眠片刻，都要受到严父的呵责，并连带埋怨其“娘亲失教”。请教师讲书，原也是为了从儒教经典方面进一步拘束女儿的身心，可怜杜丽娘长到如花岁月，竟连家中偌大的一座后花园都未曾去过；这华堂玉室，也恰如监牢般行动不便……所以禁锢极深的杜丽娘反抗也极烈，做梦、做鬼与做人都要体现出“至情”无限，都要再三体验那“美满幽香不可言”的强烈性爱境界。

《牡丹亭》的文化警示意义之三，在于其对日益增长的新的经济因素、日益壮大的市民阶层群体、日益高涨的个性解放呼声的及时应和与彼此策应。汤显祖所师事的泰州学派、所服膺的李贽学说乃至达观的救世言行，都是市民社会充分发展之中的必然产物。只有打碎封建思想枷锁，资本主义的萌芽才能蓬勃发育。汤显祖当然没有像李贽、达观那样去硬拼，但他也在红氍毹上，开辟了思想解放、个性张扬、情感发抒的新战场，上演了看似软玉温香、实则令人感奋的大场面。

作为影响极大的主情之作，《牡丹亭》表现出激情驰骋、辞采华丽的浪漫主义剧风。但也必须看到，《牡丹亭》其实还是在“发乎情，止乎礼义”的传统轨道上持续滑行。后半部戏大多是遵理复礼的篇章，作者并没有彻底实现其以情代理的哲学宣言。他的个性解放思路尚未从根本上脱离封建专政系统和思想系统，他只是对其中某些特别戕杀人性、极其违背常情的地方进行了理想化的艺术处理。乞灵于科考得第，尤其是靠君王明断，这与17世纪欧洲的古典主义戏剧也有某些相似之处。尽管如此，汤显祖还是封建时代中勇于冲破黑暗、打破牢笼，向往烂漫春光和至情世界的伟大的民主主义斗士，《牡丹亭》也成为古代爱情戏中继《西厢记》以来影响最大、艺术成就最高的一部杰作，杜丽娘已经成为人们心中青春与美艳的化身，至情与纯情的偶像。

第三节　“临川四梦”中的另外三部戏

《紫钗记》《南柯记》《邯郸记》“四梦”之比较

汤显祖创作的第一本完整的传奇是《紫钗记》。但严格来讲，他的处女作应该是《紫箫记》。但是《紫箫记》只写到第34出就中辍了[9]。8年之后，汤显祖在南京太常寺博士任上将《紫箫记》删削润色，易名为《紫钗记》，于万历十五年（1587年）将全剧初稿写成[10]。该剧主要以唐传奇《霍小玉传》为本事，也借鉴了《大宋宣和遗事》中的部分情节。演述唐代诗人李益在长安流寓之时，于元宵夜拾得霍小玉所遗紫玉钗，还钗时遂以钗为聘礼，托媒求婚。婚后，李益赴洛阳考中状元，从军立功。卢太尉再三要将李益招为娇婿，反复笼络并软禁李益，还派人到霍小玉处讹传李益已被卢府招赘。小玉相思成疾，耗尽家财，无奈中典卖紫玉钗，却又为卢太尉所购得。太尉以钗为凭，声言小玉已然改嫁。豪杰之士黄衫客路见不平，将李益挟持到染病已久的小玉处，夫妻遂得重圆。

《紫钗记》着重塑造了霍小玉和黄衫客两位令人敬重的人物形象。正如汤显祖在本剧《题词》中所云："霍小玉能作有情痴，黄衫客能作无名豪。余人微各有致。第如李生者，何足道哉！"

霍小玉出身低微，其母本为霍王麾下一名歌姬。但当她一旦与李益相遇，便为才所动、为情所耽、为甜蜜婚姻所陶醉，她便把全部生存价值和生命理想都拴系在爱情这叶小舟之上。自感卑贱的她在幸福之余，仍不忘为对方着想。先是从时间上看，哪怕李益只爱她八年，她亦心满意足，无限欢悦地愿以二十六岁之身去削发为尼，安详地度过漫长的余生；次是从地位上看，即使李郎另娶了正妻，她小玉做偏房小妾亦心甘情愿，在所不辞。而当这两桩建立在最低限度的愿望看来都难于实现时，她只能将无限绝望地将卖掉紫玉钗所得的百万金钱抛撒于苍茫大地！为了一个虽不算负心、却也十分软弱的郎君，霍小玉赔着小心、受着委屈、降低名份，都只是要连缀一段情、再续一份缘。如此忠贞不二、痴情到底的女子，在封建社会的底层之中显得多么善良、纯情、无私而伟大。她抛撒的哪里是一片钱雨，分明是揉碎了的寸寸肝肠。黄衫客的豪侠仗义行为既玉成了情人的团圆，又对破坏李、霍婚姻的卢太尉的丑恶行径予以了警示。汤显祖通过一位幻想中的壮士既表达了对现实的失望，又殷切呼唤着社会的良知。

卢太尉在本剧中是位十分可恶的角色，他忌才又爱才，试图通过拉拢新状元的途径去实现家族的政治大联姻，使"卢杞丞相是我家兄，卢中贵公公是我舍弟。一门贵盛，霸掌朝纲”的局面不断延续下去。为此他不惜使用一切诈骗、虚报等下作的手法，长时期抓住李益“不上望京楼”的政治把柄来加以挟制。这哪里是一位太尉，分明是一位货真价实的政治大流氓。

从结构上看，《紫钗记》仍然有散漫拖延的倾向，像《折柳阳关》《冻卖珠钗》和《怨撒金钱》之类较为抒情的场面，还显得太少而缺乏规模。唱词与说白没有完全摆脱骈俪辞章的痕迹，本色晓畅的戏曲味道还不够醇厚。

《南柯记》共44出，取材于唐传奇《南柯太守传》。该剧叙淳于棼酒醉于古槐树旁，梦入蚂蚁族所建的大槐安国，成为当朝驸马。其妻瑶芳公主于父王面前为淳于棼求得官职，因此他由南柯太守任上又升为大学士等职。只为檀萝国派兵欲抢正在休养的瑶芳公主，淳于棼统兵解围，救出夫人。夫人因惊变致病而亡，淳于棼则被召还朝，从此在京中淫逸腐化，为右相所嫉妒，皇上所防范，最终以“非俺族类，其心必异”为由遣送回人世。淳于棼在梦醒之余，仍然思念瑶芳，在契玄禅师处见群蚁得超生而升天；本要与升天的瑶芳妻再续情缘，却被禅师斩断情丝，令淳于棼痴迷梦醒，立地成佛。

此剧既叙官场倾轧、君心难测，亦状情痴转空，佛法有缘。淳于棼作为一位外来客之所以高官任做，完全是凭借夫人的裙带关系。右相段功是一个嫉妒心浓、阴谋意深的官僚，是他一步步借国王之手钳制淳于棼，最终在公主死后将这位驸马爷轰出本国。“太行之路能摧车，若比君心是坦途；黄河之水能覆舟，若比君心是安流”的深深感叹，使人联想到汤显祖本人的从政经历，以及他主动挂冠归去的官场彻悟。

《南柯记》的收束部分尤为感人。当淳于棼被逐出大槐安国时，梦虽醒，酒尚温。仔细辩认之后，他明知自己是在蚁穴里结下了情缘、获得过官运，但还是舍不得亡妻，还是要禅师将亡妻及其国人普度升天。若非老禅师斩断情缘，淳于棼还要到公主身边留连下去。由此可见美在梦中，睡比醒好，现实世界同幻象世界相比是那么乏味寡趣。清初孔尚任写《桃花扇》，结局时张瑶星大师斩断侯朝宗和李香君的情缘，正是从汤剧中受到的启发[11]。

“临川四梦”中，艺术成就仅次于《牡丹亭》的剧作是《邯郸记》[12]。全剧只有30折，但却简洁畅快、淋漓尽致地描摹出浊浪排空的官场群丑图。此剧本事源于唐沈既济的传奇《枕中记》。《南柯记》与《邯郸记》都是以外结构套内结构的方式展开剧情，但《邯郸记》的两套结构要精巧得多，不像前者有汗漫掩沓之感。

此剧的外结构演述神仙吕洞宾来到邯郸县赵州酒店，听久困田间的卢生述志。卢生对贫愁潦倒的生活满腹牢骚，声言“大丈夫当建功树名，出将入相，列鼎而食，选声而听，使宗族茂盛而家用肥饶，然后可以言得意也”。吕洞宾即刻便赠一玉枕，让卢生在梦中占尽风光得意、享尽富贵荣华，同时也受尽风波险阻，终因纵欲过度而亡。一梦醒来，店小二为他煮的黄粱饭尚未熟透。在神仙点破后，卢生幡然醒悟，抛却红尘，随吕洞宾游仙而去。以一个游戏性质的外部结构框架，将全剧的主体内容整个包裹起来，使得卢生轰轰烈烈的功业及其所处社会政治环境，都成为有迹可寻但却是毫无价值、全无意义的虚妄世界。这实则是对明代官场社会的深刻鞭挞和总体否定。

《邯郸记》的内结构演述剧情主体，也即卢生从发迹、发达到立功立业，遭谗、遭贬以及大富大贵、大寂大灭的官场沉浮史。以卢生作为中心贯穿人物，全剧描摹了官场之上无好人的整幅朝廷群丑图。

崔氏是卢生的政治后台。卢生的发迹与发达，都离不开“铁女人”崔氏。凭借妻房崔氏四门贵戚的裙带关系，再靠着“家兄”金钱的开路，卢生果然广施贿赂、平步青云，被钦点为头名状元。崔氏为此投资之大，下本之巨，实在是气派闳伟：“奴家所有金钱，尽你前途贿赂！”

当政敌宇文融陷害卢生时，是崔氏夺下了夫君意欲自刎的刀，又牵儿带子到皇帝门外呼冤，使卢生得以免于斩首。当崔氏作为囚妇被入宫为奴后，她又在织锦上绣出表白丈夫冤情的回文诗，终于上达天听，使得皇上当廷改正了卢生的冤假错案，全家满门得以重新飞黄腾达、荣华富贵。这崔氏哪里像位弱女子，分明是一位不屈不挠、审时度势、老谋深算的资深政治家。崔氏的唯一失算处是没想到皇帝赐二十四名歌女给老卢，以致把老人家身子淘洗一空，所以她感到万分恼火，“要那二十四个丫头偿命！”

从崔氏这里，集中体现出封建社会的婚姻行为实则是一种政治联盟；崔氏强“娶”卢生，实则是为政治投资捞得一笔新的赌注。至于封建社会的重要支柱科举制度，则是一种从上到下的受贿制度或曰腐败根源。婚姻的温情脉脉，科举的文才彬彬，学问的神圣兮兮，仅在一位女子的操纵下就被剥下了虚伪的衣装，露出了私利追逐和金钱占有的黑暗本相。

卢生既是封建官场丑恶世象的见证人，同时也是积极参与者。早在全剧外框架引出时，他就表白了出将入相的强烈政治欲望。崔氏的怂恿进一步煽动起他做官的欲望，“尽把所赠金资引动朝贵，则小生之文字字珠玉矣”，接着便厚颜无耻地拿钱通路，买了 个头名状元。这卢生一入朝门便徇情枉法，假做诰命，蒙蔽圣旨，为自己老婆封诰。由此可见他在崔氏栽培之下，已经深谙瞒天过海之道，善行夫荣妻荣之术。一旦崔氏把卢生推到了厚颜无耻、做官弄权的恶性轨道，紧接着在开河、争战时期，卢生便能自己高速运转起来。他不乏小聪明，也会使阴谋诡计，所以能用放火烧山、盐蒸醋煮的荒唐之举开了条荒唐的河；又将“悉逻谋反”字样镂在千片树叶之上，使得番王误以为天意示警而杀了得力的大将，卢生之部便大获全胜。但他更大的本事，还在于会拍皇帝的马屁。开河是为了让皇帝顺流而下游览胜景，征战是为了让皇帝醉生梦死、乐以忘忧。卢生曾不嫌麻烦，亲自挑选了近千名女子，强令她们为御舟摇橹，借以取悦皇帝。征战得胜，他在天山勒石记功，貌似展示国威，实则是想借此扬名，使得千秋万代后都知道他卢生的丰功伟绩。

得志便猖狂，欢乐乃纵欲，这是卢生及官僚社会中上行下效、腐朽堕落的本性。皇上送他 24 房美女，卢生先是道貌岸然地讲御赐美女不可近她。当崔氏要奏本送还众女时，卢生却慌忙说道“却之不恭！”如此受用的结果只能是使精力透支，早赴阴曹。难得他老人家在纵欲而亡之前犹死不咽气，原来是在五子十孙都安排妥帖后，还有一位偏房“孽生之子卢倚”尚待荫袭封位；更担心国史上不能全面记载其毕生功绩……得意忘形、恣意享乐、追名逐利与家族利益，真正成为他毕生紧抓不放的最高原则。卢生是一位品格低下的知识分子，他以卑鄙作为通行证在官场上平步青云，以狂放作为文人遗风在政客中独树一帜，以贪得无厌的利益占有作为大地主的典型心态，从而在官场黑幕中具备一定的代表性。

《邯郸记》中的其他官僚也多面目可憎。宇文融丞相因为卢状元唯独忘了送钱物给他，拒绝融入他的关系网络，所以他才时时播弄并陷害卢生。“性喜奸谗”是其表象，顺我者昌、逆我者亡，不断扩充势力范围是其本性。汤显祖写足了宇文相之奸险毒辣，这是对明代宰相们从总体上感到失望的曲折宣泄。就连看似老实的大臣萧嵩，明知宇文相是陷害卢状元，却慑于其淫威，在奏本上也签上自己的名字。但他用自己的表字“一忠”签名之后，又偷偷在“一”字下加上两点，成为草书的“不忠”签名。这样做的结果，既参与伙同陷害卢状元的事件，又能在以后皇帝为卢生昭雪平反时开脱自家罪责。萧嵩此举并不仅是明哲保身，而且是以高明的权术害人。他缺乏起码的正直人格，属于官场上为数最多的不倒翁。无论是卢败还是宇文亡，他萧嵩总能面面俱到地参与其事，置自身于不倒之地位，这正是中国封建社会官员所追求向往的做官境界。

即便是写皇帝唐玄宗，《邯郸记》的不敬之处亦随时可见。明皇只体现出糊涂和好色两大本性，所以糊里糊涂地取了金钱铺路的卢状元，又糊里糊涂地在卢状元为夫人请封诰的文件上签字，还糊里糊涂地用一群美女耗空了卢状元的老命。他只对为之摇橹的一千美女产生浓厚的兴趣，表现出淫猥的天子气象。作为一位曾为王臣的大明子民，汤显祖至少对最高统治者不大恭敬，不仅鞭鞑奸官，而且讥弄皇上，虽说这皇上是大唐天子，终不免影射当朝之嫌。这正是汤显祖挂冠归去后的冲天勇气和战斗精神的体现。从正德皇帝到万历皇帝这祖孙四代，一方面劳民伤财、吮尽民脂民膏；另一方面巡幸天下、游龙戏凤，其风流与罪恶的故事蔚为系列。《邯郸记》何止于痴人说梦，分明是直逼现实！

本剧中真正可爱的人物，是那些虽寥寥数笔但却可钦可敬的下层人民。为卢生开河而拼死拼活的民工群像，挺身而出、解救上吊驿丞的犯妇，精通番语、为卢生反间计奠定成败基础的小士卒，以及为掩护卢生而葬身虎口的小仆童，鬼门关上搭救并扶助卢生的樵夫舟子……这些最不起眼的平头百姓构成了《邯郸记》艺术天地中的点点亮色，使得整个腐朽黑暗的上层社会不致于一下子颓然崩塌、整体陆沉。人民大众才真正是美与善的化身，社会与历史的支柱。

神游遍“临川四梦”后，我们来作一些大致比较。

从题材内容上看，由《紫钗记》和《牡丹亭》构成的前一组戏属于儿女风情戏，由《南柯记》和《邯郸记》联袂的后一组戏属于官场现形戏或曰政治问题戏。[13]儿女风情戏主要以单向型或双向型的爱情中人为描摹对象，例如霍小玉对李益十分强烈的单向恋爱，或者杜丽娘与柳梦梅的奇幻而又统一的双向恋爱。在风情戏中，女性是占主体地位和绝对地位的，男子则处于从属和相对的地位。这是因为在封建社会中，女性的社会地位比较卑微，所受禁锢更为严密。比方说霍小玉因为是已故霍王的庶出之女，所以才常常有八年之爱或宁愿为妾的降格以求。而杜丽娘虽说是在任太守的千金女，但她所处的位置委实像锁在铁笼中的金丝鸟一般。《西厢记》中的崔莺莺尚有弟弟欢郎，尚能出入佛殿、参加法事，面对全寺僧众进行婚姻“招标”，酒席之上与张生直接交流……而杜丽娘则完全不可能享有崔莺莺式的那么多自由空间。她在少女时代只能见到严父和迂师这两位男人，她从未有过闺房之外、花园行走的起码权利。在这种严酷、封闭的恶劣环境中，她的全部青春能量和性心理积累只能通过梦境中的幻想来予以释放和平衡。为了珍重和再次寻觅这一美好梦境，她只能付出生命的代价。但在政治戏中，男子则是占主要和绝对位置的。尽管淳于棼和卢生都是扯着老婆的裙带往上爬的，但裙带也只不过是男性中心世界的引线而已，政治社会中主要由男人的堕落与腐败来构成重度污染。

从审美倾向上看，风情戏的主要基点是对人物发自内心的肯定，充满热情的赞颂。对霍小玉爱郎、盼郎乃至恨郎的过程推进，都为树立起这一痴情女的正面形象与可贵风采起到了重要作用。“征痛黄泉，皆君所致，李君李君，今当永诀矣！”爱恋仍然重于怨懑，肯定远远大于否定。

杜丽娘与柳梦梅的生死恋，有若金童玉女的般配，更堪称青春的偶像、美好的范本和挚爱的化身。而政治剧的基点在于对主要人物及其所处环境的整体否定。《邯郸记》中自上而下，凡属权贵者无一不贪婪，凡发迹者无一不腐败，所以政治剧始终以揭露、针砭和批判作为审丑手段。风情剧中的儿女情往往是真善爱的对象，政治剧中的官僚行径无一不是假恶丑的典型。前者寄寓着作者对人生、时代与社会的肯定与期望，后者反映出诗人对生存环境无可救药的痛心疾首。

从哲学主张上看，汤显祖的风情戏时刻高举真情、至情的旗帜，而政治剧中则反映出矫情、无情的可憎可恶。生死为至情，难得如丽娘，那是多么执着、专一而真挚的爱情追索与人格升华。而《邯郸记》中的卢生得到御赐美女后，故作姿态，道出了多少矫情、违心的虚伪之论？至若宇文融“无毒不丈夫”的言行一致，更是典型的无情之举。该剧《备苦》出有云：“谁知虎狼外，更有狠心人”，正是此辈之写照。

从权威建树和理想归依上看，风情戏不仅在主要人物身上体现出充沛的理想，而且这种理想和最后权威的裁决是一致的。霍、李的团圆最后还是借助圣旨的权威才得以成就，杜丽娘亦是让皇上充当了证婚人的角色。这说明汤显祖对最高统治者还抱有一定幻想。政治剧中的官僚社会整体腐败不洁，汤显祖便在很大程度上把仙佛两家的出世理想与终级权威联系了起来。然而封建王朝和仙家佛国都没能让汤显祖真正心折。他早就看出了时代的衰微感和仙佛的虚幻感。汤显祖曾向朋友表达过其痛苦臭名、出路难知、悲哀难告的心曲：“词家四种（“临川四梦”），里巷儿童之技。人知其乐，不知其悲！”

从曲词风格上看，汤显祖的风情戏妙在艳丽多姿，政治戏则不乏沉雄深刻。曹雪芹在《红楼梦》第二十三回中称赞汤剧中的风情戏极品为

“《牡丹亭》艳曲警芳心”，引得林黛玉“心动神摇”“益发如痴如醉，站立不住”。政治戏《邯郸记》则与此不同，雄浑悲壮、粗犷古朴的语感亦随处可见。如《西谍》中的“词陇逼西番，为兵戈大将伤残。争些儿，撞破了玉门关。君王西顾切，起关东挂印登坛，长剑倚天山”，这般壮阔境界与《牡丹亭》中的缠绵婉转大异其趣。《合仙》中的神仙所唱〖浪淘沙〗六曲，其苍凉彻悟之感弥漫为偈语之中上品。

将“四梦”作比较，各有千秋；合“四梦”而总论，彪炳千古。但“四梦”之翘楚，还是汤显祖自己的评价较准确：一生四梦，得意处唯在《牡丹》。

第四节　汤显祖剧作的深远影响

汤显祖影响下的剧作家　汤剧的社会影响　“临川四梦”的演出与传播

以《牡丹亭》为代表的“临川四梦”相继问世后，受到了各方面的关注与重视，产生了广泛而深远的影响。沈德符《万历野获编》宣称：“汤义仍《牡丹亭梦》一出，家传户诵，几令《西厢》减价。”陈石麟在《玉茗堂全集序》中说：“惟‘四梦记’，真堪压倒王（实甫）、董（解元）、（车棱）轹、关（汉卿）、马（致远）。”这些提法的实质当然不一定是抑彼扬此，而是十分强调地把汤显祖及其作品划入了早有定评的最佳剧作家及其杰作的行列。

一大批剧作家受到汤显祖最为直接的影响。他们从剧本的立意构思到曲词的风格熔铸，都刻意摹仿汤显祖的剧作。戏曲史上称之为“玉茗堂派”或者“临川派”。当然，这种摹仿需要精神上的高度契合，品格上的超凡入圣。通常认为这批剧作家有吴炳、孟称舜、洪升和张坚等人。吴炳的《粲花别墅五种》，被梁廷楠《曲话》定位为“置之《还魂记》中，几无复可辩”，这当然是带有明显褒奖色彩的评价。孟称舜的情爱戏也写得深情婉转。洪升的《长生殿例言》说：“棠村相国尝称予是剧乃一部闹热《牡丹亭》，世以为知言。予自惟文采不逮临川，而恪守韵调，罔敢稍有逾越。”可见《长生殿》受汤显祖影响之深，不仅在词采，更在于全剧的情旨追求。就连孔尚任的《桃花扇》亦处处可见汤显祖渊源。宋荦《题桃花扇传奇》誉之为“新词不让《长生殿》，幽韵全分玉茗堂”。《品花宝鉴》亦借人物华公子之口，称赞其中的《访翠》和《眠香》两出戏“这曲文实在好，可以追步《玉茗堂四梦》，真才子之笔”。张坚的《玉燕堂四种》受汤显祖启示尤多。他在《梦中缘》自叙中极力歌颂“梦之所结，情之所钟也”，从自己神游幻境的美梦发展到剧作中情缘深深的奇梦。邹升恒在该剧题词中说：“知音何在？玉茗堂前，刚一派色色空空，勘破尘缘一梦中”，将张坚的创作情结与汤显祖的创作精神紧密地联系在一起。至于阮大铖的《石巢四种》，尽管在情节构建和语言风格上与汤剧有相似之处，但人们一般不把这位人品、剧品俱低的作家看成是汤显祖精神的传承者。除了吴、孟、洪、张等常被归纳在“玉茗堂派”中的作家，《风流院》的作者朱京藩也值得一提。他把汤显祖本人写进戏中作为风流院主，把读《牡丹亭》伤心而死的冯小青魂灵安置在风流院，再由书生拾得小青题诗，因情缘相投也魂归此间。在汤显祖等人的扶助下，小青乃与书生还阳成婚。此剧的明刊本眉批认为，由《牡丹亭》到《风流院》，后者是发展而决非简单拟作。

应该说汤显祖的同时代剧作家和后代剧人，都在不同程度和不同方面上受到其深刻启迪和多维影响。就连“吴江派”盟主沈（璟）先生本人，亦曾改《牡丹亭》为《同梦记》，变《紫钗记》为《新钗记》。臧懋循《牡丹亭》、冯梦龙《风流梦》、徐日曦《牡丹亭》、徐肃颖《丹青记》等剧，都是对汤显祖原作的直接改编。至于陈轼的《续牡丹亭》、王墅的《后牡丹亭》，则是对汤剧的续作。不管这些改编或续作的剧本如何曲解原意、删正音律，但都不能掩盖或取代汤显祖原作的思想光采和艺术魅力。

一本传奇，能够在同时代青年人中激起那么大的波澜，影响到那么广泛的社会层面，这在中国戏剧史上是极为罕见的文化现象。娄江女子俞二娘读《牡丹亭》后，层层批注，深有所感，自伤身世，于17岁惋愤而亡。汤显祖在得到其批注本后，曾十分惋惜地为俞二娘写过《哭娄江女子二首有序》的悼诗。内江女子读了汤剧后，愿托终身于汤显祖，因见其皤然老翁而投水身亡，这是带有戏剧性的传说（焦循《剧说》）。较为可信的记载是冯小青“冷雨幽窗不可听，挑灯闲看《牡丹亭》，人间亦有痴如我，岂独伤心是小青”的绝命诗，以及杭州演员商小玲上演《寻梦》时的气绝而亡。（蒋瑞藻《小说考证》）这些青年女子的死亡，正是封建势力长期压迫所致，汤剧使她们在临死前还有所安慰，《牡丹亭》成为天下怀春少女的一部知音书。

慑于汤剧的无穷威力与广泛影响，许多封建卫道士对剧作家进行了人生攻击和恣意漫骂。有的说汤显祖“死时手足尽堕”，有的说“有入冥者，见汤显祖身荷铁枷。人间演《牡丹亭》一日，则笞二十”。在剧作家的故乡抚州府，曾于同治十一年（1872年）立下禁书石碑，《牡丹亭》也包括在皇帝禁书的圣旨之列。这正好从反面表明了汤剧对“正统”社会强烈的震撼力。

“临川四梦”都是案头场上两擅其美的佳作。在广大的书面读者之外，还有极为众多的演员和观众都在演出现场亲身感受汤剧的魅力。汤显祖亲自导演的宜黄腔戏班自不待言，其他声腔剧种也大都以上演汤剧为荣。昆剧尤以上演汤剧的细腻、缠绵作为其剧种特征之一，涌现出一代代十分知名的汤剧演员。从清宫升平署的宫廷戏班到为数广泛的职业戏班和家庭戏班，上演以《牡丹亭》为代表的汤剧已是衡量其实力和水平的重要标志。众多小说戏曲还将汤剧演出采撷到情节发展之中，例如《红楼梦》借《西厢》和《牡丹》二剧加深了宝、黛的感情融合。本世纪以来，《牡丹亭》曾几度被搬上银幕和银屏。收集有两千二百多篇诗文赋和“临川四梦”的《汤显祖集》也于1963年起初版、再版。研究汤显祖的论文、专著越来越多，越来越深入。汤剧无穷的艺术魅力和永恒的审美意蕴，已经成为中华民族的一笔重要的精神文化财富。

注释：

［1］日本曲学家青木正儿最早提出此说：“显祖之诞生，先于英国莎士比亚十四年，后莎氏之逝世一年而卒（莎翁公元纪年1564—1616，显祖公元纪年1550—1617）。东西曲坛伟人，同出其时，亦一奇也。”（青木正儿《中国近世戏曲史》，王古鲁译，商务印书馆1936年2月初版，第230页）中国学者中进行比较的更多。例如徐朔方在60年代初写成《汤显祖与莎士比亚》一文，发表在《社会科学战线》1978年第2期。陈瘦竹《在纪念汤显祖逝世366周年学术讨论会上的报告》中说：“366年以前，世界文坛上两颗巨星先后殒落，一个是我国的汤显祖，一个是英国的莎士比亚。但是他们的作品到今天还放射出光芒。”（《汤显祖纪念集》，江西省文学艺术研究所1983年版，第180页）

［2］汤显祖的曾祖名廷用，“旌表尚义子高公之子”，“生有隽才，为

名诸生”。祖父名懋昭，读书过目成诵，少年时补弟子员，当地人称“词坛上将”“博学处士”。汤显祖的父亲名尚贤，“为文高古，举行端方”，珍藏了千余种杂剧剧本。修桥捐款，尚义行善。汤显祖的母亲吴氏是道学家吴允（兆页）的女儿。（《文昌汤氏宗谱》卷首，毛效同《汤显祖研究资料汇编》（上），上海古籍出版社 1986 年版，第 119~125 页）

［3］关于汤显祖和张居正的关系，一些人强调两者之间的政治冲突。徐朔方则认为汤显祖因不肯结纳张居正而屡次落第是事实，但“汤显祖和张居正在革新政治方面不仅没有敌对关系，而且还有相当大的共同之处。他对张居正的反感实质上是他对封建专制主义的反感”，从而否认两者之间有着直接的政治冲突。（《论汤显祖的思想发展和他的“四梦”》，《戏曲研究》第九辑）

［4］万历十九年（1591 年）三月和闰三月，被认为是不祥之兆的彗星两度出现。汤显祖在《论辅臣科臣疏》中分析了朝廷的弊端，要皇上训督申时行等痛加省悔，以功补过，将杨文举、胡汝宁等贪官、昏官罢斥另选。（徐朔方笺校《汤显祖集》（二），中华书局 1962 年版，第 1211~1214 页）明神宗对汤显祖偌大的口气不能容忍，在给内阁的批示中说：汤显祖“以南部为散局，不遂己志，敢借国事攻击元辅。本当重究，姑从轻处了”（《明实录第 359 册》）。

［5］汤显祖在遂昌的五年为实现其政治理想作出了积极努力。苏振元认为“在遂昌的五年，是汤显祖进步思想的一个重要时期”，“四梦”中后三部杰作的诞生，“是与他在遂昌时期的思想发展、创作实践和生活积累分不开的”。（《汤显祖在浙江遂昌》，《杭州大学学报》1982 年第 2 期）

［6］李仲文事见于《太平广记》所引《法苑珠林》，叙李太守之亡女与某男结合事。冯孝将事出于《幽明录》，写冯太守之子帮助女鬼复生，

娶为妻室，生有二男。这两处出典当然有助于《牡丹亭》的构思，但都不是该剧的真正祖本。汤显祖在该剧《题词》中还提到过汉睢阳王收考谈生故事，那也只不过是个别细节的相近而已。《牡丹亭》出于话本《杜丽娘慕色还魂》。明嘉靖进士晁（王栗）在《宝文堂书目》中著录为《杜丽娘记》，余公仁《燕居笔记》卷八题为《杜丽娘牡丹亭还魂记》，何大抡的《重刻增补燕居笔记》现存话本全文。总体而言，《牡丹亭》的主要人物与基本情节都与话本相近，有些语言诗句在移用过程中稍有更动。杜丽娘的自题小像诗“近睹分别似俨然，远观自在若飞仙。他年得傍蟾宫客，不在梅边在柳边”，在汤剧中沿用不误。

[7] 关于《牡丹亭》的戏剧冲突，中国科学院文学研究所认为，贯穿全剧的冲突就是情理冲突，具体“表现为杜丽娘、柳梦梅和封建家长杜宝之间公开的和面对面的斗争”。（《中国文学史》，人民文学出版社1979年版，第956页）董每戡认为《牡丹亭》没有安排矛盾双方“面对面的火爆斗争”，杜丽娘看似没有受到什么人的压迫而致死，“却又明明觉得有一股巨大的阻力存在”。（《五大名剧论》，人民文学出版社1984年版，第296~297页）

[8] 学术界关于《牡丹亭》有悲剧、喜剧、悲喜剧三类提法。比如郑振铎称《牡丹亭》是“一部离奇的喜剧”。（《插图本中国文学史》，作家出版社1957年版，第861页）赵景深认为《〈牡丹亭〉是悲剧》。（《江苏戏剧》1981年第1期）叶长海认为《牡丹亭》是一个“悲剧和喜剧糅和在一起”的“悲喜剧”。（《中国古代悲剧喜剧论集》，上海文艺出版社1983年版，第103~112页）

[9]《紫箫记》中断写作的原因之一，据汤显祖《紫钗记题词》云：新剧未成，“而是非蜂起，讹言四方”，恐有影射时事之嫌。原因之二是

好友帅机批评“此案头之书，非台上之曲也”，不具备上演的可能。徐朔方《汤显祖年谱》专列“《紫箫记》未成与政治纠纷无关”一节。（中华书局1958年版，第228页）针对近些年来邓长风等人认定《〈紫箫记〉未成与政治纠纷有关》（《浙江学刊》1986年1—2期）、该剧对张居正有所讥刺的说法，徐朔方写有《再论〈紫箫记〉未成与政治无关》。（见《浙江学刊》1986年第4期）

[10]《紫钗记》的完成时间，夏写时认为南京删润本并非定本，而是“在遂昌再度改写《紫钗记》并于万历二十三年（1595年）完成”。“《紫钗记》虽是‘四梦’中艺术成就稍次之作，却是一个认识汤显祖、探究汤显祖曲意的关键性作品。”（《汤显祖〈紫钗记〉成年考》，《学术月刊》1984年第1期）

[11]对于汤显祖的《南柯记》，学术评论界历来不大看重。一般认为，它是部“表现人生如梦的戏曲”（游国恩等《中国文学史》第四册，第81页），通篇都是“为佛教说法”（石凌鹤《试论汤显祖和其剧作》，《江西日报》1957年11月12日），因而是汤显祖“失败的作品”。吴凤雏认为这些说法都只从表象作简单武断的推论，不免失之偏颇。“其实，《南柯梦》是一部思想内容十分丰富、进步倾向十分明显的不朽之作。”（《〈南柯梦〉的思想倾向》，《汤显祖研究论文集》，中国戏剧出版社，第312页）

[12]《邯郸记》在“四梦”中排名第二，大家都能认可。例如徐朔方称《邯郸记》简练纯净，“它的成就仅次于《牡丹亭》”。（《中国大百科全书·戏曲曲艺》册，中国大百科全书出版社1983年版，第386页）黄文锡、吴凤雏盛赞“《邯郸记》尽管也保留了有关神仙道化的构思，并生发出人生如梦的感慨，但就其主要内容来看，却充满了战斗的精

神……举凡对当时社会之黑暗，官场之腐败，权贵之骄横，士林之媚谄，都作了尖锐深刻的揭露。其锋芒所指，上至皇帝权臣，旁及科场、制诰、封荫等各种典制，纷纭复杂，无所不及，正无异于一部明代中晚期的《官场现形记》，一部反映封建末世人情风物的百科全书，一篇讨伐万恶的封建社会的战斗檄文”。（《汤显祖传》，中国戏剧出版社 1986 年版，第 165 页）

［13］王骥德更看重“临川四梦”中的后面“二梦”，称“临川汤奉常之曲，当置‘法’字无论，尽是案头异书。所作五传，《紫箫》《钗》第修藻艳，语多琐屑，不成篇章；《还魂》妙处种种，奇丽动人，然无奈腐木败草，时时缠绕笔端；至《南柯》《邯郸》二记，则渐削芜颣，俯就矩度，布格既新，遣词复俊，其掇拾本色，参错丽语，境往神来，巧凑妙合，又视无人别一蹊径，技出天纵，匪由人造。使其约束和鸾，稍闲声律，汰其剩字累语，规之全瑜，可令前无作者，后鲜来哲，二百年来，一人而已”。（《曲律》，《中国古典戏曲论著集成》（四），第 165 页）今人何苏仲在《应当重新评价〈南柯梦〉与〈邯郸梦〉》中说：“就思想性而言，《南柯梦》和《邯郸梦》尤胜。”（出处同注释 1，第 375 页）

四百周年等一回

——全本《牡丹亭》出国巡回演出的国际文化内涵

谢柏梁

今年是戏剧大师汤显祖的《牡丹亭》（1598 年）问世四百周年。

四百周年前，汤显祖以如椽彩笔，浓墨重彩地抒写了岭南才子柳梦梅在澳门官员的资助下北上考试，从而与江西佳人杜丽娘生死相恋的爱情故事。

四百周年后，上海昆剧团将 55 出的全本《牡丹亭》搬上美国、澳大利亚和法国的戏剧舞台，这是世界戏剧演出史上一件非同小可的大事件。在参加林肯艺术节演出之前，时任美国总统克林顿还将在沪亲自过问并欣赏杜、柳挚爱的华美乐章，这是中国爱情国际化、中国戏剧全球化的重大标志之一。

汤显祖不仅是中国的戏剧大师，也是世界戏剧史上的巨匠。著名的日本汉学家青木正儿早在20世纪初叶就十分客观、公正地将汤显祖与莎士比亚相提并论，认为他们是同时代东西方剧坛上的两位伟人。徐朔方等学者干脆提出汤显祖就是中国的莎士比亚。

但是同样作为世界戏剧大师，汤显祖与莎士比亚的作品流传范围大不一样。汤显祖剧作的流传幅度，主要是在中国和东亚一带；而莎士比亚剧作的流传幅度，很快就在全世界范围内整体铺开。即便在汤显祖的中国故乡，莎士比亚的名字也愈加响亮。本世纪以来的数次莎士比亚戏剧节，更使得莎剧的影响铺天盖地。

这种文化对话的不平等局面，当然有着语言层面、经济因素和国力盛弱等多方面的原委，但是更为重要的情形是我们缺少有国际文化眼光的戏剧大家，去推动汤剧的国际化与全球化。

20世纪以来，德文版和英文版的全本《牡丹亭》相继问世，这使全世界的戏剧爱好者都眼睛一亮。由陈士争导演、上海昆剧团在世界舞台上巡回演出的全本《牡丹亭》，终于使得这出汤剧代表作在问世四个世纪后，能够在国际舞台上首次展示其整体风貌。这种展示同时也是中国戏剧首次以原本和全本的面貌展示在西方观众面前。折子戏、武戏和改编作的出国演出，固然都是使外国人欣赏戏曲行之有效的手段，但这种手段只能是一种启蒙，常此下去只能是对西方观众的低层次取悦，也只能达到一定意义上的廉价演出效果。上昆此次出访的最大意义是将中国戏剧大师和中国传统剧目的原汁原汤，让西方观众去予以倾心品尝。明清以来风靡至今的折子戏演出，一方面带来了表演艺术的精益求精；另一方面也是对剧作精神的阉割与腰斩。《牡丹亭》全本上演的逐渐失传，就是折子戏所带来的负面影响之一。上昆对《牡丹亭》全本的重新整理、恢复和创造，既是对汤显祖原作的尊重，也是对西方观众的尊重和信任。

这种展示还在一定意义上改变了东西方文化交流与对话中长期存在着的严重不对等局面，尤其能使汤显祖与莎士比亚这两位戏剧大师在西方观众心目中形成鲜明的对比和互补，有助于人们国际文化心态的完满构建，尤其有助于改变一些中国青年观众对传统文化妄自菲薄的不良心态。

《牡丹亭》所写的超越时空、生死不变的浪漫爱情，这是人类的普遍追求与向往。杜丽娘与柳梦梅的爱情又带有强烈的明代中国的时代烙印，这将使西方观众在好奇、感叹中为之惋惜、震撼和神往。所以无论从哪一个层面上来看，《牡丹亭》四百年来等一回的出国巡回演出，都会在世界戏剧发展史上留下庄严华妙、意兴盎然的动人篇章。

在参加美、澳、法三国艺术节后载誉归来时，昆剧《牡丹亭》还将成为香港艺术节上的重头大戏。与《牡丹亭》有着重大干系的澳门，却与近在咫尺的全本《牡丹亭》擦肩而过；《牡丹亭》的故乡江西，更与这次《牡丹亭》国际巡演相望无缘。我想，要是连演六个晚上的《牡丹亭》全本能够照应到更多理应照应到的地方，那该多好！

春心锁不住　牡丹出园来

——《牡丹亭·闺塾》撷英

谢柏梁

被称为“中国的莎士比亚”的汤显祖，所作《牡丹亭》《紫钗记》《邯郸记》和《南柯记》四剧，被合称为“临川四梦”。“四梦”当推《牡丹亭》为冠，也有人用《罗密欧与朱丽叶》来与之并论。

《牡丹亭》剧本系据笔记、话本故事改编创作的，据汤显祖自己说，其蓝本源于“传杜太守事者，仿佛晋武都守李仲文，广州守冯孝将儿女事”，“余稍为更而演之”。后一句倒是谦词，因为该剧基本上是借题发挥后的重新创作，以致成为中国戏曲史上最优秀的艺术精品。

全剧共分 55 出。叙南安太守杜宝之女杜丽娘，在文学作品和无边春光的催发下，对严格的封建礼教的束缚进行了大胆反抗。她在梦中春心萌动，与理想的情人柳梦梅结合。梦醒后，杜丽娘忆梦，寻梦，在爱情的渴求中逝去。死三年后，柳梦梅得到杜丽娘的自画小像，竟叫醒了杜丽娘，后又掘墓开棺，使之复生。柳梦梅考取状元后，终于与杜丽娘正式成婚。

《闺塾》是该剧的第七出，舞台演出中通常称之为《春香闹学》。如果说《牡丹亭》全剧揭露了封建礼教钳制身心的酷毒与反动，宣扬了青年男女要求婚姻自主、个性解放的理想，《闺塾》则展示了资本主义萌芽时期叛逆者同卫道者斗争的第一个回合，反映了青春少女的初步觉醒，为更自觉、更激烈的反抗做了铺垫。《惊梦》和《寻梦》的行为根据和外在契因都根源于此。

明代文学家王思任和陈继儒都一再称道过《牡丹亭》的人物写得各具个性，各有身份。《闺塾》里就充分显示出不同身份、地位、教养下的不同人物性格，并在规定情境中展现了不同人物性格发生冲突后的喜剧性。

塾师陈最良是个迂腐守旧、浅陋穷酸的人物。他可以说是封建礼教走向穷途末路时的活的化身。他的诨名称为“陈绝粮”系以谐声寓孔夫子“在陈绝粮”的困顿。故事中陈最良自小曾先后参加过十五次科考，但都“考居劣等”；接着又“两年失馆，衣食单薄”，得了个“绝粮”的美称。所以陈最良的潦倒困顿实际上嘲弄的是儒家的穷困潦倒。来到杜家教书糊口，实则是误人子弟。他一开口就教训女学生杜丽娘，“凡为女子，鸡初鸣，咸盥、漱、栉、笄，问安于父母，日出之后，各供其实”，引用《礼记·内则》中的话，责备杜丽娘迟到了。这位腐儒的教学方法不外乎照本宣科，荆条体罚。他连文人的最起码的看家本领——写字都不大具备，不得不老实地承认女学生的书法娟秀，“我从未曾见这样好字”。他自己读书无进，却偏要学生“囊萤读书”“悬梁刺股”。这位老先生自己木讷困顿，“靠天也六十多岁，从不晓得伤个春，从不曾游个花院”，却限制青春少女游园赏心。这位腐儒代表了明代大部分“蔽精神于无用武之地”的知识分子在科举制度下面临的窘境，体现了儒林中迂腐空谈和渍薄的不良风气。

杜丽娘是位聪明、敏感的少女。早在延师之前，她已会背诵“男女四书”了。所以当她见到陈最良只是在照书念诵，别无讲解时，便提出意见：“师父，依注解书，学生自会。但把《诗经》大意，敷演一番。”她对描写男女爱情生活为多的《诗经》被曲解为后妃之德和无邪之思，实际上并不以为然。她的书法，连陈最良亦叹为观止。然而这样一位大家闺秀，却受到了封建礼教和家法的严格看管，长大成人，连自家偌大的一个花园尚不知晓。杜母甚至连女儿裙衩上绣的成双的花鸟都十分反感，生怕她惹动春心，做出什么不是来。在《闺塾》中，尽管她心中对花园感到无限新奇和向往，但仍要摆出一副冷静、持重、循规蹈矩的模样，责备春香不要惹老夫人生气。其实青春的火种早已萌生，岂是她那娴静端庄的外表所能掩藏得住的呢?

春香在《闺塾》中表现得最为机智、勇敢和泼辣，极富于反抗性。是她从头至尾同先生捣乱，借出恭之名发现了花园，引动了小姐。夺荆投地，尤其显示出了她勇于斗争的精神。她的天真活泼和外露性格正好与先生的迂腐、小姐的持重形成鲜明的比照。这个人物具备极强烈的戏剧性和喜剧色彩，以至于人们往往以她作为中心人物，许多剧种干脆把这出戏改编成为《春香闹学》。她是一位敢闹、爱闹、会闹的调皮丫环，是一枝带刺的野蔷薇。

从以上对三位人物性格的个别分析和展览中，我们知道这三人组成的舞台戏该是多么有趣，多么热闹，多么富于喜剧色彩了。

可以把这三位可爱的人物分为两组基本力量。一组是陈最良先生，时刻执行着腐儒教育的任务。迫于礼貌和情面，杜丽娘也部分违心地维护了先生的体面。另一组则以春香和杜丽娘为主体。应该指出，春香的撒娇和放纵实际上是得到了杜丽娘的默许和赞赏的；或者说，春香正体现了杜丽娘沉静持重的另外一面。

第二组力量对陈最良从识破、嘲笑到反感、反抗的行动过程，又大体可以分为从文章才学上嘲弄了先生，又从精神气焰上压倒先生两个主要步骤。

当陈最良用礼教经文训斥杜丽娘的迟到时，春香已开始打抱不平了。她指出“昔氏贤文，把人禁杀，恁时节则好教鹦哥唤茶”，暗示读熟经文只不过像八哥学舌一般。杜丽娘对先生“依注解书”、照本宣科的揭露又使得先生的形象矮了一大截。当春香发现先生竟缺乏书法起码常识时，她就彻底认识到了先生腐朽无才的本质，以出恭为名，云游花园去了。从精神气焰上压倒先生，这是春香较为自觉的反抗行动。先生等了良久，大呼三声，她才姗姗来迟，反骂先生“害淋的”。回闺塾后她不伴杜丽娘读书，反而不知羞、不知愁地宣称，“溺尿去来。原来有座大花园，花红柳绿，好耍子哩！”公然鼓动小姐去游园，且历数古人读书的摧残身体。当先生恼羞成怒，生怕春香逗引坏了小姐，自己无法交代时，就举起了荆条，执行了体罚。那春香岂是好惹的，躲开荆条，劈头夺过，掷于地上，大叫“你待打，打这哇哇，桃李门墙，险把负荆人諕煞！”至此，陈先生的精神气焰彻底瓦解，垂头丧气。当杜丽娘斥责春香时，先生反倒做了和事佬儿，反过去为春香求情：“也罢，松这一招儿，起来”，摆出了一番息事宁人的高姿态。

我们虽然讲论的是春香的反抗行动，而且在这出戏中，春香也确实显示出了很多主体性，但从她的大胆的行动里，也确实透露出杜丽娘纵容的保护力量。在《闺塾》中，杜丽娘显得分外淑静，但也分外有心机。当她骂了春香后，却又紧紧扯住春香："俺且问你，那花园在哪里？"又笑问春香，"可有什么景致？"当得到了满意的答复之后，杜丽娘才含而不露，轻描淡写地道声："原来有这等一个所在，且回衙去"，而一个游园惊梦的计划则已在她心中策划成熟了。惟有此处之静，方显出了之后动若脱兔，烈如火山，生生死死，追求意中人的强烈戏剧行动的端倪。

我想，当我们被《闺塾》的喜剧气氛所强烈感动之后，还应该有所思索，有所沉痛，有所悲哀。

《牡丹亭》：炽热的仲夏夜之梦

邹自振

在“临川四梦”中，作者自己最为得意，在社会上影响最大，并奠定汤显祖作为中国古代戏曲大家地位的是《牡丹亭》。

《牡丹亭》略叙南宋时南安太守杜宝请腐儒陈最良教女儿丽娘读儒家圣贤书籍，丽娘受《诗经》中情歌的启发，萌动春心。在游园赏春时更加牵动情思，梦见少年书生柳梦梅。从此为相思所苦，伤情而死，杜宝将其葬于牡丹亭畔。三年后，柳梦梅去临安赴试，经过丽娘墓地，拾得丽娘自画像，终日欣赏倾慕，使丽娘幽灵出现相会，并得还魂再生，私自结合。但杜宝视女儿为妖孽，诬梦梅盗掘女坟。后经丽娘上朝申诉，柳梦梅金榜题名，皇帝作主，杜宝才承认了女儿的婚姻。

汤显祖自谓：“一生四梦，得意处惟在牡丹。”《牡丹亭》作于万历二十六年（1598年），是汤显祖弃官回乡后立刻着手写成的。多年来对现实的不满，对社稷倾危的忧心，对自己身世的愤懑，使他的情感犹如火山一样喷发而出，把全剧的梦境燃成一片灿烂的极光。

如果把“临川四梦”比作春夏秋冬四季的话，《牡丹亭》便是一出炽热的仲夏夜之梦。剧中主人公杜丽娘为情而死的经历说明，从现实到梦境，从死去到复生，始终贯穿着现实的要求，亦即通过自己的追求，去创造一个符合自己理想的现实世界。不难看出，杜丽娘的形象正是那个为实现自己理想锲而不舍奋斗了一生的汤显祖的影子，甚至在某些细节上汤显祖与杜丽娘也不无相像，他不但把自己多病多梦的身体特征赋予了杜丽娘的形象，而且也把自己通过梦境对超现实力量的寻求与杜丽娘梦境中的花神联系起来。从这个意义上说，他创作的《牡丹亭》正像杜丽娘的“写真”一样，是要通过作品向世人展示他炽热的真情，表白自己的忠贞和追求！

《牡丹亭》显然是汤显祖在玉茗堂呕心沥血创作的戏剧。他在写作中把全部感情和心思都用进去了，以致到了“忘我”的地步。传说有一天他忽然“失踪”了，一家人到处寻找，从荷塘到竹林，从长廊到假山，从楼上到楼下，都没有踪影。后来，一个长工到柴间去抱柴禾，听到附近有哭泣的声音，寻声找去，只见汤显祖正卧在柴禾上，用衣袖遮着脸痛哭。原来，他正在写《牡丹亭》第25出《忆女》，当写到“赏春香还是你旧罗裙”一句时，想到被世俗礼教摧残、多情而不幸死去的杜丽娘，便再也抑制不住内心的感情，身不由已地卧薪痛哭了。

要了解《牡丹亭》的创作主旨，其第1出《标目》的开场词《蝶恋花》是至关紧要的：

忙处抛人闲处住，百计思量，没个为欢处。白日消磨肠断句，世间有情难诉。玉茗堂前朝复暮，红烛迎人，俊得江山助。但是相思莫相负，牡丹亭上三生路。

此阕之地位与功能犹如清代小说《红楼梦》卷首诗："满纸荒唐言，一把辛酸泪。都云作者痴，谁解其中味。"又如《红楼梦》第 1 回"自又云"："今风尘碌碌，一事无成"一段，实际相当于作者自序。"世间只有情难诉"，是汤显祖的文学思想与《牡丹亭》创作主题的高度概括，"玉茗堂前朝复暮"则表现了他创作的甘苦。

《牡丹亭》共五十五出。剧情大意如第 1 出《标目》中的"家门引子"所述：

杜宝黄堂，生丽娘小姐，爱踏春阳。感梦书生折柳，竟为情伤。写真留记，葬梅花道院凄凉。三年上，有梦梅柳子，于此赴高唐。果尔回生定配，赴临安取试，寇起淮扬。正把杜公围困，小姐惊惶。教柳郎行探，反遭疑激恼平章。风流况，施行正苦，报中状元郎。

其基本情节系根据当时的拟话本《杜丽娘慕色还魂》。作者为嘉靖年间进士晁瑮。话本原写得平淡无奇而乏于文采，但汤显祖却从中领悟到生活在封建桎梏下的少女们那种不甘向命运屈服，为人生幸福而斗争的积极含义。因此，他毅然将其改编为传奇剧本。

汤显祖在剧本卷首的"题词"中说：

天下女子有情，宁有如杜丽娘者乎！梦其人即病，病即弥连，至手画形容，传于世而后死。死三年矣，复能溟莫中求得其所梦者而生。如丽娘者，乃可谓之有情人耳。情不知所起，一往而深。生者可以死，死可以生。生而不可与死，死而不可复生者，皆非情之至也。①

由此可见，他创作《牡丹亭》的意图，是在于要为“情”唱一首热烈的赞歌。

这里所谓的“情”，正是与“理”相对立的。剧中的女主人公杜丽娘，无论是为情而死还是因情复生，都表现出人性对礼教的顽强抗争。

杜丽娘是南安太守杜宝的独生女儿，是一个深受封建主义性、理熏陶和封建礼教束缚、压抑的千金小姐。为了日后嫁一书生，“知书识礼，父母生辉”，她的父母完全按照封建的伦理道德来教养她，除了日常生活的严格禁锢外，还请了腐儒陈最良当老师，向她灌输“后妃之德”之类的观念，企图把杜丽娘培养成一个标准的贵族淑女（第 7 出《闺塾》）。结果，杜丽娘长到 16 岁，从未越出闺房一步，甚至不知住处附近居然还有一所花园！她除了父母老师之外，从未接触过任何同龄异性。生活虽然富贵无比，但精神空虚，没有欢乐，没有幸福，没有希望。封建礼教窒息了这位贵族少女的心灵火花。但她既然是人，就会有“自然的要求”，而这种要求是任何力量也扼杀不了的。

自然美景唤醒了沉睡的心，朦胧的希望鼓舞着杜丽娘去追求美满的婚姻。在杜宝和陈最良看来，《诗经·关雎》讲的是“后妃”之德，但敏感的杜丽娘却从中直接感受到这是一首青年男女的恋歌：“关了的雎鸠，

① 汤显祖:《牡丹亭记题词》，见徐朔方笺校:《汤显祖全集》，第 1153 页，北京古籍出版社，1999 年。

尚然有洲渚之兴，何以人而不如鸟乎！”（第 9 出《肃苑》）这是具有讽刺意味的。人生中的这一课，原是叫她遵守妇道的，可偏偏启迪了她的情怀！在丫环春香的怂恿之下，她越出闺房，游了后花园。游园时，她第一次感受到春天的美。大自然的美好气息，吹拂着她的心灵，她情窦初开，发现自己的生命和春天一样美好，于是就有了“惊梦”。在“姹紫嫣红开遍”和“朝飞暮卷，云霞翠轩，雨丝风片，烟波画船”的迷人景色中，她一方面感叹：“似这般都付与断井颓垣，良辰美景奈何天，赏心乐事谁家院！”另一方面又想起了古典诗词传奇中的男女欢情，像于祐与宫女韩氏、张生与莺莺的爱情故事，使她感叹自己：“生于宦族，长在名门，年已及笄，不得早成佳配，诚为虚度青春，光阴如过隙耳！”之所以造成这种情况，是因为她这个“小婵娟”需要“名门相配”，她自己也朦胧地感到这是她那个环境所要求的“门户相对”的婚姻制度造成的。因此她喊出了：“甚良缘，把青春抛得远！……淹煎，泼残生，除问天！”（第 10 出《惊梦》）这反映了杜丽娘的初步觉醒。

朦胧的觉醒，如果有一个较好的客观条件，杜丽娘可能会挣扎走出一条道路。但她所处的环境确实太恶劣了：父亲是个封建官僚，一个标准的“正人君子”，母亲是个“贤妻良母”，春香人太小，不能理解她。四周的空气竟是那么沉闷。所以，杜丽娘只能把这种正常的爱情追求埋藏在内心深处，不让别人窥测出来。但既然“情动于中”，就一定要有寄托，现实生活找不到，于是她就到暂时摆脱尘世的“梦”里去寻求安慰了。杜丽娘确实在梦中得到了满足，遇到了意中的书生柳梦梅，又和他一起享受了短暂的欢悦。但梦醒了，她依然怅惘，还受到母亲一顿斥责！现实生活是这么冷酷、残忍，杜丽娘没有力量去进行正面的搏斗，只好又再去寻求梦里的慰藉，于是就有了“寻梦”。但梦毕竟是虚幻的，它不可能真正把人带入美丽的境界——一个失望人所企求的归宿。杜丽娘失望之余，整日“情思睡昏昏”，“径曲梦回人杳，闺深佩冷魂消”（第14出《写真》），在苦闷、相思中挨过时光，情思致病。在《写真》一出中，她顾不得小姐的娇羞矜持，向丫环春香泄露了自己的心思，留下自身的画像，终于在爱情之火煎熬下，耗尽了生命，抱恨离开了人世。

从以上剧情看，汤显祖鲜明地以合乎自然、合乎正义、合乎被压抑人们要求的“情”的思想来反对封建专制，反对封建顽固势力宣扬的性、理之学。他说：“情有者理必无，理有者情必无。”[①] 汤显祖倾其心血于《牡丹亭》，塑造了一个强烈地热爱自然、热爱生命、热爱自由的艺术形象杜丽娘。汤显祖认为杜丽娘是天下最有情的人，自然，她便是情的化身了。这个举止娴雅而内心炽烈的闺阁小姐，一旦青春觉醒，便投向了大自然，在“袅晴丝吹来闲庭院”的歌唱中，享受着生命的春光，在“没乱里春情难遣”的幻梦里，得到了自由的爱情。从此，她便不惜以生命来反抗和追求：“这般花花草草由人恋，生生死死随人愿，便酸酸楚楚无人怨。待打并香魂一片，阴雨梅天，守得个梅根相见。”（第12出《寻梦》）坚强的意志终于使她战胜了死亡，最后与心上人柳梦梅结合。还魂——自由，是汤显祖为杜丽娘创造出来的实现爱情自由的最好去处；而这种“幽境”实际上也是他——汤显祖，以及她——杜丽娘那个时代所能提供的最好的解脱之地。人活着，却无法品尝爱情的甘果，人性的真正复归，竟需要在阴间才能实现，这是作者对当时社会所给予的最辛辣的讽刺和最深刻的批判。这种“生者可以死，死可以生”的丰富想象，反映了当时男女青年渴望美好生活的满腔热情，表现了以个性解放为主要内容的反

① 汤显祖：《寄达观》，见徐朔方笺校：《汤显祖全集》，第1351页，北京古籍出版社，1999年。

封建思想的力量。这是资本主义已开始萌芽的晚明时代精神之所在，也是汤显祖比同时代作家更深刻地把握和反映现实本质的特点之所在。

汤显祖力求把在冷酷的现实世界中不能实现的进步思想，寄托在绚丽幽美的梦境中，通过杜丽娘生前的不屈抗争，真实地反映出明代青年妇女的苦闷；通过她死后的继续追求，表达了她们对生命、自然、爱情、自由的热爱，代表了那个时代千千万万妇女的意志，体现了个性解放的要求和强烈的时代精神。

杜丽娘的遭遇引起了众多青年妇女的共鸣，无怪乎《牡丹亭》一出，“家传户诵，几令《西厢》减价”[①]，随之出现了俞二娘、商小玲、金凤钿、冯小青这样的多情女子。杭州女伶商小玲，色艺双全，名噪一时，最擅长演《牡丹亭》。她由于婚姻不能自主，又受汤显祖戏剧的感染，有痛于杜丽娘的身世际遇，以致忧伤愁苦，抑郁成疾。每扮杜丽娘，“真若身其事者，缠绵凄婉，泪痕盈目”。有一次，演到《寻梦》一折，当唱到“待打并香魂一片，阴雨梅天，守得个梅根相见”这几句唱词时，情发于中，不能自持，粉泪浸面，乃至扑地而死。扬州姑娘金凤钿一生把读《牡丹亭》作为自己最大的嗜好，“读而成癖”，“日夕把卷，吟玩不辍”。临死前，交代家里人将《牡丹亭》放在棺木里为她殉葬。遭遇不幸的才女冯小青在不合理的婚姻制度下发出呻吟的绝句：“冷雨幽窗不可听，挑灯闲看《牡丹亭》。人间亦有痴于我，岂独伤心是小青”，是杜丽娘爱情追求的最好注脚。

《牡丹亭》是一部充满生死梦幻奇情异彩的浪漫主义剧作，表现理想是其思想的精髓。作者赋予爱以无比巨大的力量，使爱情冲破了在现实

① 沈德符：《顾曲杂言》，见中国戏曲研究院编：《中国古典戏曲论著集成》第四集，第206页，中国戏剧出版社，1959年。

生活中实际上不可能冲破的阻力，而最终取得了胜利，这就是理想之所在。为了表现这一现实问题，作者采用了非现实的艺术手法。剧作的艺术构思抓住了杜丽娘和柳梦梅的“同梦”，关键则在杜丽娘的死生之际，写儿女之情可谓别出心裁：先写杜、柳“同梦”——柳生在梦中见杜女，杜女在梦中与柳生幽会；继而写杜女为情而死，在幽冥间寻找柳生，柳生则拾画、叫画，并与画中的杜女幽会；最后由人鬼相恋到复生结合。如此构思和处理，当然是超现实的、浪漫主义的。

汤显祖曾指出，他的戏曲创作皆是“因情成梦，因梦成戏”[①]。陈继儒在《牡丹亭题词》中亦认为，“临川老人括男女之思而托之于梦”[②]，这是汤显祖传奇的一大特色。正是由于汤显祖在四部传奇中精心构思和描写了奇幻的梦境，而通过不同梦境的构思和描写，又成功地、多侧面地宣扬了他所坚持的“情至”观，才使“临川四梦”具有一种朦胧幽渺之美。“临川四梦”不朽的艺术魅力，与这种出色的寓意深远的梦境构思和描写，无疑是分不开的。晚于《牡丹亭》近两个世纪的《红楼梦》，在梦境描写和梦幻意识方面，显然受过“临川四梦”的巨大影响，汤显祖曾给予曹雪芹的创作以深刻的启示。

《牡丹亭》对“一生儿爱好是天然”的杜丽娘极尽美化之能事。剧作对女主人公形象的塑造，主要是适应戏剧冲突的特殊性，着重其丰富流动内心世界的剖析和刻画。因而杜丽娘思想感情的变化，“无不从筋节窍髓，以探其七情生动之微”[③]。汤显祖不愧为刻画人物心理的艺术大师，杜

---

① 汤显祖：《复甘义麓》，见徐朔方笺校：《汤显祖全集》，第 1464 页，北京古籍出版社，1999 年。

② 陈继儒：《牡丹亭题词》，见毛效同编：《汤显祖研究资料汇编》，第 855 页，上海古籍出版社，1986 年。

③ 王思任：《批点玉茗堂牡丹亭词叙》，见毛效同编：《汤显祖研究资料汇编》，第 856 页，上海古籍出版社，1986 年。

丽娘的典型性格主要是通过刻画心理情感流程的途径来完成的，这在明清戏曲史上是罕见的。

《牡丹亭》对杜丽娘性格发展和心理活动的刻画，极有层次。游园之前，生活给予她的感受，只是“剪不断，理还乱，闷无端”（第10出《惊梦》）；通过游园，经受了大自然的洗礼，她这种恍惚迷离的愁绪才渐趋清晰。惊梦时，她彻底明白了自己所向往的原来是异性之爱；梦醒后，一切化为乌有，则使她郁郁成疾。而死后，她则变成了一个封建礼教的叛逆者。总之，杜丽娘这个完全属于虚构的人物的性格及其发展，在作者笔下被描绘得极其合情合理。

和全剧浪漫主义的基调相吻合，《牡丹亭》还善于运用情景交融、意境深邃的曲文，采用抒情诗的手法，倾泻人物内心的感情。我们读《惊梦》（第10出）、《寻梦》（第12出）、《写真》（第14出）、《闹殇》（第20出）、《冥誓》（第32出）等出时，更多地像读一首首蕴藉隽永的抒情诗而不像在看剧本。用写诗的手法写戏本来是我国许多戏曲作家写作的共同特征，而汤显祖在这方面表现得尤为突出。如《惊梦》一出：

> [皂罗袍]原来姹紫嫣红开遍，似这般都付与断井颓垣。良辰美景奈何天，赏心乐事谁家院？朝飞暮卷，云霞翠轩；雨丝风片，烟波画船——锦屏人忒看的这韶光贱！

明媚烂漫的春日园林景色，使杜丽娘触景生情，无限惆怅，感叹深闺中人不知春天可贵，不懂爱惜春光，因而越发感到深闺生活的寂寞和青春消逝的忧郁。她渐渐觉醒，更加要求摆脱封建礼教桎梏的束缚，渴望婚姻自由的幸福。作者描绘杜丽娘游园惊梦，就是从春景引起春情，又由春情引起春梦，一步一步发展，真切自然，使人们洞悉这个少女的内心隐秘。典雅华丽的唱词把读者不知不觉带入诗情画意之中，让人获得极度的美感享受。《牡丹亭》继承了《西厢记》等戏曲的传统技法，创造了极高的艺术境界。

曹雪芹十分赞赏他的前人汤显祖塑造的杜丽娘这个艺术形象，显然他也从现实生活中观察到许多贵族少女受过这个艺术形象的启迪，因而他在《红楼梦》第23回《西厢记妙词通戏语 牡丹亭艳曲警芳心》里，细腻地描写了林黛玉是怎样被《牡丹亭》中的“游园惊梦”所陶醉的情景：

> 这里林黛玉见宝玉去了，又听见众姊妹也不在房，自己闷闷的正欲回房，刚走到梨香院墙角上，只听见墙内笛韵悠扬，歌声婉转，林黛玉便知是那十二个女孩子演习戏文呢。只是林黛玉素习不大喜看戏文，便不留心，只管往前走。偶然两句吹到耳朵内，明明白白，一字不落，唱道是：“原来姹紫嫣红开遍，似这般都付与断井颓垣……”林黛玉听了，倒也十分感慨缠绵，便止步侧耳细听，又唱道：“良辰美景奈何天，赏心乐事谁家院……”听了这两句，不觉点头自叹，心下自思道：“原来戏上也有好文章，可惜世人只知看戏，未必能领略这其中的趣味。”……又侧耳时，只听唱道：“则为你如花美眷，似水流年……”林黛玉听了这两句，不觉心动神摇。又听道：“你在幽闺自怜……”等句，越发如醉如痴，站立不住……仔细忖度，不觉心痛神痴，眼中落泪。

杜丽娘心中颤动着的那根爱情的弦，在心细如发的林黛玉那里引起了强烈的共鸣。黛玉和丽娘一样，“生于宦族，长在名门”，有着相似的遭遇，自然深有同感，所以“心痛神痴，眼中落泪”。

《牡丹亭》上承《西厢记》，下启《红楼梦》，是中国浪漫主义文学传统中一座巍巍高峰，四百年来不绝于舞台。2001 年，昆曲被联合国教科文组织列入首批“人类口述和非物质遗产代表作”。自 2004 年起，由台湾著名作家白先勇先生主持制作，内地、香港和台湾地区的艺术家携手打造的“青春版”昆曲《牡丹亭》开始在全世界巡演。汤显祖及其《牡丹亭》已从“美丽的古典”走向“青春的现代”。

2016纪念汤显祖逝世四百周年海外活动述评

董　单

2016年恰逢中国戏剧大师汤显祖和英国戏剧大师莎士比亚逝世四百周年，汤显祖故乡中国江西抚州曾派人专程前往莎士比亚故乡英国斯特拉特福德，与当地共同举办了纪念汤显祖和莎士比亚逝世四百周年研讨会等系列活动。与此同时，国内多家戏剧团体也参加了海外不同形式纪念汤显祖与莎士比亚的演出活动。

一、海外活动概述

1. 英国演出

为纪念汤显祖和莎士比亚逝世400周年，2016年4月22日至26日，汤显祖故乡江西抚州采茶戏在英国莎士比亚故乡斯特拉特福德，演出了

8—9 场汤显祖经典剧目《牡丹亭》“游园惊梦”和《紫钗记》“怨撒金钱”选段。与国内在舞台上演出不同，这次演出地点主要是在英国斯特拉福德的莎士比亚故居花园，“在花园的草坪上演‘游园惊梦’有点身临其境的感觉。演出现场外国观众居多，虽然语言不同，他们听不懂我们的唱词，但是从掌声中，我们还是感受到了他们对中国文化的喜爱”。“到英国演出，可以说是抚州采茶戏首次走出国门演出，与以往在国内的演出比较，这次我们演出的地点不同，面对的观众不同，身上背负的责任也不同。”[①] 国家一级演员、抚州市文化艺术发展中心副主任吴岚想起当晚的演出十分感慨。

为纪念两位戏剧大师，浙江小百花越剧团特别创排了越剧《寇流兰与杜丽娘》，首次将莎士比亚的《寇流兰》与汤显祖的《牡丹亭》同置于一方舞台。伦敦 2016 年 7 月 23 日既是《寇流兰与杜丽娘》的世界首演，也是其在英国访问交流和欧洲巡演的开启。[②] “如果说，四年前的《江南好人》是小百花接轨西方戏剧的里程碑，那么，这次的《寇流兰与杜丽娘》将是我们真正开始了中国越剧置身世界语境，与之对话的远行。”身为团长和主演，越剧表演艺术家茅威涛对这一次意味深长的英国首演，有她背后更多的愿景，关于越剧如何走向世界，戏曲如何与世界对话。

英国爱丁堡当地时间 2016 年 8 月 7 日 11 时 30 分，湖南省昆剧团在爱丁堡新城剧院演出昆曲版《罗密欧与朱丽叶》，特别的演绎让英国观众耳目一新，演出结束后观众鼓掌持续了几分钟。[③] 为纪念汤显祖、莎士比亚逝世四百周年，中国多家艺术团在此次爱丁堡艺术节上出演两位大师

① http://blog.sina.com.cn/s/blog_b35aa8460102weuw.html，2017-07-11

② http://www.thepaper.cn/newsDetail_forward_1508505，2017-06-26

③ http://www.czs.gov.cn/whj/ggwh/qwys/ysdt/content_746121.html，2017-06-26

的名作。演出剧目包括湖南昆剧团的《罗密欧与朱丽叶》、江西赣剧团的《临川四梦》和浙江昆剧团的《牡丹亭》，对外经贸大学和利兹大学联合演出的《仲夏夜之梦·南柯梦》等。①

江苏省昆剧院于2016年9月22日在英国伦敦首演中英版昆剧《邯郸梦》。由英国莎剧导演利昂·鲁宾和中国昆曲表演艺术家柯军合作执导，中英两国戏剧演员联袂演出。《邯郸梦》改编自汤显祖作品《邯郸记》。全剧在呈现原汁原味昆曲的同时，拼贴并融合了莎士比亚《麦克白》《李尔王》《皆大欢喜》等作品中有关生死的著名片段，每一场戏中都会出现莎士比亚笔下的人物如麦克白、李尔王等，实现了汤剧和莎剧的跨时空“演出”。导演鲁宾在演出前接受记者采访时对昆曲给予了高度评价。他认为，昆曲是精致、优美、迷人的中国表演艺术遗产，没有亲自体验就无法理解。“我被演员们的情感表达深深打动。这不仅是一种表演技术，更是一门复杂的艺术形式。”中剧和英剧的差异并没有影响现场观众对这部剧的理解，整场演出掌声和笑声不断，不少观众为两国演员的表现高声喝彩。②

2016年9月28日晚，江苏省苏州昆剧院2016青春版《牡丹亭》在伦敦TROXY剧场登台，拉开了为期三天的演出序幕，有力地向英国观众介绍了汤显祖、《牡丹亭》及中国传统戏剧文化，为“汤莎对话”系列文化交流活动书写下浓墨重彩的一笔。中国驻英国大使刘晓明及夫人胡平华及一千多名各国观众出席并观看演出。③“精彩江苏——中国昆曲英伦行”系列活动包括三个部分：一是由江苏省苏州昆剧院担纲的昆曲青

---

① http://www.chinaqw.com/zhwh/2016/08-06/98131.shtml，2017-07-11

② http://news.xinhuanet.com/2016-09/23/c_1119616064.htm，2017-07-11

③ http://www.fmprc.gov.cn/ce/ceuk/chn/dsxx/t1402349.htm，2017-07-11

春版《牡丹亭》全本（上、中、下）在英国伦敦特若克斯（Troxy）剧场演出了3场，该项目列入了文化部2016年度对外文化工作框架和2016年江苏省委省政府重点文化交流项目“精彩江苏进剑桥”活动。二是苏州昆剧院昆曲折子戏演出小组将走进剑桥大学、牛津大学、伦敦大学等国际一流名校，给英国的观众全方位呈现昆曲的无穷魅力。三是在剑桥大学进行昆曲与莎剧专家研讨和对话，并在剑桥大学国王学院正式启动“昆曲数字博物馆”建设项目。①

2016年11月29日晚，中国中央芭蕾舞团在英国伦敦著名的萨德勒斯·威尔斯剧院演出了原创芭蕾舞剧《牡丹亭》。芭蕾舞剧《牡丹亭》是中央芭蕾舞团根据汤显祖的同名昆曲名剧改编，将西方古典芭蕾舞与中国昆曲音乐巧妙结合。如梦似幻的光影中，杜丽娘和柳梦梅的爱情故事，通过中央芭蕾舞团艺术家们精彩的舞蹈予以动人演绎。雍容华贵而又坚韧高洁的中国人文精神，东西方经典舞蹈和音乐元素的结合，现代唯美的舞台呈现方式，多角度、全方位地通过艺术家们的优异表演沁人心脾。中国艺术家们和着婉转悠扬的管乐，通过婀娜舒展的舞姿和倾情传神的面部表情，生动地讲述了一对青年男女超越生死的爱情故事，深深感染了现场观众。②

2. 韩国演出

为纪念有着“东方莎士比亚”之称的伟大戏剧家汤显祖、传承中国经典的戏剧文化，昆曲《牡丹亭》于2016年9月6日晚在韩国首尔殿堂级艺术剧院——世宗文化会馆进行首演。中国著名昆剧表演艺术家、江

---

① http://www.wenming.cn/wmzh_pd/jj_wmzh/201609/t20160930_3768742.shtml，2017-06-26

② http://www.fmprc.gov.cn/ce/ceuk/chn/dssghd/2016nian/t1420612.htm，2017-07-11

苏省苏州昆剧院副院长王芳携陆雪刚、翁育贤、张建伟、施黎霞、徐栋寅等苏州昆剧院青年演员担纲主演。这一跨越400年的艺术经典带领韩国观众进入汤翁塑造的独特“梦境”之中，感受人类文化遗产的瑰宝——昆曲的艺术之美。此次演出的《牡丹亭》包括《游园》《惊梦》《寻梦》三折，以最贴近原著的传统版本进行演绎，讲述了杜丽娘与柳梦梅凄美的爱情故事。为了帮助韩国观众更好地欣赏和理解昆剧，演出配有中韩双语字幕。在演出开始前，主办方还安排了吴秀卿教授向观众介绍昆剧的艺术特点和《牡丹亭》的故事情节，让观众对即将观看的演出有一个整体的了解，激发观众对演出的期待。中韩官员及韩国民众共600多人观看了当晚的演出。①

3. 德国演出

2016年9月25日，应中国驻德国大使馆邀请，江苏省苏州昆剧院在中国驻德国大使馆剧场进行慰问演出，与当地华人华侨共庆国庆佳节。此次演出昆曲传统剧目《牡丹亭》，选取了《惊梦》《寻梦》《幽媾》等极具代表性的三折戏，充分展现了昆曲唱腔优美、抒情性强、动作细腻的特点。演出受到柏林和波茨坦地区中国留学生的热烈欢迎，三百多名留学生和华人华侨观看了演出。史明德大使高度肯定了江苏在德国的文化交流工作。他表示改革开放三十多年来，中国取得了举世瞩目的经济成就，在文化方面也发生了巨大变化，取得了巨大进步。因此通过在当地演出交流昆曲这样的“人类文化遗产”，不仅有利于“讲好中国故事”，也有利于增加当地华人华侨的民族自豪与文化自信。②

---

① http://world.people.com.cn/n1/2016/0907/c1002-28698755.html，2017-08-05

② http://www.jscnt.gov.cn/whzx/tt/201609/t20160927_43112.html，2017-08-05

4. 法国演出

2016 年 11 月 21 日晚，由巴黎中国文化中心主办的第七届传统中国戏曲节在巴黎近郊马拉可夫剧场拉开帷幕。戏曲节期间，法国著名中国戏曲专家费治在普瓦捷的城市剧场，联手扬剧团共同举办关于昆曲以及中国戏曲的讲座。为纪念剧作家汤显祖逝世四百周年，由国内知名昆曲演员组成的代表团也会从 23 日至 28 日于巴黎中国文化中心进行为期一周的昆曲教学与演示，为法国学员教授传统昆曲的唱腔、技法、身段。[①] 在第七届巴黎中国传统戏曲节框架下，巴黎中国文化中心与中外文化交流中心共同首次主办了“中国戏曲巴黎研讨会”。出席会议的专家包括法国文化部原戏剧总监、现巴黎中国戏曲节法方主席伍尔兹，著名汉学家梁纳德、费治以及中国艺术研究院戏曲所所长王馗，中国戏剧评论家兼《中国戏剧》杂志主编赓续华等。与会者围绕“中国戏曲如何走出去”“中国戏曲的文化品质与文化认同”“汤显祖和莎士比亚对中西戏曲的影响”等话题，进行了深入的对话。

二、思考

通过 2016 年纪念汤显祖海外活动综述，可以看出汤显祖及昆曲的海外传播大体呈现以下特点：首先传播途径仍以演出、讲座或是讲演结合的方式向海外观众传播昆曲；讲座形式更多如同国内一样，主要面向高校大学生；观演受众也主要以华人、华裔及热爱中国传统文化的爱好者

① http://world.people.com.cn/n1/2016/1123/c1002-28889748-3.html，2017-08-02

为主；其次以《牡丹亭》等经典剧目为传播的主要内容；同时，改编国外剧本以及中西结合的新编剧目也不断出现，如昆曲《罗密欧与朱丽叶》、中英版《邯郸梦》、对外经贸大学与利兹大学的《仲夏夜之梦·南柯梦》和浙江小百花越剧团的《寇流兰与杜丽娘》等；可喜的是，可以看到无论是国家行为还是个别剧团的各自行为，各剧种在发展的同时都在积极走向海外，也充分体现出近年来国人的文化自信和文化自觉。

欣喜的同时也应看到，国人对于京剧与昆曲的不同认知，古老而高雅的昆曲艺术相对于京剧清脆的锣鼓声，“曲高和寡”仍是人们对昆曲的普遍认识；2016为联合国教科文组织命名的纪念汤显祖、莎士比亚、塞万提斯三位戏剧大师年，但我们深知莎士比亚和《哈姆雷特》《罗密欧与朱丽叶》早已为世界所熟知，而汤显祖与《牡丹亭》在世界的传播则还有很长的路要走，任重而道远。

莫让经典陷沉默

——汤显祖作品得失谈

赵建新

摘要： 在东西方共同纪念莎士比亚和汤显祖逝世400周年之际，与莎剧在全世界不同艺术样式的多种演绎相比，我们对汤显祖的纪念却显得有些单调，仍旧局限于昆曲这一古典艺术样式。在全球化戏剧经典的演出传播进程中，无论从艺术形式的丰富性，还是作品被再度阐释和改编的多样性，“临川四梦”都难以和莎剧相提并论。竭力寻找其背后深层次的原因，方为传统戏曲艺术走出国门、融入和参与世界文化的应有之义。

关键词： 经典　改编　移植　传播

2016年，适逢东西方两位大戏剧家莎士比亚和汤显祖离世400周年，中英两国都以此为契机，举办了一系列纪念演出。中国的纪念演出在7月16日至19日达到了高潮。在这四天中，上海昆剧团首次集中上演汤显祖全本“临川四梦”，一时成为京城盛事，国家大剧院戏剧场场场爆满，一票难求，以往国内外著名话剧团上演经典话剧时才能见到的演出盛况，在上昆精心打造的“临川四梦”中得以再现，这让人不得不感叹传统戏曲经典在一流剧团的演绎下所焕发出的勃然生机。

但是，如果我们的视野超越此次纪念演出，而把其放到全球纪念莎翁茧翁（汤显祖晚年曾以此自号）的系列演出活动中，把纪念茧翁的演出与纪念莎翁的演出相比较，再进而言之，如果我们把茧翁与莎翁的作品放置于全球化戏剧经典的演出传播进程中，就会发现一个令人尴尬的现象：无论艺术形式的丰富性，还是作品被再度阐释和改编的多样性，莎士比亚的戏剧远比汤显祖的戏剧走得更远，影响更大。在热闹的纪念活动之余，戏剧工作者理应对此保持清醒的认识，竭力寻找其背后深层次的原因，方为传统戏曲艺术走出国门、融入和参与世界文化的应有之义。

从字面上看，织物纵线称为“经”，册在架上名为“典”，经典便由此引申为“典范”“标准”“规则”之意等。古今中外那些被认定为“经典”的作品，正是大师们扎根于其所处的时代氛围和文化传统中，以其极具个性的审美方式把握世界，塑造形象，从而参与、影响人类的精神和文明的构建进程。这些经典一旦形成，便呈现出一种“有始无终”的状态，它们创作的原点是大师们的个体情感，但最终的审美指向却超越时空，抵达全人类的共同情感，所以人们在认定一部作品是否为“经典”时，除了从“内涵的丰富”“实质的创造”这两方面来衡量，也要看它们是否具有“时空的超越”和“阐释的无限”这两种特质。所谓“说不尽的莎士比亚”，不但是指莎士比亚经典作品的丰富性和创造性让人们在理论研究中“说不尽”，同样也指因其提供了巨大的超越性和无限性的审美空间，而让后世在舞台上“演不尽”。这里的“演不尽”，不仅指人们在几百年间不断搬演莎士比亚的原作，还指后世根据各自所处的时代遭际和现实境遇，不断改编和移植莎士比亚经典剧作中原型故事和人物。这种改编和移植，一方面让经典中的原型故事和人物与改编者的当下境遇相结合，从而使其具有现实意义和当下指向，赋予经典鲜活的时代生命；另一方面，这些依据经典原型再造和重生的人物，当面对类似的人生境遇和现实问题时，依旧对原型人物所叩问的人性之隐秘和人生之忧思发出超越时空的回应，从而更加彰显经典超越时空的永恒意义。

单就2016年纪念莎翁逝世400周年的活动而言，上述此类“演不尽的莎士比亚”举不胜举。例如，由英国文化协会等共同发起的“永恒的莎士比亚”纪念活动中，不但有英国皇家莎士比亚剧团、莎士比亚环球剧场携莎剧经典《亨利四世》《亨利五世》《威尼斯商人》登陆中国各大城市，还有英国国家剧院通过现场直播的方式，让全球观众在电影院中欣赏莎士比亚戏剧。2016年4月23日，“卷福”本尼迪克特·康伯巴奇（英剧《神探夏洛克》扮演者）主演的《哈姆雷特》以及阿德里安·莱斯特主演的《奥赛罗》等一系列莎士比亚戏剧在北京和上海相继举办放映活动，中国观众得以通过电影这种艺术形式欣赏莎翁经典戏剧。

在纪念莎翁的演出中，不但其故乡英国举办的纪念活动如此丰富，即便中国也不甘落后。在国家大剧院推出的“东西对话·戏剧传奇”的演出板块中，我们可以看到全年上演的12台剧目40场演出中，除了传统的戏剧，还有多明戈、丹尼尔·欧伦、乌戈·德·安纳等演员打造的全新版歌剧《麦克白》，由摩纳哥蒙特卡洛芭蕾舞团、德国斯图加特芭蕾舞团分别带来的芭蕾舞剧《仲夏夜之梦》《罗密欧与朱丽叶》，甚至还有中国原创的爱情音乐剧《莎翁的情书》等。可以说，无论东方西方、中国英国，根据莎翁戏剧经典改编的姊妹艺术也是举不胜举。

而当代人根据莎剧经典改编和移植的作品也花样百出，甚至不乏让人瞠目结舌之作，如今年由曼彻斯特皇家交易所推出的剧场版《哈姆雷特》，由女演员玛辛・佩克主演。此版《哈姆雷特》从女性视角诠释哈姆雷特内心世界，打破了人们欣赏《哈姆雷特》的惯常思维，意在挑战人们的性别偏见，推动性别平等；格里伊剧团和孟加拉国达卡剧团新编的《罗密欧与朱丽叶》则是通过残疾人长期培训计划实施完成；跨文化表演团体特拉诺剧团将在贝尔法斯特的泰坦尼克号码头上演《贝尔法斯特暴风雨》，演员来自世界各地，演出阵容超过 200 人。此外，由英国新锐艺术家领衔制作的莎剧经典情节短片也在今年向全球推广，旨在启发世界各地的年轻人探索莎翁作品内涵并激励他们制作短片参加网上竞赛，展现自己对莎士比亚作品的理解。

如果我们跳出 2016 年相关纪念活动的圈子，放眼四百多年来的莎剧演出，就会更加感叹莎剧经典的传播无论是艺术形式，还是改编移植的丰富性，其所涉及的广度和深度都无可匹敌。就中国传统戏曲而言，从 1914 年四川雅安川剧团王国仁把《哈姆雷特》改编为川剧《杀兄夺嫂》开始，在一百多年的时间里，我们先后把《哈姆雷特》《麦克白》《李尔王》《奥赛罗》《威尼斯商人》《罗密欧与朱丽叶》《驯悍记》《无事生非》《第十二夜》《冬天的故事》《仲夏夜之梦》《温莎的风流娘儿们》等 12 部莎剧经典改编成了川剧、粤剧、越剧、京剧、昆剧、黄梅戏、豫剧、云南花灯戏、汉剧、吉剧、潮剧等 11 个戏曲剧种，这还不算众多的话剧版本。从这个角度来说，莎士比亚经典剧作作为人类永恒的精神宝藏，说它取之不尽用之不竭，并非言过其实。当然，几百年来，世界各国对莎剧经典的改编和移植不乏“六经注我”式的有意无意的误读、曲解和解构，但所有这些，倒更能证明莎剧经典跨越时空的永恒生命力。而这，正是经典之为经典的魅力所在。

单就剧目和艺术形式的丰富性和多样性而言，与纪念莎翁的演出相比，我们纪念茧翁的演出不能不说令人汗颜。从年初截至目前，大规模的集中演出除了本文开头提到的上昆四场演出，还有北方昆曲剧院、苏州昆剧院和江苏省演艺集团昆剧院三个昆剧院团演出的《牡丹亭》和《南柯梦记》等，它们同是“纪念汤显祖逝世400周年优秀剧目展演”的演出剧目。除此之外，还有两次规模不大的演出，一是2016年4月22日，江西抚州在英国斯特拉福德上演的抚州采茶折子戏《牡丹亭·游园惊梦》，一是2016年7月，江西省文化厅主办的“汤显祖四百年梦回滕王阁”之赣剧专场演出，这次专场演出上演了《牡丹亭·游园惊梦》《紫钗记·怨撒金钱》《邯郸记·生寤》三出赣剧折子戏。

除了戏曲，还有两次话剧纪念演出最近也见诸媒体，一是英国利兹大学和中国对外经贸大学的师生合作，从《仲夏夜之梦》和《南柯梦记》取材，改编成一出名为《仲夏夜梦南柯》的戏，于7月27日在英国利兹大学上演，此后又于9月16日在莎士比亚国际戏剧节上演出；二是英国壁虎剧团和上海话剧艺术中心根据“临川四梦”和《仲夏夜之梦》改编的话剧《梦境》，将于10月在上海上演。

以上便是笔者了解到的国内纪念汤显祖的大致演出情况。与纪念莎翁的演出相比，可以看出以下几点区别：

第一，从国家和地域看，纪念莎翁的活动从英国到中国，几乎覆盖全球；而我们纪念茧翁的活动，主要是国家的文化主管部门和茧翁的故乡江西，此外还有历史上汤显祖曾任知县的浙江遂昌。诸如上昆、苏昆等专业院团的演出，也多为政府文化主管部门所主导和组织。此类演出，需要国家意志，也更需要文化界的自觉自为。

第二，从演出的艺术形式看，纪念莎翁的演出涵盖了戏剧、影视、音乐等多种艺术形式，而我们主要是戏曲，而戏曲中主要是昆剧，类似赣剧、采茶戏和话剧之类，只是点缀而已。所以，在红红火火的纪念展演中，一度会让人产生这样的错觉：这是纪念汤显祖还是在纪念昆剧？通过纪念活动，我们是在提升汤显祖作为世界级大戏剧家的文化地位，还是彰显昆曲艺术保护传承的最新成就？当然，在整个纪念活动中，“临川四梦”无法和昆曲割裂，伟大的“临川四梦”在历史上几乎就是通过昆曲艺术来传承和接续的。但时至今日，在世界文化交流日趋密切的当下，如果还把某个经典的大师之作固定限制在某一类艺术形式中，其不利于沟通和传播的弊端，必将日益显现。毕竟，在当下时代，“临川四梦”并不一定必须用昆剧这种戏曲形式表现不可。

20 世纪 80 年代末，中央戏剧学院就曾把“临川四梦”中的《南柯记》改编成话剧。据当代著名戏剧理论家、时任中戏戏文系主任的谭霈生先生回忆，此剧改编比较成功，排练效果也很好，只是由于特殊原因，这出戏并没有正式出现在舞台上，成为一时之憾。

第三，从规模范围看，纪念莎翁的活动遍及政治、艺术、教育等各个领域，基本上是依靠社会文化机构在运行；而我们纪念茧翁的活动大多集中在戏曲界，多是政府组织的剧团演出，社会响应度并不高。

毫无疑问，把汤显祖与莎士比亚等世界级戏剧大师相提并论，丝毫不会让我们感到些许惭愧。但我们又不得不承认，中英两国的纪念活动中所表现出的这种文化传播的“逆差”，又有目共睹。莎翁经典近几十年来，无论在英国国内还是全球范围，其艺术传播方式之丰富令人眼花缭乱，目不暇给，当今世界所有新兴艺术媒介几乎都赋予了莎翁经典以多样的艺术形态，仅凭戏剧这种艺术形式来展现莎剧经典，早已显得拘泥和落伍。经过一百多年的实践和探索，莎翁经典也的的确确走进了中国，而且走得畅通无阻、扎实稳健；而在全球文化交流日益密切的今天，我们要让大戏剧家汤显祖与世界接轨，让全球接受，如果还局限于以一种艺术形态为主演绎大师之作，就会显得不合时宜，更不利于提升国家文化软实力、塑造国家文化新形象。

其实，多年来我们已有很多文化工作者深耕于此领域，尝试把传统文化艺术以各样的形态传播到世界各地。以汤显祖的《牡丹亭》为例，先后就有中央芭蕾舞团创作的同名芭蕾舞剧，著名华人音乐家谭盾、昆曲演员张军和舞蹈家黄豆豆联手创作的同名实景园林昆曲，苏昆和日本歌舞伎大师坂东玉三郎合作的同名昆曲等，其中尤以芭蕾舞版《牡丹亭》最成功，影响也最大。芭蕾舞版《牡丹亭》以现代美学视角观照杜丽娘这一形象，在人物塑造上把其分为本我、自我和超我三部分，在同一个舞台空间上同时出现三个不同的杜丽娘，从不同情感侧面揭示杜丽娘的复杂形象，使之更加丰富立体。芭蕾舞剧《牡丹亭》既保留了昆曲的传统音乐元素，又与现代音乐和舞蹈相结合，在芭蕾舞足尖的千回百转中实现了传统昆曲艺术淋漓尽致的现代表达，已成为中芭的新经典演遍世界各地。它既实现了对芭蕾舞本土化的深层次探索，又在多样态传播中国戏曲经典方面做出了极为有益的尝试，其成功的经验理应得到推广。

经典的传播往往伴随着自身不断被改编移植的再创造过程，传统戏曲经典在这方面不乏成功先例。众所周知，元杂剧《赵氏孤儿》在历史上除了被中国人改编为京剧、秦腔、川剧等十几种戏曲形式，18 世纪就曾经被法国伏尔泰改编为《中国孤儿》在欧洲上演。到了当代，国内改编移植的版本有话剧、越剧、黄梅戏，也有汉剧《失子记》、小剧场戏曲《程妻》等，在国外有2012年皇家莎士比亚剧团和韩国明洞版的同名话剧等，所有这些，无不是改编者对经典做出了既具个体化也极具时代意义的解读，赋予了经典以新的生命和当代诉求。正是由于几百年来被世界各国的艺术家们不断地创造性阐释，《赵氏孤儿》所呈现出的忠诚与背叛、复仇与放弃、牺牲与私欲等价值观被各个时代的艺术家们所淘洗、提炼、扬弃，其撼动人心的事关生命和大义的永恒价值将在世界范围内被传诵和铭记。由此，经典方得以深入人心，实现真正的“走出去”。

既然关汉卿的《赵氏孤儿》能做到，汤显祖的“临川四梦”为什么不能？从作品所表现的思想主旨来看，“临川四梦”说白了几乎皆是欲望主题，是汤显祖对人的欲望的戏剧化表达：《紫钗记》和《牡丹亭》事关“情欲”，《南柯记》和《邯郸记》皆为“权欲”。汤显祖对人性中的情欲和权欲寻幽抉微，人性的丰富性和复杂性在其笔下以戏剧化的形式展现殆尽。例如杜丽娘这个人物，历来我们都会强调她的反封建反礼教的色彩，但实际现实中的她并非是一个反封建斗士，死后与柳梦梅的幽媾也仅是顺从人性而已。但所有这些都不足以显示这个古代女子的复杂性，只有到了还魂之后，重获生命的杜丽娘竟对柳梦梅说出了“鬼可虚情，人须实礼”的话，要后者还需按部就班地遵从规矩，“必待父母之命，媒妁之言”。游走在阴阳两世的杜丽娘此时才显示出巨大的心理情感空间，人与鬼之间，“想出来的事”和“做出来的事”之间，还隔着一道鸿沟。杜丽娘此时面对的伦理选择将更富有戏剧性。我们有理由相信，有心者若由此切入，难保不会编排出一出令人震动的新戏。再如《邯郸记》中的卢生，一生永不满足，追求不息，似乎欲望无始无终，在阅读文本时会让人或多或少产生这种感觉：作者好像急于把人物不断推到人生不同的巅峰状态，为此不惜牺牲某些情节的合理性。而在舞台演出中，由于情节进展过快使整出戏的节奏更显局促。按说《邯郸记》是“四梦”中的最后一部作品，此时的汤显祖创作起来必定是更加得心应手，但为什么会有如此不完美之处？深入了解这部作品，我们也许会体察茧翁的用意，他这样写的目的就是要为笔下人物提供一个欲望的试金石。他不停地为人物设置凿石开河、御边大捷、死窜充边、得志纵欲等戏剧情境，让卢生出将入相，体验生死荣辱，最后猛然醒来，不过黄粱一梦。类似的这种欲望主题，在中外戏剧史上比比皆是，我们不敢拿《邯郸记》和歌德之《浮士德》相提并论，无论是背景的宏阔还是哲思的深刻，前者可能都难以企及后者的高度，但每当看到《邯郸记》时，总能让笔者联想到易卜生的名剧《培尔・金特》。培尔・金特代表着人世间的种种意愿、憧憬和欲望，穷尽一生追名逐利，最后得到了整个世界，却丢了自我。两人相比，何其相似！《培尔・金特》至今被世界各国剧团演出，格里格创作的同名音乐组曲更为世人所熟知，其中的《索尔维格之歌》更是世界名曲。相比之下，创作时间早于《培尔・金特》近300年的《邯郸记》却一直是沉默中的经典，少有其他艺术形式对其加以改编和再造。

其实，即便是在国门之内，我们对经典的态度也往往是敬而远之，始终让它们局限在一种艺术形式中。其实在20世纪50年代，“临川四梦”尤其是《牡丹亭》，还没有出现类似今天这样由昆曲一统天下的局面。据江西南昌老艺人回忆，当年《牡丹亭》在南昌剧场以赣剧演出，座无虚席，名旦潘凤霞的表演“秀美娇甜”，对杜丽娘的演绎出神入化，而活跃于各地的乱弹、徽戏等戏曲和鼓角、西调等曲艺也都改编、演出过“临川四梦”。反倒是到了今天，舞台上看到的多是昆曲的杜丽娘，而少了其他剧种的杜丽娘。当然，唱昆曲的杜丽娘也自有其韵味和风采，但在艺术媒介和传播方式日趋丰富和多元的今天，始终操着同一腔调的杜丽娘，在绚丽多姿的国际文化潮流中未免显得有些孤单和落寞。

（本文作者为中国戏曲学院《戏曲艺术》编审）

（本文原文发表于《中国文艺评论》2016年第11期）

屠隆与汤显祖的交游
并论及《玉茗堂批订董西厢》非伪托

吴新苗

屠隆（1543—1605），字长卿、纬真，号溟滓子、冥廖子、一衲道人、鸿苞居士等。万历五年（1577 年）进士，出为颍上县令，后调青浦，为政期间“时招名士饮酒赋诗，游九峰、三泖，以仙令自许，然于吏事不废，士民皆爱戴之”[①]。万历十一年（1583 年）升为礼部仪制司主事，十二年（1584 年）刑部新任主事俞显卿因宿怨，弹劾他与西宁侯宋世恩纵淫，一时满城风雨，屠隆遂被罢官。后来曾有机会再度出仕参加撰修国史，最终以诏下免修国史而罢。此后，一面耽言学道，一面诗酒风流，最后落拓而终。

屠隆一生著述宏丰，流传至今的有诗文集《由拳集》二十三卷、《白

① 《明史》本传，卷二百八十八。

榆集》二十八卷、《栖真馆集》三十一卷、《娑罗馆逸稿》二卷，杂著《鸿苞集》四十八卷、《考槃余事》四卷、佛教著作《佛法金汤》一部，戏曲《昙花记》《彩毫记》《修文记》三部（乾隆命人修改三部传奇的曲谱以供宫廷演出，命名为《凤仪阁乐府》)，又有清言小品《娑罗馆清言》二卷、《续娑罗馆清言》一卷。

屠隆是晚明著名文人，在晚明文学史上有着比较特殊的意义。屠隆曾是复古集团"末五子"之一，被王世贞誉为"捧盟盘而让牛耳"的接班人，但屠隆的文学复古理想中已经出现了很多新变因素。首先他对复古派开始了比王世贞等人更为深切的反思，如《由拳集》卷十二《沈嘉则先生诗选序》批评"句模字拟""剿袭"等复古弊端、卷十四《与王元美先生》批评李攀龙取格过狭、王世贞"大而未化"。《鸿苞集》卷十七《论诗文》更是追根溯源，"李何从宋元后锐意复古，可谓再造乾坤手段，近代后生慕效之，以涉猎西京，优孟左史，不读古人之书，不识文章之变化，亦何李启之也"。其次是提出了一些新的见解，开始以"适"论文学，（"余之作吾取吾适也"《由拳集》卷十二《旧集自序》)、"性灵"论文学（《由拳集》卷十三《寿黄翁七十序》："诗取适性灵而止"，《鸿苞集》卷十七《文章》："夫文者华也，有根焉，则性灵是也"，《鸿苞集》中论"性灵"的文字甚多，不下数十处）。可以说，在公安派以前，屠隆是以性灵论文学最多的一个作家，而且其性灵论中已经具备了"真""淡""适"等内涵，这与公安派的性灵说有着很多相似之处。他的诗歌，正如有些文学史所指出的"屠隆的诗作也多讴歌及时享乐，用笔舒放，与公安派有相似之处"[1]，其文也是自抒性灵之作，显示出"个人的笔调"（林语堂

[1] 章培恒，骆玉明：《中国文学史》下卷，第295页，复旦大学出版社，1996年版。

语)。清言小品是很能反映晚明文学特征的一种文体,屠隆的《清言》《续清言》被收在陈继儒《陈眉公订正秘笈》中广为流传，对这种文体的形成和流行产生了很大的影响[①]。有论者注意到了屠隆文学思想和文学创作中的新变因素，但却认为是在公安派的影响下形成的，实际上屠隆的文学活动要早于公安派。屠隆的三个文集,《由拳集》刊刻于万历八年(1580年),集中作品“摛菁弱冠者十四，振藻登庸者十六”(彭汝让《序》),是三十七岁以前的作品;《栖真馆集》刻于万历十八年(1590年),《白榆集》刻于万历二十二年(1594年);虽然《白榆集》刻在后，但却比《栖真馆集》中作品要早，主要是万历十二年(1584年)罢官左右时诗文,《栖真馆集》是万历十七年(1589年)以前的作品，杂著《鸿苞集》也并非很多人认为的那样完全是屠隆晚年所著，据《栖真馆集》卷十九《答邹孚如》:“道民年来以蒲团多暇，浏览八荒、参合三教，著为一书，析天人之微……纪述灵迹，旁及世务，间谭艺文，阐发前修，颇多自得，分二十余卷，名为《鸿苞》，成而尚秘，未敢播之通都，意且藏之石匣。”此信写于万历十七年(1589年)秋天，此时《鸿苞》已经成书二十余卷，文中所说“间谭艺文，阐发前修，颇多自得”指的就是其性灵文学论。因此，以上所谈屠隆文学观念和文学创作的特点，都反映在万历十七年(1589年)以前的作品中，而这是李贽的著作还没有刊刻，其对思想界还没有发生极大影响、公安派更是没有形成的时期(公安派的形成一般认为是在袁宏道任吴县令时),万历二十四年(1596年)《叙小修诗》中

① 四库馆臣把晚明文人流行创作小品文、清言杂缀称为“小品习气”，持批评的态度，每次都要追根溯源到屠隆身上，如《四库全书总目提要》卷128称张大复《闻雁斋笔谈》：“所推重者李贽，所规模者屠隆也。”评彭汝让《木几冗谈》：“乃剳记清言，偎佻殊甚，盖屠隆一派也。”评乐纯《雪庵清史》：“拾屠隆、陈继儒之余慧”。卷134评张应文《张氏藏书》：“大抵不出明人小品之习气……明之末年，国政坏而士风亦坏，调弄聪明、决裂防检，遂至如此，屠隆、陈继儒诸人不得不任其咎也。”

开始提出“独抒性灵、不拘格套”的性灵文学观念，所以我们有理由认为屠隆是晚明文学思潮的前驱之一[①]。

比起屠隆，汤显祖的文学观念则为人熟悉得多。他对那种字模句袭的“复古”没有好感，“学为律，粗以纪游历，寄赠言怀，无与北地（李梦阳、何景明等人）诸君接逐之意。北地诸君，亦何足接逐也。”[②]提倡“言怀”之作，有时他也直接就提到“灵气”、“灵性”，如《合奇序》云：“予谓文章之妙不在步趋形似之间，自然灵气，恍惚而来，不思而至，怪怪奇奇，莫可名状，非物寻常得以合之。”在万历前期复古派思潮还是文坛主流时，屠隆的文学观念与汤显祖有许多相同之处，这正是两位文人得以相互交往而且有着深挚感情的基础。

屠隆与汤显祖都曾参加万历五年（1577 年）的省试，屠隆即在时与沈懋学成为至交，汤显祖与沈氏同出罗汝芳门下，两人关系密切。汤显祖《问棘邮草》有《同宣城沈二君典表背胡同宿，忆敬亭山水开元寺题诗，君典好言边事》诗一首，两人在京城相聚唱和，但此时屠隆不一定与汤显祖有交往。据两家诗文集所反映，两人交往始于万历十一年（1583 年）屠隆任礼部主事时，此时汤显祖也在礼部。屠隆有诗《赠汤义仍进士》

---

① 屠隆对公安派也有直接影响，如江盈科《祭屠孺人》中说：“天启我明，作者云合，就中登坛树帜，惟二三君子，众口艳传。总之北地刻意为古，济南刻意为俊，娄东刻意务集大全。其于此道，非不跻峰造极也，要于学力专诣，非必神理流鬯，妙乎自然。迨隆万之间，乃有纬真先生者，发四明之闲气，吐东海之洪澜。年甫弱冠，而诗赋诸体，高华秀朗，超逸孤骞。恍如青天片月，光映六合，纤尘尽扫，群籁寂焉。既而读之，若不经意，而诸家之所长者，业已归其笆络，收诸笔端。彼夫世俗之论诗者，谓才如先生，加以精造，当更傑出，仰视无前。余则谓先生之诗，非必有加于北地诸公也，乃其横绝一代，独空千古者，正惟诸君子未能相忘于刻意，而先生神流机动，若非有想、若非无想，似乎不假于我，而纯任乎天。此之境界，古惟太白，今惟先生，两而一焉，夫宁独先生能哉！”（《雪涛阁集》卷十一）细读江氏文集，其中语言之轻盈跳脱、行文口气笔调与屠隆的确有很多相似之处，《由拳集》的影响是有迹可觅的。另外，袁宏道对屠隆的为人和为文也非常倾慕，可参看《袁宏道集校笺》卷五《王以明》《屠长卿》《汤义仍》等书信。

② 徐朔方笺校：《汤显祖全集》，诗文卷四十六《答费学卿》，第 1412 页，北京古籍出版社，1999 年版。

其中云："夫君操大雅，负气亦磷磷。风期窃相似，终惭玉与珉。同为兰省客（指同在礼部），当前讵无因。胸怀久不吐，宛转如车轮。丈夫一言合，何为复逡巡。愿奉盘匜往，投醪饮醲醇。青云倘提携，勉旃千秋人。"①汤显祖自称"宁为狂狷，毋为乡愿"（《合奇序》），屠隆个性也狂放不羁，所以在赞叹汤显祖"负气亦磷磷"的气节时，自称"风期窃相似"，引为同道中人。

万历十二年（1584 年）九月屠隆罢官，时在南京太常寺博士任上的汤显祖作诗《怀戴四明先生并问屠长卿》："八月十日到官寺，是日临斋多所思。……赤水之珠屠长卿，风波宕跌还乡里。岂有妖姬解写姿，岂有狡童解咏诗？机边折齿宁妨秽，画里挑心是绝痴。古来才子多娇纵，直取歌篇足弹诵。情知宋玉有微辞，不道相如为侍从。此君沦放益翩翩，好共登山临水边。眼见贵人多卧阁，看师游宴即神仙。"不久藏懋循又因风流任诞贬官，汤显祖作《送藏晋叔谪归湖上，时唐仁卿以谈道贬，同日出关，并寄屠长卿江外》，有句"长卿曾误宋东邻，晋叔讵怜周小史。自古飞簪说俊游，一官难道减风流"②，对他们风流任诞的生活方式表示欣赏，对苛刻的礼法颇有微辞。

屠隆归乡后，与晚明著名山人沈明臣的关系恶化，沈氏在白门、吴中一带造谣污蔑，令屠隆非常难堪。屠隆曾为此事多次写信给朋友诉苦，汤显祖在此事上无疑站在屠隆的一边，为屠隆辟谣、澄清事实，屠隆曾写信感谢。《与汤义仍丰常》③中提到希望汤显祖与王世贞结交"两贤同栖，政不妨朝夕把臂"，但主要内容还是诉说心中的不平，最后说"赖足

① 《白榆集》诗集卷一，明万历二十二年程元方刻本。

② 两诗见于《汤显祖全集》诗文卷七，第 217~219 页，北京古籍出版社，1999 年版。

③ 《栖真馆集》卷十六，明万历十八年吕氏栖真馆刻本。

下力持公论，谗口噤不得张”，即是说沈氏一事。汤显祖回信劝慰他：“读足下笔，所未能忘怀，是山人口语一事。天下固有此人，初莫肸其鸱也，取之雏毦之中，生其羽毛，立其魂魄，乍能飞跳，便作愁胡。但我辈终当醉以桑椹，噤其饥啸耳。宁人负我，无我负人。江海萧条，大是群鸥之致”。①

汤显祖任遂昌知县期间，万历二十三年（1595年）屠隆曾来任所与其相会。《鸿苞集》卷四十《与邓汝德少参》中说：“（丁此吕被逮，屠隆准备去探望，结果不遇）徘徊歧路，计无复之，乃往括苍访汤义仍，义仍使至自南昌，始悉右武（此吕字右武）消息，寻以民挂党籍，老母忧念，家奴来促归，匆匆东下。”据《万历邸抄》二十三年（1595年）七月：“逮系原任参政丁此吕至京即讯。文书房传出圣谕：昨览尚书孙丕扬所奏丁此吕访单，贪纵殊甚，酷虐异常，苦毒百姓，几乎成变。情甚可恶，着锦衣卫差的当官校扭解来京究问。……有旨了：此吕贪赃罢斥，罪在自取。”同月：“吏部尚书孙丕扬疏救丁此吕，不报。丕扬疏：前以丁此吕访单奏上，明考察之不枉，此臣自解祸胎，非欲以罪此吕。伏蒙赫然命逮，臣虽不祸此吕，此吕由臣而祸矣。皇上早赐回天，臣残喘尚延须臾，不则宁蹈东海而死耳。不报。后逮至京，法司覆上，请戍极边。”则丁右武是万历二十三年（1595年）七月被逮，屠隆上封信中所言“乃往括苍访汤义仍”是丁右武被逮之后，《汤显祖全集》诗文卷十二有《平昌得右武家绝决词示长卿，各哽泣不能读，起罢去，便寄张师相，感怀成韵》诗一首，两人对共同的朋友不幸感到悲痛。另同治《遂昌县志》卷二中有多首屠隆与汤显祖相唱和的诗篇，其中游眠牛山，屠隆诗有句：

①《答屠纬真》，见《汤显祖全集》诗文卷四十四，第1297页，北京古籍出版社，1999年版。

“长镵烟外山光暮，短槎风中草色秋。”则说明两人同游正是秋天。

以上所反映的是屠隆当年的第二次去遂昌，时间在秋天，而本年春天时屠隆也有一次短暂的遂昌之游。因为屠隆万历十八年（1590年）以后的诗文流传甚少，故春天之旅痕迹不明显（秋天游遂昌之所以留下痕迹是因为涉及丁右武，收进《鸿苞集》的几封书信都是因为关涉到丁氏而得以流传）。所以很多人认为屠隆本年只去过遂昌一次，这导致戏剧史上的一个公案，即汤显祖《玉茗堂批订董西厢》的真伪问题。徐朔方先生认为系伪托，海外学者郑培凯认为是真作，后者只说“徐朔方曾考证，这段序《董西厢》的文字或许为他人伪托，然而其中述及的人与事与显祖的遂昌经历很接近”[①]但没有作具体分析，而徐朔方先生则对此有专文考论。问题焦点是《玉茗堂批订董西厢》前的序，录其序文如下：

（前缺）雷阳谪居，真不减鸱夷五湖、相如临邛耳已。令平昌，邑在万山中，人境僻绝。古厅无讼，衙退疏帘，捉笔了霍小玉公案。时取参观，更觉会心，辄泚笔淋漓，快叫欲绝。何物董郎，传神写照，道人意中事若是。适屠长卿访余署中，遂出相质。长卿曰：记崔张者凡五人：北则人知有王关，而不知有董；南则人知有李，而不知有陆。为子玄（陆采）称冤，并以娑罗园题评见示。且欲易余董本，余戏谓长卿：昔东坡欲以仇池石易王晋叔韩干二驭马，晋叔推之。钱穆公欲兼取二物，蒋颖叔欲焚鱼碎石。竟成聚讼。予请以石归苏，以鱼归王。今日请以娑罗归屠，玉茗归汤。乙未上巳日清远道人纂。

① 郑培凯：《汤显祖与晚明文化》，第258页，台北允晨文化实业公司，1995年版。

徐朔方先生认为该序属伪托，最有力的证据是屠隆万历二十三年（1595年）秋天才来遂昌，而序文署“乙未（万历二十三年）上巳日”，上巳即为三月三日，而屠隆不可能春天来过遂昌，因为现存汤显祖为屠隆所写的六首诗中没有一首“时间在秋天以外的其他季节”[①]。

但实际情况并不如此。在这六首诗里至少有两首透露出屠隆春天来遂昌的信息。其中一首《平昌送屠长卿归省》云：“神仙曾作县，君子遂名堂。竹色朝行酒，钟声晚隐床。西游人未老，南至日初长。那用登芸阁，千秋辞赋香。”[②]屠隆任县令时不废游乐，自称仙令，所以汤显祖说“神仙曾作县”，后面所写的几句主语都是屠隆，最后两句赞叹屠隆的文学才能。而最为关键的是“西游人未老，南至日初长”两句，遂昌在宁波的西南面，所以屠隆来遂昌便是“西游”“南至”。而这次南至是何时呢？“日初长”，指白昼开始慢慢变长了，从春分后白昼时间开始变长，无疑指明了屠隆是春天南来的，“日初长”在诗文中是个固定短语经常出现，如秦观有词《画堂春》“东风吹柳日初长”，朱淑贞一首著名的小诗《即景》“谢却海棠飞尽絮，困人天气日初长”，无论是“东风吹柳”“飞尽絮”“困人天气”俱是春天季节特征，因此不管是从节气还是以往诗文中的描写都可证明，“日初长”就是说春天的事情。在另外一首《长卿初拟恣游浙东胜处，忽念太夫人返棹，怅焉有作》[③]第一句云“神仙县令如山鬼”，与“神仙作县”一样，都是拿屠隆的雅号作意，用词如此相同，盖是作于同时。诗最后云：“定道穷愁能著书，正恐春风动游子。君去春来谁得知，脉脉

---

①《〈玉茗堂批订董西厢〉辨伪》，《社会科学战线》，1984年第2期。

②见《汤显祖全集》诗文卷十二，第494页，北京古籍出版社，1999年版。

③同上书，493~494页。

芳蹊问桃李。”“春风动游子”是化用“谁言寸草心，报得三春晖”的典故，意谓屠隆思念起年迈的母亲而归，作者因朋友的离去而觉得这个春天也不禁寂寞、惆怅起来（脉脉芳蹊问桃李）。而且从题目“长卿初拟恣游浙东胜处”也可以看到，这首送别诗不可能是写于此年的秋天，屠隆秋天在遂昌待了“旬日”，而“比归，冬月矣”①，其大约是九、十月份到遂昌的，谁会在深秋的时候打算“恣游”呢？况且他秋天来遂昌主要是打听丁右武的消息。这次春天之游，时间很短，所以诗中又说“何得采芝未盈把，便向高堂成宴喜”了。

因此，屠隆无疑在春天里有过短暂的遂昌之旅，此行目的是准备从遂昌开始“恣游浙东胜处”，与本年的第二次来遂昌主要是为了打听丁右武的消息不同。既然屠隆春天来过遂昌，则序中所题的“上巳日”不仅不能说明此文为伪托，恰恰表明时间记载得很准确并证明了序文不可能有如此精细的造假。其次，序文中所说的内容也是很符合实事的，如“长卿曰：记崔张者凡五人，北则人知有王、关，而不知有董；南则人知有李，而不知有陆，为子玄称冤”，屠隆曾批订、周居易校梓的《新刊合并西厢》，所谓“合并”即是把董西厢、王西厢、李日华和陆采的南西厢，四种合并校订而刊刻之，这说明屠隆很重视《西厢记》的著作权问题，有校正“北则人知有王、关，而不知有董；南则人知有李，而不知有陆”这种认识偏差的目的。屠隆的朋友张凤翼曾为其作《合并西厢序》，序文说：“……以故赤水屠先生，为当世博洽君子，亦于西厢订证披阅，盖不以词曲直视之也。然订正者非一人，张雄飞得董本而较，金在衡得实甫本而较，梁少白得日华本而较，余以为非直饾饤补缀，传奇中之雅调也，

① 屠隆：《鸿苞集》卷四十四《与丁右武》，明万历三十八年（1610年）茅元仪刻本。

观者能会作者之意则庶几得古人立声之旨矣，此西厢合并也。”[①] 其中谈到《合并西厢》之前的几个校本，惟独没有陆采《南西厢》，这可能就是屠隆“为子玄称冤”的原因，而在《合并西厢》中则有《新刊合并陆天池西厢》二卷，“为子玄称冤”已经付诸行动。另外证明《玉茗堂批订董西厢》非伪托的一个旁证，是张凤翼在《〈西厢记〉考》序中的话：“……圣人删诗，不废淫风，则古人立教，常寓意于音声外也。以故赤水屠先生、义仍汤先生均为当世博洽宏览君子，亦于《西厢》订正拟阅，盖不以曲词口（苴）视之也。”[②] 张氏是屠隆、汤显祖的好友，则关于汤显祖与屠隆一样，“亦于《西厢》订正拟阅”的话是不会搞错的。

在徐朔方先生一文中，另外还列举了几个疑点，如序文第一句涉及风流故事，与汤显祖当时景况不类，从汤显祖为屠隆、藏循懋因风流罢官而作的诗中可以看出，其对朋友这些艳事是抱着欣赏的态度，这就难免自己也会如此，况且晚明文人风流已经是一种风气，不成为政治障碍（当然不能过于离谱）文人也不会为此设防；文中又说到序文最后几十个字与陈继儒《董玄宰制义序》雷同，陈氏很多著作都有摘抄的痕迹，这也不能证明序文为伪托。另外《玉茗堂批订董西厢》书题“文寿承、何元朗、张雄飞校阅”，而前两人在万历初年就已去世，“文、何二人的校阅原稿是通过怎样的途径传送到遂昌的呢？”（见徐文）其实汤显祖也不必非到遂昌后才有这本董西厢，而其得到的途径更会很多，序文中说屠隆想把自己的本子与汤本对换，则说明这个本子很有一些不同于普通本子的地方，或许屠隆看中的就是因为有这几位前辈的校阅而想交换呢。

① 此序见于明刊本题“赤水屠隆长卿父校正，乐天周居易子平父校梓”的《新刊合刻董解元西厢记》前，署“万历庚子仲秋十有六日吴郡冷然居士张凤翼伯起撰”。

② 蔡毅编：《中国古典戏曲序跋汇编》第一册，第 48 页，齐鲁书社，1989 年版。

总之，这几个疑点都是些猜测之词，不能说明问题。

综上所考，则《玉茗堂批订董西厢》绝非伪托。汤显祖在序中称“时取参观，更觉会心，辄泚笔淋漓，快叫欲绝。何物董郎，传神写照，道人意中事若是”，对董解元“传神写照”的艺术才能非常赞赏，这也对汤显祖的戏剧艺术产生深远的影响，著名的“意趣神色”论在此处可以寻找到艺术的源头；同时《西厢记》人物中所谓“意中事”不外乎情，汤显祖《牡丹亭》中所赞美的“不知所起，一往而深”（《牡丹亭题辞》）真挚热烈的男女情感也少不了对《西厢记》的借鉴。序称“适屠长卿访余署中，遂出相质”，两位朋友析义相质的肯定也正是这些内容[①]，所以说屠隆春天的遂昌之游，使得两人有机会深入讨论到《西厢记》的内容和艺术，这应该是汤显祖创作《牡丹亭》前的一次很有意义的艺术酝酿。

此年屠隆的两次遂昌之游，与汤显祖加深了了解更因为个性才情和艺术观念的趋同而使得两人相互推许，引为知己。屠隆的《玉茗堂集》序即作于此时，文中称：“义仍乃不可一世，历下、琅琊而下，多所睥睨。余颇不谓然。乃近者义仍《玉茗堂集》出，余一见心折。世果无若人，无若诗，多所睥睨，非过也。义仍才高学博，气猛思沉。……天纲顿物，大冶铸金。左右纵横，无不如意。”对汤显祖的文学成就赞叹不已，同时又说：“义仍不可一世，而胸中独似着幺麽屠生。每谓诸生言，吾此编非长卿莫可序我。嗟夫，岂谓长卿真足序义仍哉！世无大如来，则向辟支独觉参印义谛耳。余小乘为大乘说法，即令天雨花，石点头，何能觑如来一毛孔！”[②]在当时复古剿袭风气仍很浓厚时，从复古阵营走出来的屠

① 屠隆论戏剧也谈情，如其为王骥德《题红记》所作序中说：“夫生者，情也。有生则有情，有情则有结。”（蔡毅《中国古典戏曲序跋汇编》第二册，第1294页）这种尚情论与汤显祖是相同的。

② 序文见《汤显祖全集·诗文集原序辑存》，第1684~1686页，北京古籍出版社，1999年版。

隆称“世无大如来”，称自己是“辟支独觉”，汤显祖称“非长卿莫可序我”，两人惺惺相惜之情溢于言表，同时表明着两人对一种新文学的期盼，从这个层面来说，汤、屠二人的交往，特别是此年的遂昌之行，在晚明文学史上是有着特殊意味的。

屠隆归后，汤显祖作诗《秋雨九华馆忆屠长卿，便入会城课满》(《汤显祖全集》卷十二）怀念他；其后又曾有邀请屠隆来游，如《汤显祖全集》诗文卷四十四《柬长卿》云：“弟洗竹林寺以待足下，竟成子虚。”汤显祖归江西后，这一对老朋友交往稍疏，《汤显祖全集》诗文卷十五有诗《长卿苦情寄之疡，筋骨段坏，号痛不可忍。教令阖舍念观世音稍定，戏寄十绝》，写于屠隆去世前不久，卷十九有《浙中具区、赤水、茂吴、汉城一时沮落，悲之》一诗，其中表达了对老朋友的哀悼之情。

论汤显祖唯情文学观的复古倾向

——以《牡丹亭》为例

盛志梅[①]

摘要： 以往学界在研究汤显祖的思想时，多认为他的“至情论”核心是“以情抗理”，“有情人”杜丽娘就是他的代言人。在《牡丹亭》中，生前的杜丽娘固然可以视之为觉醒的青春形象（这些性格因素恰是作者继承素材而来的），但她的回生之路却是一步步走向传统，回归礼教。杜丽娘由人而鬼，再由鬼而人，始于情，终于礼，最后重新融入了现实秩序之中。可以说，杜丽娘的形象内涵虽然有心学挑战传统礼教的激进因素，但更多的体现了作者“以人情之大窦，为名教之至乐”追求，与倡

① 盛志梅，天津师范大学文学院教授，中国古代文学专业，主要从事中国俗文学研究，说唱文学史研究。

导礼乐教化的苦心，这恰恰体现了汤显祖对心学的回拨态度，其复古倾向是非常明显的。

关键词：至情　礼乐　心学　传统　回拨

“《牡丹亭》一出，几令西厢减价”，长期以来人们对汤显祖的这部传奇大戏赞叹不已，汤氏自己也很满意，称“一生四梦，得意处唯在牡丹”。（汤显祖，1552）在当时就有很多读者以为这是汤显祖独立创作而成，对他歆慕不已。后来的接受者在谈到《牡丹亭》时，也大多不去深究汤显祖在题词中的说明：“传杜太守事者，仿佛晋武都守李仲文、广州守冯孝将儿女事。予稍微更而演之。至于杜守收考柳生，亦如汉睢阳王收考谈生也”（1552），而是把研究的兴趣放在杜丽娘“生生死死为情多”的传奇经历上。

实际上，明代以杜丽娘故事为题材的，除汤显祖的戏剧《牡丹亭》之外，还有其他5个小说版本。即《宝文堂书目》所收《杜丽娘记》（有目无文，体裁不知，但小说可能性大一些）①、《稗家粹编》所收的文言小说《杜丽娘记》《燕居笔记》所收两种话本体小说《杜丽娘慕色还魂》②、卓发之所撰小说《杜丽娘传》。虽然学界尚不能确定哪部小说是《牡丹亭》的蓝本③，但因为它们的存在，我们可以更加准确的理解作者在题词中所

① 虽然向志柱曾在《〈牡丹亭〉蓝本问题考辨》（《文艺研究》2007年第3期）一文中称，“从书名来看，确定《宝文堂书目》著录的小说是现存的《杜丽娘记》，显然比《杜丽娘慕色还魂》更要合理和可信。”但笔者认为在文献材料缺位的情况下，最好不要猜度，结论不可下的太早。故本文还是将《宝文堂书目》所列《杜丽娘记》单独算一个版本。

②《燕居笔记》现存三种，林近阳本、何大伦本、余公仁本。三本内容有别，均被收录于《古本小说集成》第一辑（上海古籍出版社1991年版）。其中林本无杜丽娘故事收录；何本所收录，题《杜丽娘慕色还魂》，约3500字。余本目录则题名《杜丽娘慕色还魂记》，正文则题为《杜丽娘记》，约1500字。

③ 目前学界一般认可话本《杜丽娘慕色还魂记》是《牡丹亭》的蓝本，但也有不同的声音，如向志柱《〈牡丹亭〉蓝本问题考辨》（《文艺研究》2007年第3期）就认定文言小说《杜丽娘记》是其蓝本。关于杜丽娘故事与汤显祖《牡丹亭》的关系，笔者同意并支持伏涤修《〈牡丹亭〉蓝本问题辨疑》的观点：“《牡丹亭》是一个系统，三种小说是一个系统。……《杜丽娘传》虽是卓发之读过《牡丹亭》之后所作。不过他并未依照《牡丹亭》而是依照小说改创而成。”

提到的创作过程，更加理性的看待《牡丹亭》。

阅读这些“杜丽娘”小说，发现一个共同特点，即将杜丽娘出生入死的奇特经历，描述成一个以志怪为旨趣的人鬼恋故事。其中女主人公伤春而亡的经历固然奇特，但撰述者均是以他者叙事立场切入，故事情节平淡，杜丽娘性格单一，缺乏成长的过程和逻辑，始终是以“传说中的那个人”的身份出现的。其他人如杜宝、老夫人、春香等更是一笔带过，可有可无。可以说，这些“丽娘故事”，具备还魂母题的基本情节模式，即一旦被人发觉真相，即寻求还魂；若不获，则形迹俱灭，功败垂成。至于梦中情郎姓柳名梦梅，则纯属巧合，其得名之因由与丽娘之梦毫不相干。他们之间的情事，也并不受冥间姻缘簿的保护。杜丽娘之所以能够还魂成功，很大程度上还是道教信仰中的阴阳和合思想在起作用。汤显祖将这样一个原生态的故事改编成生动活泼、感人至深的情感大戏，其间不但加了很多“料”，而且赋予其主人公以“灵魂”，使杜丽娘从此“活”在受众眼中、心中，确实是化腐朽为神奇了。

杜丽娘的灵魂是什么？执着于情也。汤显祖说：“如丽娘者，乃可谓之有情人耳。情不知所起，一往而深。生者可以死，死可以生。生而不可与死，死而不可复生者，皆非情之至也。”（汤显祖，1552）也有人把他的这段人物评价阐释为汤显祖的“至情论”。“至情论”的提出，似乎为《牡丹亭》的主题做了注脚，再加上很多受众（包括研究者）被杜丽娘慕色而亡的悲情怨忿情绪所震撼，不自觉的将目光定格在那“烟波画船，摇漾春如线”绚丽春梦之中，甚至为作者塑造了如此叛逆的“情种”形象而喝彩。在明清时期的民间、文坛，《牡丹亭》的影响深远，且不说那些受众（读者，演出者）因《牡丹亭》影响个人命运，乃至有为之殒命的传闻逸事[①]（徐朔方，149—152），单明清小说、戏曲中受其影响者即蔚然大观，一些名著如《聊斋志异》《长生殿》《红楼梦》中大都有杜丽娘的影子在，舞台演出更是经久不衰。

长期以来，学界在研究杜丽娘的形象内涵时，多以“以情抗理”定格杜丽娘的情种形象。然而细读全篇，则可以看到，杜丽娘并不是始终以一副叛逆面孔示人，她在生前、死后、复生，三个人生阶段，分别有截然不同的表现。生前的杜丽娘固然可以视之为青春觉醒者形象（这些性格因素恰是作者继承素材而来的），但她的回生之路却是一步步走向传统，走向礼教。没有对礼教的艰难回归，就没有复生后的杜丽娘，也就没有《牡丹亭》。杜丽娘在回归礼教、回归秩序的过程中复活、成熟，并最终赢得了亲情与幸福。这么一个成熟的、多面的丽娘，恰恰体现了作者纠结而复杂的儒家情怀。下面我们分三部分来具体分析，不当之处，敬请方家指正。

一、出生入死之根本原因:“一生儿爱好是天然”

杜丽娘的人生大体可以分为三个阶段，即人→鬼→再世为人。丽娘生前的故事，大部分在《牡丹亭》之前的各个故事版本中早就存在了，只不过彼简此繁。汤显祖所做的工作，充其量也就是对蓝本故事的扩写，

---

① 自《牡丹亭》面世以来，就激起很多女性读者的共鸣。最著名的如冯小青“挑灯闲看《牡丹亭》”，发出“人间亦有痴于我，岂独伤心是小青”的感叹，商小玲演出，伤心过度殇于舞台之上、娄江俞姓女子病榻之上引杜丽娘为知己等。这些故事当然不可全信，但《牡丹亭》在青年女性之间引起强烈共鸣却是真实的。娄江王锡爵的女儿做了望门寡，为了遵守礼教年纪轻轻殉夫而亡，汤显祖在给张大复的信中曾说：“闻太仓公（王锡爵）《牡丹亭》，未必至此。”汤显祖曾有《哭娄江女子》诗云：“如何伤此曲，偏只在娄江”、“何自为情死，悲伤自有神。一时文字业，天下有心人”。参见徐朔方《汤显祖评传》（南京：南京大学出版社 1997 年）149~152。

如游园、惊梦、病重图影等情节。那些被很多研究者认为出彩的地方，如“春色恼人”、“可惜妾身颜色如花，岂料命如一叶”等“觉醒者”的呼声，在现存所有杜丽娘故事的版本中几乎大同小异的存在着。如《稗家粹编》所收《杜丽娘记》即有：“叹曰：‘春色恼人，信有之乎？可惜妾身颜色如花，岂料命如一叶’”。在《燕居笔记》所收录的两个版本中，余本《杜丽娘记》，与《稗家粹编》所收《杜丽娘记》比，“仅十一处有文字差异，一处删略，二者显然出自同一版本。”（向志柱，《文艺研究》2007年第3期）何本《杜丽娘慕色还魂》的描写较细致一些，但核心内容没变，兹移录如下：

这小姐观之不足，触景伤情，心中不乐，急回香阁中，独坐无聊，感春暮景，俯首沉吟而叹曰：“春色恼人，信有之乎？常见诗词乐府，古之女子，因春感情，遇秋成恨，诚不谬矣。吾今年已二八，未逢折桂之夫，感慕景情，怎得蟾宫之客。……嗟呼，吾生于宦族，长在名门，年已及笄，不得早成佳配，诚为虚度青春，光阴如过隙耳。”叹息久之，曰：“可惜妾身，颜色如花，岂料命如一叶耶”。（徐扶明，12—13）

显然，所有撰写者都意识到，这是杜丽娘丧命的根本原因，不独汤显祖巨眼烛照。

我们的教科书一般这样评价《牡丹亭》：（汤显祖）“以情反理……肯定和提倡人的自由权利和情感价值，褒扬像杜丽娘这样的有情之人”“崇尚个性解放，突破禁欲。肯定了主义青春的美好、爱情的崇高以及生死相随的美满结合。”“以另外一种唯美至极的戏剧样式，在文学艺术领域开辟了思想解放、个性张扬的新战场。”（袁行霈，118—119）……，现在看来，显然是过誉了。

但是，公平地说，《牡丹亭》虽也因袭了伤春因素，但较其他版本，在深挖杜丽娘的死因上确实下了一番功夫。其他小说虽也都强调游园归来女主角的情绪变化，但并没有深入描写其生存环境的压抑，把伤春而亡写成是一个女孩子自己的事情。《牡丹亭》则通过《慈戒》《诘病》《闹殇》等情节，将丽娘平日所受的家教及她如何不被家人理解乃至延误病情，不治而亡的过程描写得非常细致。在剧中，丽娘做了个“美满幽香不可言”的性梦让她兴奋不已，然而在那个礼教森严的时代，这样的事情自然不便与人提及，所以她才在心中回味再三，流连不已，以至于神思恍惚，一病不起。病重期间，她还是忍不住泄露了内心的秘密，她描影、题词，最后说与梅香。可见杜丽娘对交流、理解甚至分享，有着多么强烈的精神诉求。对于女儿的病因，做母亲的虽然有所察觉，曾抱怨说：“看甚脉息，若早有了人家，敢没这病”，但很快被古执的家长杜宝否定了：“古者，男子三十而娶，女子二十而嫁。女儿点点年纪，知道个什么呢？”师傅陈最良当听说小姐“为诗章，讲动情肠”时，也大惑不解，说自己“六十来岁，从不晓得伤个春，从不曾游个花院”。(《肃苑》) 父亲、师傅，对杜丽娘而言，他们均处于精神引导地位，竟然如此“神色意趣”全无，杜丽娘所承受的精神压力可想而知。可以说，作者在此有意识的指出丽娘的真正死因，恰在于现存礼法秩序与至性人情的对立。直接凶手就是执着于古礼，不通人情的父亲。“父亲”的地位和形象内涵在《牡丹亭》中绝不仅仅是亲情意义上的，而是话语权的代表。杜丽娘复活后，想要获得家人的认可，其阻力同样来自于代表礼教的杜宝。因此可以说，若要杜丽娘不死或者复活成功，都需固执的杜宝“礼顺人情”，点头认可。这是杜丽娘郁闷而死的症结所在，也是汤显祖对该题材改编的独具慧眼之处。

在此基础上，作者又进一步揭示了杜丽娘一梦而亡的逻辑内因：从游园时感叹自己“年已及笄，不得早成佳配，诚为虚度青春”(《惊梦》)，到寻梦归来后，感慨自己不能如那花草般自由爱恋的理性思考，这个过程是杜丽娘形象升华的关键，其他叙事者恰恰在此错失良机，没能深入挖掘下去。下面把《杜丽娘记》(胡文焕《稗家粹编》,《北京图书馆古籍珍本丛刊》影印本)、《杜丽娘慕色还魂》(何大抡《燕居笔记》,《古本小说集成》影印本)、《杜丽娘传》(卓发之《漉篱集》,(《四库禁毁书丛刊》影印本)三种小说与戏剧《牡丹亭》对此情节的处理列表比较，即可一目了然：

小说与戏剧《牡丹亭》中情节处理对照表			
《杜丽娘记》(胡文焕《稗家粹编》)	何本《杜丽娘慕色还魂》	卓发之《杜丽娘传》	《牡丹亭》(《寻梦》)
至次早，独步后花园中，闲看梦中所遇书生之处，冷静寂寥，杳无人迹。忽见一株大梅，梅子磊磊可爱，其树矮如伞盖。丽至树下，甚喜而言曰："我若死后得葬于此，幸矣。"	次早饭罢，独坐后花园中，闲看梦中所遇书生之处，冷静寂寥，杳无人迹。忽见一株大梅树，梅子磊磊可爱，其树矮如伞盖。小姐走至树下，甚喜而言曰："我若死后得葬于此幸矣。"道罢回房，与小婢春香曰："我死，当葬于梅树下，记之记之。"	次日，独往园中寻梦中相遇之处，杳无人迹。忽见一大梅树，喜曰："我若死后得葬于此幸矣！"每遇风日佳丽，常至梅下低回。久之，顾谓侍婢曰："我死当葬于此，汝识之。"	用20支曲子，15个曲牌演绎杜丽娘第二天到后花园寻觅梦中情境的情态。从对梦境的回味到寻觅梦境中景致，从牡丹亭到大梅树，满怀希望又满目失望，"咳，寻来寻去，都不见了！牡丹亭，芍药栏，怎生这般凄凉冷落，杳无人迹？好不伤心也！""偶然间，心似缱，梅树边。这般花花草草由人恋，生生死死随人愿，便酸酸楚楚无人怨"……

通过对比，可以看到，汤显祖笔下的杜丽娘一梦之后变得深刻无比，

她提出了一个触动礼教底线的问题："由人恋，生生死死随人愿"。这是杜丽娘郁闷的终极原因，也是现实中最无可解的尴尬。想来经牡丹亭畔那一番温柔之后，纵使再给她说一门亲事，也难遂她愿。不得所爱，毋宁死！这才是作者所说的"一往而深"的"有情人"涵义。对此，李渔可算是汤显祖的知音了："你只晓得'相思'二字的来由，却不晓得'情欲'二字的分辩。从肝膈上起见的，叫做情，从衽席上起见的，叫做欲。若定为衽席私情才害相思，就害死了，也只叫做个欲鬼，叫不得个情痴，从来只有杜丽娘才说得个'情'字。"（李渔，69）

二、还魂、再生："人需实礼"

杜丽娘的鬼魂是如何出了枉死城，逃脱孟婆汤的，《牡丹亭》之外，其他所有的版本恰恰在此处留白。他们都将杜丽娘写成了一个无拘无束的野鬼，在这些故事中，她与柳梦梅的遇合完全可以够得上"国人皆贱之"的标准了。汤显祖则匠心独运，为这个故事增加了《冥判》一出，将杜丽娘死后与还魂的经历链接了起来，使得她的回生之路具有了逻辑自足性。在阴间，杜小姐落落大方、不卑不亢的讲述了自己"慕色而亡"的奇异经历，同时要求鬼判查看因果，还自己一个明白。作者通过城隍，调来了花神，查验了断肠簿、婚姻簿，证明了杜丽娘慕色乃天性使然，"因梦而亡"乃是数所应该。因为判词明确写着："新科状元柳梦梅，妻杜丽娘前系幽欢，后成明配，相会于红梅观"，从而揭示了她为柳郎而死，为柳郎而生的合法性，为后面的"幽媾"、"欢扰"、"冥誓"提前做好了舆论准备和礼法保障。鉴于此，礼法的代表、开明的城隍才法外开恩："一任你魂魄来回，脱了狱省的勾牌"、"则许你傍月依星将天地拜。"（《冥判》）还嘱咐花神要对杜丽娘尸体予以特殊照顾："且留的青山在，不可被雨打风吹日晒"。（《冥判》）杜丽娘的阴魂由此不但能堂而皇之地"欲火近干柴"，夜会情郎，而且其行为与一般的淫奔私情绝对不可同日而语，此举得到"官方（阴司）认可"，是合情、合礼、合法的。作者通过城隍与花神的一唱一和，突出了杜丽娘生生死死为情多的执着，点出了杜丽娘之"慕色而亡"恰如花开花落乃自然之道，是值得肯定和支持的，最终将"一梦而亡"这个"谎"圆了起来。

在这一出中，杜丽娘在为自己正名的同时，又为爱情找到了礼法保障：她与柳梦梅本是前缘注定的合法夫妻，而不是一对色鬼淫棍。所以在金殿之上，当皇帝鄙夷她"自媒自婚"有伤风化时，杜丽娘就理直气壮地说自己与柳梦梅乃天作之合："保亲的是母丧门"、"送亲的是女夜叉"，柳梦梅也认为他们的婚姻乃"阴阳配合正理"。（《牡丹亭·圆驾》）《冥判》为丽娘复活后的形象转型作了准备，为其婚姻准备了一件礼法的披风。有了这个注册在案的"官方"注脚，杜丽娘不但不是淫奔之女，反而是为了婚姻对象而出生入死的忠贞模范。俨然变成了魂奔的张倩女、情奔的李千金，还魂的玉箫女，与夜会西厢的崔莺莺不在一个"战壕"了。因此，表面上看《牡丹亭》是塑造了一位标新立异的"新女性"，为了追寻自己的梦中情人不惜穿越阴阳两界；实质上，汤显祖早就为杜丽娘的行为划了一个礼教的圈圈，她的所有行为都因为与男主角有婚约在先（还是天定）而合理合法，其情节框架与《倩女离魂》《墙头马上》等如出一辙。因此，甚至有人怀疑汤显祖是抄袭了乔吉的《两世姻缘》，借鉴了无名氏的《碧桃花》。当然，按照汤显祖对元代杂剧的熟悉程度而言，这样的怀疑也不无道理[①]（徐朔方，158）。

复活过程中，杜丽娘从千金小姐逐渐变身为市井女汉子，她的精明能干表现在方方面面。首先，还魂之前，她选择两情正浓之际，适时说出自己的幽冥身份，出其不意攻其无备，致使柳梦梅在懵懂之中不但认可了她的鬼妻地位，而且冒着被杀头灭族的危险，承诺为她掘墓开棺，帮助她成功还魂。其次，在还魂后，面对柳梦梅迫不及待的求婚，催婚，她却提出要履行婚礼的仪式："这事还早，扬州问过了老相公、老大人，请个媒人方好。"当柳梦梅嘲笑她主动投怀送抱多时，再如此这般有些矫情的时候，她一本正经地给秀才上了一堂政治课："前夕鬼也，今日人也。鬼可虚情，人须实礼。"（《牡丹亭·婚走》）从这句话我们不难看出"情种"杜丽娘的世俗价值观：身份认同是生存的秩序保障，不管灵魂世界的感情需求与现实礼法如何冲突，她最终选择的还是认同、回归礼法。正是本着这一理念，才有后来艰难的金殿认亲。

婚后的杜丽娘，俨然一个强势的当家娘子。不仅要丈夫去挣功名，考状元。而且又不顾丈夫发榜在即、自己还魂不久，生计艰难等诸多不便，宁肯自己克服客居的种种困难，也要遣夫君冒着生命危险去前线认亲、报重生之喜，为自己的婚姻寻求礼法的认可和亲情的支持。从世俗角度看，杜丽娘此举确实深谙婚姻存活之道。在旧社会中，娘家的势力就是一个女子出嫁后的靠山，有无这个靠山，女子在夫家的地位和际遇将大不相同。杭州客居，面对无烛无火的窘迫困顿，她甚至能恬淡自如

① 徐朔方云："据姚士粦《见只编》卷中说：'汤海若先生妙于音律，酷嗜元人剧本（杂剧）。自言箧中收藏，多世不常有，已至千种。有《太和正韵》（《太和正音谱》）所不载者。比问其各本佳处，一一能口诵之。'臧懋循《负苞堂集》卷四《寄谢在杭书》说，他在麻城刘承禧家借到的金元杂剧三百余种出于汤显祖的挑选。由此看来，《牡丹亭》在某些方面受到金元杂剧的影响就不足为怪了。"参见《汤显祖评传》，同上书，第158页。

地指使石道姑去东借西挪，其沉静、老练，不疾不徐的气度，好像久惯底层生活，石道姑远不能及。这个情节对理解复活后的丽娘形象乃至理解《牡丹亭》至关重要。丽娘自从“在阎浮殿见了些青面獠牙”之后，她就仿佛变了一个人。她有着市井女子的泼辣、大方、精明、强干，为了自己的利益，其调停各种人际关系的手段圆滑之至，有时甚至不乏小女子的狡黠可爱，如金殿对质一节。

金殿之上，作为正统礼法的代表，杜宝依然冥顽不化，认为丽娘再生乃“子不语”之事，圣人门徒不可轻信。女儿冥中择配，更是有辱门庭，坚决主张诛杀妖孽。而柳梦梅则拘于书生义气，记恨岳父对自己的毒打，不肯认亲求和。为了争取婚姻存在的合法性、消弭翁婿之间的矛盾，丽娘不惜抛头露面，亲自来到“狰狞汉叫喳喳”的金殿之上，企图以事实证明自己并非妖物，希望得到古执家长的认可。她万万没想到父亲执意要她离开柳梦梅，否则就要上奏皇帝，以妖孽论处。面对父亲的生硬无情，她没有以硬碰硬，而是软语相求，先是请出了母亲认亲，后又劝丈夫让步。皆不成，干脆“作闷倒介”“颠不剌悄魂灵立化”（《圆驾》)。这一招果然触及年迈倔强的杜宝底线，使其真情顿露，一句“（惊介）俺的丽娘儿”让杜丽娘大获全胜！此举表明她深谙人情常理，懂得利用人性、人情，圆融地处理事情。陈继儒称之为“妖”，诚不谬也。

综上，汤显祖笔下的杜丽娘，虽然“生生死死为情多”，但她人生的每一阶段都倾注了作者刻意创新的思考。汤显祖从符合人之天性角度肯定了杜丽娘伤春慕色的“合理、合法”性，这实际就是站在传统儒家礼教的立场来倡扬心学。因此《牡丹亭》已经不仅仅是在讲一个人鬼恋的还魂故事，而是把“性无善恶，情有善恶”的哲学命题借杜丽娘的三生经历形象表达出来了，从而提升了该题材的社会意义和理论深度。将男女之情归结为天性使然，恰是晚明心学的核心所在——天理与人欲关系的问题。或者可以说，汤显祖正是通过对于杜丽娘形象的塑造，正面回应并发展了这一理论问题。

如何看待人性（欲），本是儒家早期论争的一个哲学命题。孟子主张性本善、荀子主张性本恶。宋代理学自张载以来，二程、朱熹等人一直主张并完善“心性之学”，提出了性有善恶的二元论。凡是不符合“理”（天命）的就是恶的，人们应该通过“居敬”“穷理”等后天的修养和努力来改变。明中叶以来，陆王心学的一元论即“心即是理”“致良知”等主张盛行天下。心学认为性无善恶，“良知即理”，人们通过“致良知”，以达到先天之性与后天之“欲”的合理统一。晚明时期，以罗汝芳为代表的泰州学派，一方面继承王学的衣钵，认为“万物皆是吾身，则嗜欲岂出天机外耶？”（黄宗羲，800），同时又在方法论上继续拓展王学所提供的主观能动性空间，认为所谓的“天理”不过是人性的自然延展，人们只要依性行事，“顺风张棹，解缆放船”（766），便可以在日常生活中实践“天理”，成为人所仰视的“圣人”。这就大大解放了天理对人性的束缚，但同时也造成了“见满街都是圣人”的乱象，李贽试图纠偏，提出“自然发于情性，则自然止乎礼义，非情性之外复有礼义可止也”（李贽，225），企图将“人欲”依靠良知的自觉重新拉回“天理”的框架之中，以维持现实秩序、礼仪教化。当然，不管是王学，还是泰州学派，从根本上来说，他们与程朱理学的出发点是一致的，都是要维护封建礼教秩序，而不是颠覆，所以他们的努力方向只是方法论上的改良，而非理论重建，因此，李贽的主张是非常符合心学宗旨的。汤显祖早年受教于罗汝芳，晚年又与李贽成为挚友，受心学影响自在情理之中。他在处理杜丽娘由生而死乃至还魂的过程中，确实与其心学诸师的主张非常契合。

但从复生之后的情节看，还魂之后的丽娘，更像是一个提线木偶，处处显示“作者”的意图，变成了一个追求礼法人性化的改良主义者。杜丽娘的形象转变明显在向儒家传统靠拢，带有强烈的教化色彩。这种变化很大程度上是汤显祖自己的儒家修养使然，默契也许是不约而同的巧合。

三、大团圆结局新解：“发乎情，止乎礼”教化众生

很多人对于最后的大团圆感到不解，认为汤显祖多此一举，落了俗套。其实，从总体框架可以看出，这正是作者本着礼顺人情的思路而出现的必然结果。在剧中，有两位代表最高话语权的“撮合山”，一位是阴司的城隍；另一位就是现实世界中的皇帝。前者帮助杜丽娘顺利还魂，后者保障了她还魂身份的“合法”性存在。这两位“撮合山”的行为，则代表着阴阳两界最高话语权代表（理）对情的认可，让步，意味着礼顺人情的现实可能性。作者也借此道出了他的一个主张，即生活在现实人世，礼法固然要紧，但再森严古板的礼法，也抵不住人性、人情的攻击。而情若要长久，也必须得“实礼”，对现实秩序要认可，遵循。所以，如能做到情随理动，礼（理）顺人情，则世界就是圆满和谐的。

建立一个礼顺人情的和谐秩序，一直是儒家礼教、乐教的神髓所在。联系作者一生的思想、行为，儒家入世思想对他的影响是极其深远的，他始终不能忘怀读书人的社会责任感和救世热情。一方面，他宣扬“情不知所起，一往而深。生者可以死，死可以生。生而不可与死，死不可复生者，皆非情之至也。”（汤显祖，1552）另一方面又强调“圣王治天下之情以为田，礼为之耜，而义为之种。然非讲学，亦无以耨也。于是乎获而合之仁，安之乐，至于食之肥，而天下大顺。”（汤显祖，1584）。

因此让他以情抗理，全然反对那个礼教盛行的社会，几乎是不可能的事情；而如何让那个世界不断完善，渐趋善境，则是他孜孜以求并愿意付诸实践的。

回顾汤显祖的一生，他似乎一直在为这个乌托邦似的“理想”奋斗着。当年身处南京太常寺博士之闲职，犹能秉持公心、指摘时弊，上书《论科臣辅臣疏》；贬官徐闻，于困苦之中不忘教化众生，建造贵生书院以开启民智；为官遂昌，他体恤民情，尊重人性，于法外施恩，除夕夜遣囚归家，元宵节纵囚观灯。虽然明知升迁无望，还是积极造福一方，为民请命力阻矿监；……即便最后挂冠而去，也没有全然忘情世外。乡居的他非常注重戏曲的教化功能，热心于家乡的“文化建设”。宜黄县建一座戏神庙，他欣然参加庆祝并为之作序，这就是著名的《宜黄县戏神清源师庙记》，在文章中，他大力鼓吹情教的重要性，歌颂这位传说中的戏神的丰功伟绩，当然也表达了他对戏曲教化作用的期待：“人生而有情。思欢怒愁，感于幽微，流乎啸歌，形诸动摇。或一往而尽，或积日而不能自休。……奇哉清源师，演古先神圣八能千唱之节，而为此道。……可以合君臣之节，可以浃父子之恩，可以增长幼之睦，可以动夫妇之欢，……岂非以人情之大窦，为名教之至乐也哉。”（汤显祖，1596）而《牡丹亭》的创作与演出，正是这样一个“风以动之，教以化之”具体实验。

儒家对于如何顺人情、施教化很早就有论述，如《尚书·舜典》云：“诗言志，歌永言，声依永，律和声。八音克谐，无相夺伦，神人以和”（戴胜，316）；《礼记·乐记》亦云：“乐至则无怨，礼至则不争。揖让而治天下者，礼乐之谓也。暴民不作，诸侯宾服，兵革不试，五刑不用，百姓无患，天子不怒，如此则乐达矣。合父子之亲，明长幼之序，以敬四海之内，天子如此，则礼行矣。”（陈澔，207）；汤显祖在《宜黄县戏神清源师庙记》中所提倡的戏曲教化功能，正是对上述儒家传统理念的世俗阐发。虽然现在的研究者们大多认为“情种杜丽娘”是受心学思想影响的产物，但若究到深处，其源头恐怕还在于汤显祖的传统儒家素养与世俗关怀。因此，《牡丹亭》最后的大团圆结局，与其说是心学“至情论”的胜利，不如说是传统儒家“发乎情，止乎礼”理念的胜利。

余论　读书人形象的塑造与汤显祖的入世理想

剧中关于读书人形象的深度塑造是原素材没有的[①]。作者花费了大量的笔墨塑造勤政亲民、保疆卫国的老一辈读书人代表——杜宝，他既是国家股肱大臣，又是旧秩序的坚决捍卫者，他的丰功与他的固执相辅相成。而青年学子柳梦梅则胸罗万卷、心忧天下，虽则多情，但他没有因情忘国，金殿之上他的对策三论切中时弊，恰说明他是一个“不卖渣梨”的真才子[②]（吴震生、程琼，21）；杭州客栈，他不放心留下客居的妻子独自边关认亲，则说明他是一个有责任感的男子汉。即便是死读圣贤书，一无用处的糊涂虫陈最良，也恪守“受人之托，终人之事”信念，数年间，忠心耿耿看护丽娘的坟墓，并不因为无人监督而懈怠……剧中各类读书人的存在，体现了作者对于现世秩序的社会责任感。国家上层是由这些读过圣贤书的人支撑起来的，然而什么样的读书人才是国家的真正希望

① 关于《牡丹亭》中读书人形象的意义，可参阅江巨荣《汤显祖对杜丽娘记的创造性改编》，《戏剧研究》2013 年第 3 期。

② 据《才子牡丹亭》考证：《梁史》张敷名“樝”，父邵名“梨”，盖吴人事。梁武戏曰：“樝何如梨？曰：“梨百果宗，樝何敢比？”其实樝，梨出。方朔《神异经》：其子径三尺，剖之少瓤者也。樝与梨虽外表相似，却有质的不同，卖梨者常以之充梨求善价，汤显祖说“柳梦梅不卖渣梨。”即是对其人格、才学的高度肯定。参见［清］吴震生、程琼合评，华玮、江巨荣点校《才子牡丹亭》，（台北：台湾学生书局，2004 年）21。

呢？是为维护纲常灭却伦常、忠君古板的杜宝等人，还是博学多情却不通世务的柳梦梅辈，还是迂腐的陈最良之流？如果将《牡丹亭》的创作放到汤显祖的生命历程中去考察，则很可以明了他的真实用心，柳梦梅的身上叠印着汤显祖年轻时的身影[①]

即便是晚年挂靴而去，他仍然不能完全丢弃早年间的儒家信念。汤显祖未尝一日放下他的俗世关怀和教化责任，他一生所作所为包括他的文学创作，都是充满了儒家的民生关怀和入世理想的。弥合天理与人性之对峙，建立一个合情合理，礼顺人情的理想秩序，始终是他的努力方向。他对王学左派的贡献，与其说是继承发扬，毋宁说是拨乱反正。男性形象的塑造，包括不得志的城隍形象，塾师陈最良，都寄寓了作者独特的人文关怀和抱负。在一个人鬼恋的题材之中，他用心良苦的塑造各类知识分子的形象，甚至还插入李全夫妇的造反与招抚等事关国家前途命运的历史性事件，……对这一外在于生死情爱故事的线索设置，表明汤显祖始终没有放下他的盛世理想和教化众生的责任感。当然，对于汤显祖的如许苦心，很多戏剧家不能理解，他们将《牡丹亭》的副线视为赘疣，经常将这些情节删减，作者非常痛恨这些“割蕉”人的粗暴行为[②]，甚至嘱咐戏班子不要搬演那些改编者的剧作[③]。尝感叹“伤心拍遍无人会，自掐檀痕教小伶”（汤显祖，1100）。虽然“解人难索”，但也还是

① 日本学者根山彻著《明清戏曲演剧史论序说——汤显祖〈牡丹亭还魂记〉研究》，其中关于柳梦梅形象的研究很有参考价值，在《〈牡丹亭还魂记〉中的柳梦梅形象设定》《〈牡丹亭还魂记〉中的梅花形象》等章节中，认为汤显祖将自己早年间所遭遇的贬谪经历以及宦海浮沉融进了对柳梦梅的形象塑造中，柳梦梅的坎坷经历以及仕途的顺利正寄寓了作者才高不遇的心声。罗小东《日本学者根山彻的〈牡丹亭〉研究》对此有详述，见《人文丛刊》第十辑。

② 汤显祖《答凌初成》云：“不佞《牡丹亭记》，大受吕玉绳（允昌）改窜，云便吴歌。不佞哑然笑曰，昔有人嫌摩诘之冬景芭蕉，割蕉加梅，冬则冬矣，然非王摩诘冬景也”。参见《汤显祖集》全编（上海：上海古籍出版社，2015 年）1914。

③《与宜伶罗章二》：“《牡丹亭记》，要依我原本，其吕家改的，且不可从。虽是增减一二字以便俗唱，却与我原作的意趣大不同了”。《汤显祖集》全编，同上，2011 年。

有知音者在，沈际飞就评此诗“有大不平”意在（徐扶明，139）。但观众、后世的舞台演出者，似乎很少能够领会作者的别样寄托，在明清舞台对《牡丹亭》单出或者折子演出剧目中，副线情节演出最多的是“冥判”“硬拷”，其次“肃苑”、“劝农”[①]

综上，汤显祖提出“性无善无恶，情有之”（汤显祖，1941）的主张

---

① 关于《牡丹亭》明清单出演出统计，日本学者根山彻《还魂记在清代的演变》注释②统计的非常清楚，兹转录如下：

《还魂记》第 2 出“言怀”:6、7
第 7 出“闺塾”:10、11、12
第 8 出“劝农”:10、11、12
第 9 出“肃苑”:10、11、12
第 10 出“惊梦”:1、2、4、7、8、9、10、11、12
第 12 出“寻梦”:1、2、4、7、8、9、10、11、12
第 14 出“写真”:1、5
第 20 出“闹殇”:1、10、11、12
第 23 出“冥判”:3、8、10、11、12
第 24 出“拾画”:8、10
第 26 出“玩真”:1、10
第 27 出“魂游”:1
第 28 出“幽媾”:1、4、7、9
第 32 出“冥誓”:5
第 40 出“仆贞”:10
第 53 出“硬拷”:1、5、7、10、11
第 55 出“圆驾”:10、11

其中各序号为:1. 明凌虚子编《月露音》，万历间刊。2. 明许宇编《词林逸响》，天启三年（1623 年）刊。3. 明止云居士编·白云山人校《新镌出像点板北调万壑清音》，天启四年（1624 年）刊。4. 明冲和居士编《新镌出像点板怡春锦（缠头百炼）》，崇祯间刊。5. 明冲和居士编《缠头百炼二集》，崇祯间刊。6. 明周之标编《新刻出像点板增订乐府珊珊集》，明末刊。7. 明锄兰忍人撰辑·媚花香史批评《新镌绣像评点玄雪谱》，明末刊。8. 明青溪菰芦钓叟编《新刻出像点板时尚昆腔杂曲醉怡情》，清初刊。9. 清邀月主人汇辑《来凤馆精选古今传奇（最娱情）》，顺治四年（1647 年）刊。10. 清钱德苍辑《缀白裘》，乾隆二十九年（1764 年）至三十九年（1774 年）刊。11. 清佚名编·王继善补校《审音鉴古录》，道光十四年（1834 年）刊。12. 清佚名编《七种曲》，清刊。在上述单出集和改本中，《月露音》《词林逸响》《万壑清音》《怡春锦》《珊珊集》《玄雪谱》《醉怡情》《缀白裘》，我用的是《善本戏曲丛刊》第二辑（台湾学生书局，1984 年），以及该丛刊第四、五辑（同上，1987 年）影印版本、钞本，《审音鉴古录》用的是该丛刊影印刊本和京都大学人文科学研究所藏本。《缠头百练二集》我虽未见过，但依据的是王古鲁氏译注《中国近世戏曲史》（香港中华书局，1975 年）的附录三“曲学书目举要”。关于《来凤馆古今传奇》，在胡适氏“《缀白裘》序”（《胡适古典文学研究论集》，上海古籍出版社，1988 年）中谈到过，其中的单出是依据徐扶明氏编《牡丹亭研究资料考释》（上海古籍出版社，1987 年）。而且，大阪大学怀德堂文库藏《七种曲》，从文字或图版的缺损状况看，使用的是与《审音鉴古录》同一的版本。见《戏曲研究》2002 年第 4 期。

看似与程朱理学所继承的唐李翱“性善情恶”论、程朱理学所主张的“性其情”等言论相左，很多人甚至误会这是“以情抗理”，甘为传统儒学之叛逆。其实不然。汤显祖在他的作品、言论中，始终表达的是以情教化众生，完善现存秩序的热情。表现在《牡丹亭》中，通过他所塑造的杜丽娘形象，实现了对礼教秩序的回归，通过对杜宝、柳梦梅形象的塑造，宣扬了传统知识分子价值观，认可了诗教的回归。这一切都表明，他关于情性关系的基本立场，是“合情而言性”①（徐扶明，43），是融情于理、于性，而不是“以情抗理”。归根到底，汤显祖的思想并没有逸出儒家二元对立的善恶道德论框架，其思想深处，并没有放弃对传统儒家理念的向往与追求。他对心学的主张，既有学习继承，又有反思与回拨，唯情论文学观受他的儒家价值观所左右，有着明显的复古倾向。

引用作品（Works Cited）

[1] 戴圣选编．《礼记·尚书》．李新纯编著．昆明：云南出版社，2011 年．

[Dai, Sheng.Ed.Rites and History.Annotated.Li, Xinchun.Kunming: Yunnan Press.2011.]

[2]《礼记集说》．陈澔注．上海：上海古籍出版社，1987 年版．

[Collection Said on The Book of Rites. Annotated. Chen, Hao. Shanghai: Shanghai Classics Publishing House, 1987.]

[3] 黄宗羲．《明儒学案》卷三十四．沈芝盈点校．北京：中华书局，

①程允昌在《南九宫十三调曲谱序》曾记载：“张洪阳谓汤若士曰：‘君有妙才，何不讲学？’若士答曰：‘此正是讲学，公所讲是性，吾所讲是情。’离情而言性，一家之私言也；合情而言性，天下之公言也。”参见徐扶明编撰《牡丹亭研究资料考释》，（上海：上海古籍出版社，1987 年）43。

1985年.

[Huang, Zongxi. Ming Confucianism Case. Vol.34. Annotated. Shen, Zhiying. Beijing: China Publishing House, 1985.]

[4]李渔.《李渔全集》第四卷.杭州:浙江古籍出版社, 1991年.

[Li, Yu. Liyu Complete works. Vol.4. Hangzhou: Zhejiang Classics Publishing House, 1991.]

[5]李贽.《焚书·续焚书校释》.陈仁仁校释.长沙:岳麓书社, 2011年.

[Li, Zhi. Fenshu and Xufenshu with Annotations. Annotated. Chen, Renren. Changsha: Yuelu Press, 2011.]

[6]汤显祖.《汤显祖集全编》.徐朔方笺校.上海:上海古籍出版社, 2015年.

[Tang, Xianzu, Tang Xianzu Complete works. Annotated. Xu, Shuofang. Shanghai: Shanghai Classics Publishing House, 2015.]

[7]徐扶明.《牡丹亭研究资料考释》.上海:上海古籍出版社,1987年.

[Xu, Fuming.The Interpretation about The Peony Pavilion Research Date. Shanghai: Shanghai Classics Publishing House, 1987.]

[8]徐朔方.《汤显祖评传》.南京:南京大学出版社, 1997年.

[Xu, Shuofang.The Commentary Biography of Tang Xianzu. Nanjing:Nanjing University Press.1997.]

[9]向志柱.《牡丹亭》蓝本问题考辩.《文艺研究》3(2007): 72-78。

[Xiang, Zhizhu.The Original Version of The Peony Pavilion.The Study of Literature and Art 3(2007): 72-78.]

[10]袁行霈主编.《中国文学史》第四卷.北京:高等教育出版社,1999年.

[Yuan, Xingpei, ed. The History of Chinese Literature. Vol. 4. Higher Education Press, 1999.]

汤显祖《论辅臣科臣疏》考

刘世杰[①]

内容提要：汤显祖在万历十九年（1591年）四月上《论辅臣科臣疏》。这封“疏”是汤显祖的唯一奏疏。这封奏疏主要批判了已故大学士张居正、现任大学士申时行、王锡爵、许国和礼部尚书杨巍、都御史李世达等辅臣，揭发了吏科给事中杨文举、礼科都给事中胡汝宁等科臣。这些人和汤显祖有什么关系，对汤显祖的后来生活带来了什么影响，是应该进行考证和研究的一个话题。

关键词：汤显祖　《论辅臣科臣疏》　考证

① 刘世杰，男，河南泌阳县人，1958年10月生。现任广东海洋大学文学院教授。从事中国古代文学、中国古典戏曲研究等教研工作。发表《孔尚任罢官疑案探考》《孔尚任〈通天榜传奇〉论考》《汤显祖被贬徐闻典史时间考略》《汤显祖被贬徐闻典史原因考略》《汤显祖量移遂昌县令时间考》《汤显祖〈粤行五篇〉考》《汤显祖贵生书院和刘应秋〈贵生书院记〉考》等。

一

汤显祖万历十一年（1583年）考上进士。[①] 在北京礼部观政一年后，万历十二年（1584年）八月任南京太常博士，万历十七年（1589年）“就迁礼部主事”。[②]《明史》载：汤显祖上《论辅臣科臣疏》：“‘言官岂尽不肖，盖陛下威福之柄潜为辅臣所窃，故言官向背之情，亦为默移。御史丁此吕首发科场欺蔽，申时行属杨巍劾去之。御史万国钦极论封疆欺蔽，时行讽同官许国远谪之。一言相侵，无不出之于外。于是无耻之徒，但知自结于执政。所得爵禄，直以为执政与之。纵他日不保身名，而今日固已富贵矣。给事中杨文举奉诏理荒政，征贿巨万。抵杭，日宴西湖，鬻狱市荐以渔厚利。辅臣乃及其报命，擢首谏垣。给事中胡汝宁攻击饶伸，不过权门鹰犬，以其私人，猥见任用。夫陛下方责言官欺蔽，而辅臣欺蔽自如。失今不治，臣谓陛下可惜者四。朝廷以爵禄植善类，今直为私人蔓桃李，是爵禄可惜也。群臣风靡，罔视廉耻，是人才可惜也。辅臣不越例予人富贵，不见为恩，是成宪可惜也。陛下御天下二十年，前十年之政，张居正刚而有欲，以群私人，嚣然坏之。后十年之政，时行柔而多欲，以群私人，靡然坏之。此圣政可惜也。乞立斥文举、汝宁，诫谕辅臣，省愆悔过。’帝怒，谪徐闻典史。稍迁遂昌知县。二十六年上计京师，投劾归。又明年大计，主者议黜之。李维桢为监司，力争不得，

---

① 朱保炯，谢沛霖：《明清进士题名碑录索引》，第1168页，上海古籍出版社，1979年10月第1版。

② 《明史》卷230，第6015页，中华书局，1974年4月第1版。

竟夺官。家居二十年卒。”[1]

这里，这是《明史·汤显祖传》中《论辅臣科臣疏》的节略。而在《汤显祖全集》中，《论辅臣科臣疏》全文是：“奏为星变陈言，辅臣欺蔽如故，科臣贿媚方新，伏乞圣明，特加诫谕罢斥，以新时政，以承天戒事。臣于闰三月二十五日接得邸报，见吏部接出圣谕：‘六科十三道，迩来风尚贿嘱，事向趋附。内之效外，外之借内，甚无公直，好生欺蔽。且前者天垂星示，群奸不道，汝等职司言责，何无一喙之忠，以免辱旷之罪？汝等于常时每每归过于上，市恩取誉。辄屡借风闻之语，讪上要直，鬻货欺君，嗜利不轨。汝等何独无言，好生可恶。且汝等且不闻宫府中事皆一体之语乎？何每每以搜扬君恶，沽名速迁为？汝等之职，受何人之爵，食何人之禄？至于长奸酿乱，而旁观避祸，无斥奸去逆之忠，职任何在？本都该拿问重治，姑且从轻各罚俸一年。吏部知道，钦此。’大哉王言，正君臣之义，诛邪佞之心，严矣粲矣。

南部诸臣，捧读之余，不知所以。有云，此必言官以星变责难皇上，致有此谕。臣窃意皇上前大理评事雒于仁等狂愚直言，犹赐矜恕，又前伏读两次圣谕，一则引咎在躬，一则因星警逐去左右蛊惑擅作威福之人，则言官即有过言，必见温纳。何至合科道尽行切责罚俸？是惟圣明居高洞远，灼见六科十三道中，必有贿嘱趋附，长奸酿乱，倍负上恩之处。夫臣之责难皇上，既不难于听宥；而圣谕严切，臣子亦宜各以常宪，官师相规，臣今日敢窃附斯义也。夫臣子本心，自有忠赤。权利蒙之，其心始黑。必非六科十三道尽然，特一二都给事等，有势利小人，相与颠倒煽弄其间耳。记曰：‘人父生而君食之，其恩一也。’故子之兄弟相引

---

① 《明史》卷230，第6016页，中华书局，1974年4月第1版。

而欺其父，皆为不孝；臣之大小相引而欺其君，皆为不忠。然岂今之科道诸臣都不知此义哉。皇上威福之柄，潜为辅臣申时行所移，故言官向背之情，为时行所得耳。

夫人臣自非天性公直，要取富贵而已。富贵者，明主所以诱天下公直，权奸所以诱天下私邪，皆此具也。使公直者不失富贵，谁当私邪；私邪者不得富贵，谁非公直！今日不然也。臣不敢泛举非言官而言事者，皆以失辅臣意得罪。即以臣所知言官论之，首发科场欺蔽者，非御史丁此吕乎。此知上恩效一喙之忠者也。时行知将论其子也，教吏部尚书杨巍覆而去之，惟恐其再入都矣。终言边镇欺蔽者，非御史万国钦乎。此亦知上恩效一喙之忠者也。时行不能辨其赃也，讽大学士许国拟而窜之，犹恨其不极边矣。二臣谪外，其他言官虽未敢显诮时行，而或涉其旁事，及其私人，则有年例及不时补外二法，以牵箝众言官，使其回心敛气，而时行得以滔然无台谏之虞矣。惟近日南京御史李用中奏正其子冒籍之法，而时行故以一请塞责。旋行祈请，欲得皇上一语，不碍其子进取，无乃要君甚乎！至于考满与奏奇捷同日，正用前辅臣张居正故智。其奏捷疏中，有牛马羊不计其数。南中诸臣皆笑曰，此经略公贺仪也。明日奖敕中必用此事。已而奖敕中果有‘元辅课功之日，正西陲奏凯之晨’数语矣。然臣按其日月，则元辅宴功之晨，正星象示儆之夕也。时行能欺蔽皇上，独能欺蔽天象乎。而言官噤无言之者，正以丁此吕万国钦为戒，恐失富贵也。夫知感主恩为皇上斥奸正法者，反得贬窜，虽皇上恩力不能庇之。故今科道中无义之臣，遂谓皇上不能恩人，并不知所受是皇上爵禄矣。

至于言官中贿嘱附势，盛作不忠之事，躐窃富贵者，往往而是。年升闰升以为例，固然矣。故此辈不知上恩，专感辅臣。其所得爵禄，若辅臣与之者。虽他日有败，今日固已富贵矣。臣矣不暇远举，即如今日吏礼二科都给事，此二臣者，岂不重为天下戮笑哉！夫吏科都给事中杨文举者，非奉诏经理荒政者乎。文举所过辄受大小官吏公私之金无算。夫所过督抚司道郡县，取之足矣，所未经过郡县，亦风厉而取之。郡县官取之足矣，所住驿递及所用给散钱粮庶官，亦戏笑而取之。闻有吴吏检其归装中金花彩币瓈盘等物，约可八千余金，折干等礼，约可六千余金，古玩器直可二千余金。而又骑从千人，赏犒无节。所过鸡犬一空。迨至杭州，酣湎无度，朝夕西湖上，其乐忘归，初不记忆经理荒政是何职名也。夫前所贿赂宴费数金者，岂诸臣取诸其家蓄而与之哉？正是刻掠饥民之膏余，攒那赈帑之派数，以相支持过送，买其无唇舌耳已。而广卖荐举，多寡相称，每荐可五十金。不知约得几千金？至于暮夜为人鬻狱，如灭凌玄应军之类，又不知几千金。夫三辅臣皆家苏徽二郡，文举之贪，已苏徽二郡人士皆能言之。辅臣独不知耶？未已复命，而吏部纪录，居然首谏垣矣。乃知文举之贪有所用之也。辅臣亦非不知之也。而从长安来者曰：'此阙政府原有别侍待，文举再四从中曲处得之耳。'夫皇上德意，亲发内帑金钱赈救生灵之死，而文举乃敢贪赃宴乐，扰害饥民，买官自擅。皇上虽在深宫，独无一人言之乎？然文举虽玷首垣，久无鸣吠，人谓此逆取顺守之计，或以前人为创也。昨见邸报，文举腼颜奏禁诸臣言事矣。夫大学士王锡爵因公一扬假建言纳贿自劾正法，此锡爵自起用以来第一盛举也。且其奏词曰：'以壮夫义士剖肝决命之忠，而反卖市井乞怜之计，其诈而辱天下士大夫，至此。'见者莫不叹美此言得大臣体。而文举乃尤引其意，入于箝忌，亦可谓不成人之美矣。夫言事者但酌其便宜何如，非必诛其心也。郑国浚渠，于秦亦利。申公窃室，为楚则忠。私谋且然，况在公愤。若锡爵有大臣之心，必先召责文举。

如他日书之史册，某年圣旨禁人言事，谓皇上何如主，锡爵等为何如辅臣？然文举之才正辨此耳。欲因星变为皇上斥贪欺，明公直，不可得也。彼不知地上有荒政，安知天下有星变乎？而峩然六科之长，明年大计天下吏，臣恐文举家无地着金也。至于礼科都给事胡汝宁，除参主事饶伸外，一虾蟆给事而已。不知汝宁何以还故乡也。此二臣者，正圣谕所谓风尚贿嘱者，何能为皇上发人之私；正圣谕所谓事向趋附者，何能为皇上折人之势？然则辅臣欺蔽故习，无时而撤矣。

失此不治，臣谓皇上可惜者有四。爵禄者，皇上之雨露也。今乃为私门蔓桃李耳，其实公家之荆棘也。皇上之爵禄可惜一也。若群臣风靡，皆知受辅臣恩，不知受皇上恩。岂复有人品在其中乎？皇上之人才可惜二也。皇上不破法与人富贵，不见为恩。皇上之法度可惜三也。陛下经营天下二十年于兹矣。前十年之政，张居正刚而有欲，以群私人，嚣然坏之。后十年之政，时行柔而有欲，又以群私人，靡然坏之。皇上之大有为之时可惜四也。臣为四可惜，亲承圣谕，少效愚忧。伏惟皇上特谕时行，急因星警，痛加省悔，以功相补，无致他日有负恩眷。辅臣国等坚正相规，无取观望，以隳时政。其杨文举、胡汝宁亟行罢斥，选补素知名节者为都给事，以风其余。而别谕都御史李世达等，谨守宪令，简涤诸道御史，务令在内言事，在外宣风。一意远贿触邪，以回依阿沓冗之象。如此岂惟星变永消，臣且为陛下奏泰阶之符也。”[①]

① 《汤显祖全集》，第1271~1279页，北京古籍出版社，1999年1月第1版。

二

《论辅臣科臣疏》(以下简称《疏》)是汤显祖一生中唯一的一篇“疏”体之文，在汤显祖的著作中独占一类。正是这篇《疏》，改变了汤显祖人生的走向。此时的汤显祖，在明代官场走过了八年的历程。汤显祖在《疏》中，指点江山，激扬文字，敢于向朝中的歪风邪气作斗争。参劾了已故大学士张居正，当朝大学士申时行，对大学士王锡爵、辅臣许国、吏部尚书杨巍、都御史李世达等这几个“辅臣”，《疏》毫不客气，直呼其名；直接揭发批判了吏科都给事中杨文举、礼科都给事中高桂。《疏》揭发杨文举“闻有吴吏检其归装中金花彩币盏盘等物，约可八千余金，折干等礼，约可六千余金，古玩器直可二千余金。而又骑从千人，赏犒无节。所过鸡犬一空。迨至杭州，酣湎无度，朝夕西湖上，其乐忘归，……广卖荐举，多寡相称，每荐可五十金。不知约得几千金？至于暮夜为人鬻狱，如灭凌玄应军之类，又不知几千金。”万历皇帝凡是接到弹劾贪赃的奏章，一说到几千金，就感兴趣。但是这次汤显祖对杨文举的揭发，皇帝却不动声色。究其原因，是汤显祖不仅弹劾了辅臣和科臣，而且还带着讥讽口气，批评了皇帝，提出了四“可惜”。万历皇帝不是个傻瓜，甚至是个非常聪明的人。万历皇帝在位四十八年，是明代在位时间最长的皇帝。日理万机，要对付全天下的忠臣、奸臣、状元、进士、全国大大小小的各级官吏、能臣武将，没有超人的处事能力，是不能对付这些的。对奏章一看即明白，对廷对一听就知道。而且要当即表态。没有超人的聪明，也是不能对付这些的。对汤显祖的《疏》，如果承认是对的，就要罢免这几个辅臣、科臣，就要对已经处分过的丁此吕、万国钦、饶伸等平反昭雪。这样一来，万历皇帝面临着选择，孰轻孰重，即使是愚笨的人也会选择贬谪汤显祖，庇佑被弹劾的辅臣、科臣。因为辅臣科臣，是为皇帝办事的人。所以，《明神宗实录》上记载：万历十九年四月二十五日庚申，汤显祖“因星变陈言劾辅臣申时行欺蔽，吏科给事中杨文举经理荒政，受贿多赃，礼科给事中胡汝宁一虾蟆给事事，皆党护，诏切责之”。[①]

万历十九年（1591年）五月丁卯初三，万历皇帝“谕内阁，……前万国钦揑诬诋辱，朕念系言官，已薄罚了。汤显祖以南部为散局，不遂己志，故假借国事攻击元辅。本当重究，姑从轻处了。卿等可说与元辅，不必以浮言介意。卿等俱安心供职。还着鸿胪寺传示元辅，即出办事，勿负朕意。”[②]这道圣旨，一是指出了汤显祖上疏是“不遂己志，故假借国事攻击元辅”，是“浮言”。二是安慰了元辅诸臣，不必“介意”，“即出办事，勿负朕意”。三是“本当重究，姑从轻处了”这句话，好像语意不连贯，为什么“姑从轻处了”？我查找了好多文献，百思不得其解。当我看到曾任万历朝礼部尚书于慎行的《谷山笔麈》中所说的这段话：“今上在御日久，习知人情，每见台谏条陈，即曰：‘此套子也。’即有直言激切，指斥乘舆，有时全不动怒，曰：‘此不过欲沽名尔，若重处之，适以成其名。’”[③]真是茅塞顿开，喜出望外！原来万历皇帝如果重究汤显祖，是怕汤显祖“适以成其名”。由此可见万历皇帝何等小气！所以圣旨就说汤显祖的上疏是“浮言”，是汤显祖为了“沽名”，我偏偏不给你成名的机会，因此“姑从轻处了”。四是，汤显祖在《疏》中，不仅仅弹劾了

① 《大明神宗显皇帝实录》卷235。

② 《大明神宗显皇帝实录》卷236。

③ 于慎行：《谷山笔麈》卷五，第53页，中华书局，1984年6月第1版。

张居正、申时行、王锡爵等辅臣，弹劾了杨文举、胡汝宁等科臣，还直接把批判的矛头指向万历皇帝。本来，皇帝可以杀了汤显祖，但是怕汤显祖成名，很温柔地说是“从轻处了”，实际上汤显祖被贬徐闻典史添注，被贬到离北京八千里、离南京四千里。明代被贬两千里，是边远之地；被贬四千里，是边鄙之地；被贬八千里就是极边之地。这当然是仅次于杀头的“重究”了。因为那些为皇帝办事的辅臣、科臣，会理解皇帝旨意的。正如汤显祖的同年、亲家刘应秋在万历十八年（1590 年）《疏论首辅申时行》的上疏中所说：“辅臣者，天子所与托腹心者也。”[①]在汤显祖上疏不久，刘应秋在《与张洪阳先生》信中，为汤显祖说情：“顷者汤义仍复有大举。义仍慷慨之声，亦尝闻于先生矣。封事一出，传颂称快。庶几见奇露颖。唯是不腆口语，恐得过于乡邦长者。然屈私议而伸公论，或当平分功罪。先生以为何如也？”[②]刘应秋此信当写于汤显祖上疏后不久的万历十九年（1591 年）五月之后、汤显祖的处分还未明晰的万历十九年（1591 年）六月之前。刘应秋想通过张洪阳张位的关系，探听朝廷的消息。刘应秋盛赞汤显祖的《疏》“慷慨之声”、“封事一出，传颂称快”“见奇露颖”。“不腆口语，恐得过于乡邦长者”，“屈私议而伸公论，或当平分功罪”，也是为汤显祖开脱。汤显祖被贬徐闻典史添注，刘应秋写信安慰汤显祖：“徐闻在广为善地。此出陆太宰之意。作令者瑞郡人。聂惕吾谓有书先与言之。”[③]汤显祖没有考虑到这篇《疏》的严重后果，

---

① 《明史》卷 216，第 5709 页，中华书局，1974 年 4 月第 1 版。

② 刘应秋：《刘大司成集》卷 14，见毛效同编《汤显祖研究资料汇编》，第 213 页，上海古籍出版社，1986 年 9 月第 1 版。

③ 刘应秋：《刘大司成集》卷 14，见毛效同编《汤显祖研究资料汇编》，第 199 页，上海古籍出版社，1986 年 9 月第 1 版。

当然这也是汤显祖“意气慷慨”的表现，也是他“蹭蹬穷老”的根源。[①]

三

《明史》把汤显祖当作政治人物来写，而对汤显祖的诗文创作，尤其是“临川四梦”的传奇作品，竟无一字提及。这是不全面的，甚至是偏颇的。就此点而论，《明史·汤显祖传》不如钱谦益《列朝诗集小传·汤遂昌显祖》写得比较全面。钱谦益说：汤显祖“为郎时，排击执政，祸且不测，诒书友人曰：‘乘兴偶发一疏，不知当事何以处我？’”[②]汤显祖《答张起潜先生》：“睹时事，上疏一通，或曰上震怒甚。今待罪三月不下，弟子不精不神，盖可知矣。”[③]这里的“一疏”，“上疏一通”，说的就是这篇《论辅臣科臣疏》。

如果说十几年前拒绝张居正的拉拢，汤显祖付出的是四次考进士不中的功名；这次上疏，汤显祖几乎是付出了极其沉重的政治代价。汤显祖后来的人生走向，也是以此为重要转折点。

当年拒绝大学士张居正的拉拢，汤显祖显示了文人的骨气；之后又拒绝了王锡爵、申时行的拉拢，也不失读书人的气节。当年“江陵将以鼎甲畀其子，罗海内名士以张之。命诸郎因其叔延致两生。义仍独谢弗往，而君典遂与江陵子懋修偕及第。又六年癸未，与吴门、蒲州二相子，同举进士。二相使其子召致门下，亦谢弗往也。”[④]这次上疏，汤显祖虽然

① 《明史》卷230，中华书局，第6016页，1974年4月第1版。
② 钱谦益：《列朝诗集小传》，第562~564页，上海古籍出版社，1983年10月新1版。
③ 《汤显祖全集》，第1321页，北京古籍出版社，1999年1月第1版。
④ 钱谦益：《列朝诗集小传》，第562~563页，上海古籍出版社，1983年10月新1版。

勇气可嘉，但也许汤显祖低估了朝中形势，看轻了申时行、王锡爵、许国、杨巍等的实力。实际上，被汤显祖弹劾的辅臣科臣，即使是张居正死了近十年了，但是还活着、还仍然是大学士的申时行、王锡爵、许国等，不仅没有在当时受到处分，反而是使汤显祖受到了被贬徐闻典史三年的处分。三年后“量移”浙江遂昌，当了五年县令之后被罢官，万历三十年（1602 年）被褫去官籍。[①]

汤显祖自己以为，写了一篇上疏，得到被贬三年徐闻典史的处分，两者相抵，就是犯罪归零了。这只是我们和汤显祖一厢情愿的想法。我们和汤显祖一样的心情，但愿就是一切都过去了，一切都可以重新开始了 。其实，现实是做不到归零，现实是无法靠想象的。汤显祖上疏弹劾的王锡爵，直到万历三十九年（1611 年）才死去。申时行也在朝中当政。杨巍后来还当了吏部尚书。这几个人，都对汤显祖的宦途直接起到阻碍作用。人还在，官也在。汤显祖不会忘记。这些人也不会忘记。如被判刑者，某人犯法了，判刑了，几年之后出狱了。那么这个人原来犯罪的事，是否就是没有一点影响了？可以说也是一辈子抹不掉的污点。汤显祖也是这样。大家看，汤显祖上疏，在徐闻，在遂昌，不是一辈子都被写在不同人所作的传记里吗？

张居正，《明史》卷 230 有传。《传赞》：“张居正通识时变，勇于任事。神宗初政，起衰振隳，不可谓非干济才。而威柄之操，几于震主，卒致祸发身后。《书》曰‘臣罔以宠利居成功’，可弗戒哉。”[②] 汤显祖和张居正，几乎没有交接。但是，张居正之子考取进士之前，通过张居正的弟弟、

---

① 刘世杰：《汤显祖被贬徐闻典史时间考略》，《中国社会科学报》，2014 年 10 月 31 日；刘世杰：《汤显祖量移遂昌县令时间考》，《甘肃社会科学》，2015 年第 5 期。

② 《明史》，第 5653 页，中华书局，1974 年 4 月第 1 版。

王篆等人拉拢汤显祖。汤显祖“不敢以失处子之身”，予以拒绝。

张居正父丧回江陵，皇帝“戒次辅吕调阳等‘有大事毋得专决，驰驿之江陵，听张先生处分’。居正请广内阁员，诏即令居正推。居正因推礼部尚书马自强、吏部右侍郎申时行入阁。自强素迕居正，不自意得之，颇德居正，而时行与四维皆自昵于居正，居正乃安意去。”[①] 张居正“未几，丁父忧。帝遣司礼中官慰问，视粥药，止哭，络绎道路，三宫赙赠甚厚。户部侍郎李幼孜欲媚居正，倡夺情议，居正惑之。冯保亦固留居正。诸翰林王锡爵、张位、赵志皋、吴中行、赵用贤、习孔教、沈懋学辈皆以为不可，弗听。吏部尚书张瀚以持慰留旨，被逐去。御史曾士楚、给事中陈三谟等遂交章请留。中行、用贤及员外郎艾穆、主事沈思孝、进士邹元标相继争之。皆坐廷杖，谪斥有差。时彗星从东南方起，长亘天。人情汹汹，指目居正，至悬谤书通衢。帝诏谕群臣，再及者诛无赦，谤乃已。”[②]

张居正的老爹去世，按规定要守制三年。张居正不愿意守制，也就是不愿意放弃手握的权力。正好，户部侍郎李幼孜想献媚于张居正，就提出“夺情”的倡议。一些稍有正义感的官员，就劝说张居正“守制”，一些欲媚张居正者就支持“夺情”，张居正本来不想放弃权力。是“守制”还是“夺情”，形成了泾渭分明的两大阵营。张居正也可以以此来划分敌友。后来的朝廷形势的发展，以张居正“夺情派”占了上风，“守制派”得到了清洗和打击。

汤显祖参加进士考试，《宣城令姜公去思记》：“令朝京师，会余上试。令故江陵相弟子师也。不数日，江陵弟子介令候余，余谢不敢当。”

① 《明史》，第 5648 页，中华书局，1974 年 4 月第 1 版。
② 《明史》，第 5647 页，中华书局，1974 年 4 月第 1 版。

《答姜守冲公子》:“不佞弱冠时，庚午（己卯）冬，同令先公春试同旅舍，对窗扉而卧，先晨起者，必拊背而笑。时王郑二君子在焉。以后道义风期，常相切厉。访之宣城，张青野在焉。”蒋星煜先生认为，“一般认为，这个张青野是湖北江陵人，也很可能就是来为张居正充当说客的使者。……但也有人认为是王篆和张懋修相互配合而进行活动的，也有人认为是由太平府知府龙宗武作为中间人而向汤显祖拉拢的。”[①]第一个为汤显祖作传记的邹迪光《汤义仍先生传》:“丁丑会试，江陵公属其私人啖以巍甲而不应。庚辰，江陵子懋修与其乡之人王篆来结纳，复啖以巍甲而亦不应，曰‘吾不敢以处女子失身也。’……而时相蒲州、苏州两公其子皆中进士，皆公同年友也。意欲要之入幕，酬以馆选。而公率不应，亦如其所以拒江陵时者。”[②]钱谦益《汤遂昌显祖小传》:“尝下第，与宣城沈君典簿芜阴，客于郡丞龙宗武。江陵有叔，亦以举子客宗武，交相得也。万历丁丑，江陵方专国，从容问其叔，‘公车中颇知有雄骏君子如晁、贾其人者乎？’曰:‘无逾于汤、沈两生者矣。’江陵将以鼎甲畀其子，罗海内名士以张之。命诸郎因其叔延致两生。义仍独谢弗往。而君典遂与江陵子懋修偕及第。又六年癸未，与吴门、蒲州二相子，同举进士。二相使其子招致门下，亦谢弗往也。”[③]赵吉士《寄园寄所寄》卷六转引《抡元・卜录》:“状元榜眼俱姓张，未必文星照楚邦。若是师相坚不去，六郎还作探花郎。”这些文献，可以雄辩地证明，张居正为自己的儿子们中进士，费了心机，但是压制汤显祖就有点让人扼腕气愤了。

① 蒋星煜:《汤显祖对张居正之认识及其在剧作中的曲折反映》,《汤显祖研究论文集》,江西省文学艺术研究所编，第133~134页，中国戏剧出版社，1984年5月第1版。

② 毛效同:《汤显祖研究资料汇编》,第81页，上海古籍出版社，1986年9月第1版。

③ 钱谦益:《列朝诗集小传》,第562~563页，上海古籍出版社，1983年10月新1版。

申时行，《明史》卷218有传。“时行以文字受知张居正，蕴藉不立崖异，居正安之。……时行为首辅。余有丁、许国、王锡爵、王家屏先后同居政府，无嫌猜。而言路为居正所遏，至是方发舒。以居正素昵时行，不能无讽刺。时行外示博大能容人，心故弗善也。……”[①]汤显祖《疏》说“后十年之政，时行柔而有欲，又以群私人，靡然坏之”，申时行当然仇恨在心。汤显祖把申时行和张居正对比，张居正死去近十年，是死老虎；而申时行是首辅大学士，是炙手可热的活老虎。虽然申时行在万历十九年“三月加太傅，九月致仕”，[②]但是直到万历四十二年（1614年），“时行年八十，帝遣行人存问。诏书到门而卒。”[③]而申时行的儿子申用懋，和汤显祖是同年，“累官兵部职方郎中。神宗擢太仆少卿，仍视职方事。再迁右佥都御史，巡抚顺天。”[④]汤显祖曾经与申用懋有过书信联系，估计不会为汤显祖说半句好话。汤显祖上疏后贬谪徐闻，刘应秋说是“徐闻在广为善地。此出陆太宰之意。作令者瑞郡人。”[⑤]也许也有申时行的作用，陆光祖的主意不会不征得首辅申时行的同意。申时行致仕后，申用懋一路升迁，汤显祖一路坎坷。

王锡爵，《明史》卷218有传。“时时行为首辅，许国次之，三人皆南畿人，而锡爵与时行同举会试，且同郡，政府相得甚。然时行柔和，而锡爵性刚负气。十六年，子衡举顺天试第一，郎官高桂、饶伸论之。锡爵连章辨讦，语过忿，伸坐下诏狱除名。桂谪边方。”[⑥]万历十九年（1591

---

①《明史》卷218，第5747~5748页，中华书局，1974年4月第1版。

②《明史》卷110，第3370页，中华书局，1974年4月第1版。

③《明史》卷218，第5750页，中华书局，1974年4月第1版。

④《明史》卷218，第5750页，中华书局，1974年4月第1版。

⑤毛效同：《汤显祖研究资料汇编》，第199页，上海古籍出版社，1986年9月第1版。

⑥《明史》卷218，第5751页，中华书局，1974年4月第1版。

年）六月，王锡爵“六月归省”。[①] 王锡爵也应是在参与处分汤显祖之后而归。王锡爵万历二十一年（1593 年）“正月还朝”[②]，万历二十二年（1594 年）“二月晋少傅兼太子太保吏部尚书建极殿大学士。五月致仕”。[③] 汤显祖《疏》因为说到饶伸弹劾王衡顺天乡试的事，王锡爵会记仇一辈子。加上刘应秋万历十八（1590 年）年弹劾王锡爵，王锡爵肯定知道刘应秋和汤显祖的关系，在对待汤显祖的问题上，一直抓着不放。虽然王锡爵致仕离开朝廷，但是到了万历三十年（1602 年）汤显祖被褫夺官籍，还是由于王锡爵这位“故相”的“揭”的作用。汤显祖《赵仲一乡行录序》：“又三年计，而温中丞出故相揭袖中曰：‘遂昌有言，宜遂其高尚。’”[④] 可以说，王锡爵对于汤显祖的宦海浮沉，起到了极大的反作用，主要原因，根子还是出在汤显祖的这篇《疏》上。王锡爵生于嘉靖十三年（1534 年）甲午七月二十一日，[⑤] 汤显祖生于嘉靖二十九年（1550 年）八月十四日，[⑥] 大于汤显祖十六岁。王锡爵明嘉靖四十一年（1562 年）榜眼，[⑦] 汤显祖万历十一年（1583 年）三甲 211 人，[⑧] 中进士晚了 21 年。王锡爵卒于万历三十八年（1610 年）三月，[⑨] 汤显祖卒于万历四十四年（1616 年）六月

---

①《明史》卷 218，第 3370 页，中华书局，1974 年 4 月第 1 版。

②《明史》卷 218，第 3370 页，中华书局，1974 年 4 月第 1 版。

③《明史》卷 218，第 3371 页，中华书局，1974 年 4 月第 1 版。

④《汤显祖全集》，第 1095 页，北京古籍出版社，1999 年 1 月第 1 版。

⑤ 朱寿彭：《古今人生日考》，第 114 页，北京图书馆出版社，2002 年 4 月第 1 版。

⑥ 朱寿彭：《古今人生日考》，第 127 页，北京图书馆出版社，2002 年 4 月第 1 版。

⑦ 朱保炯，谢沛霖：《明清进士题名碑录索引》，第 327 页，上海古籍出版社，1979 年 10 月第 1 版。

⑧ 朱保炯，谢沛霖：《明清进士题名碑录索引》，第 1168 页，上海古籍出版社，1979 年 10 月第 1 版。

⑨《明史》本传作“三十五年，廷推阁臣。帝既用于慎行、叶向高、李廷机，还念锡爵，特加少保，遣官召之。三辞，不允。时言官方厉锋气，锡爵进密揭力诋，中有‘上于章奏一概留中，特鄙夷之如禽鸟之音’等语。……又三年，卒于家，年七十七。”

十六日。[①] 王锡爵早死六年。笔者不厌其详地考证列举上面这几个数据，意在说明，汤显祖上《疏》之后，在仕途上，王锡爵几乎干扰了汤显祖仕途的下半生。王锡爵的为人，正如万历三十五年（1607 年）秋天姜士昌上疏所言："且一贯之用，由王锡爵所推毂。今一贯去，以锡爵代首揆，是一贯未尝去也。锡爵素有重名，非一贯比。然器量褊狭，嫉善如仇。"[②] 这就说明，汤显祖上《疏》，牵扯到王锡爵，王锡爵不会放过汤显祖。王锡爵虽然致仕了，但是后继大学士者，如沈一贯等也不会放过汤显祖。

许国，《明史》卷 219 有传。传中说："登嘉靖四十四年进士。……（万历）十一年四月以礼部尚书兼东阁大学士入参机务。国与首辅申时行善。……十七年，……（饶）伸方攻大学士王锡爵，公议益不直国。国性木强，遇事辄发。数与言者为难，无大臣度，以故士论不附。……国在阁九年，廉慎自守，故累遭攻击，不能被以污名。"[③] 许国"与首辅申时行善"，"饶伸方攻大学士王锡爵，公议益不直国"，这就说明许国和申时行、王锡爵是站在一起的辅臣之一。万历十九年四月，汤显祖《疏》中也提到了许国，许国当然不会高兴，也当然不会替汤显祖说话。这是没有什么问题的。万历十九年（1591 年）九月，许国致仕，[④] 也是在处分汤显祖之后才致仕的。

李世达，《明史》卷 220 有传。传中说："李世达，……嘉靖三十五年进士。"[⑤]《明史・七卿年表》载：李世达万历十五年六月任刑部尚书，万

---

① 徐朔方：《汤显祖年谱》，第 187 页，上海古籍出版社，1980 年 5 月第 1 版。
② 《明史》卷 230，第 6021 页，中华书局，1974 年 4 月第 1 版。
③ 《明史》卷 230，第 5773~5774 页，中华书局，1974 年 4 月第 1 版。
④ 《明史》卷 110，第 3370 页，中华书局，1974 年 4 月第 1 版。
⑤ 《明史》卷 220，第 5795~5796 页，中华书局，1974 年 4 月第 1 版。

历十九年五月任都御史。[①] 汤显祖在《疏》中，建议皇帝，“而别谕都御史李世达等，谨守宪令，简涤诸道御史，务令在内言事，在外宣风。一意远贿触邪，以回依阿沓冗之象。”汤显祖这种口气，是在教导皇帝，让皇帝给都御史李世达等下圣旨，皇帝当然不会听从汤显祖的谏议，李世达等人当然也不会满意的。言外之意，是说李世达等人没有谨守法令，也没有言事和宣风，甚至没有远贿触邪，倒是有依阿沓冗之象。

杨巍，《明史》卷 225 有传。杨巍，山东海丰人，嘉靖二十六年（1547 年）三甲 121 人进士。[②] 本传中说：“除武进知县。擢兵科给事中。操江佥都御史史褒善已迁大理卿，巍言：‘东南倭患方剧，参赞、巡抚俱论罪，褒善独幸免，又夤缘美迁，请并吏部罚治。’帝怒，停选司俸，还褒善故官。”[③]

胡汝宁，江西南充人，明万历二年（1574 年）三甲 210 人进士。[④] 杨文举，四川南充人，明万历五年（1577 年）三甲 25 人进士。[⑤]《明神宗实录》载：万历十九年四月二十五日，“南京刑部主事汤显祖因星变陈言，劾辅臣申时行欺蔽，吏科给事中杨文举经理荒政受贿多赃，礼科给事中胡汝宁一虾蟆给事，皆辅臣党护，诏切责之。”[⑥] 汤显祖揭发弹劾科臣胡汝宁、杨文举，当时两人没有受到处分，直到万历二十一年（1593 年）二月，胡汝宁、杨文举才被罢官。《明神宗实录》：“万历二十一年二月丙戌

---

① 《明史》卷 112，第 3478~3479 页，中华书局，1974 年 4 月第 1 版。

② 朱保炯、谢沛霖：《明清进士题名碑录索引》，第 1688 页，上海古籍出版社，1979 年 10 月第 1 版。

③ 《明史》卷 225，第 5916~5918 页，中华书局，1974 年 4 月第 1 版。

④ 朱保炯，谢沛霖：《明清进士题名碑录索引》，第 1136 页，上海古籍出版社，1979 年 10 月第 1 版。

⑤ 朱保炯，谢沛霖：《明清进士题名碑录索引》，第 1653 页，上海古籍出版社，1979 年 10 月第 1 版。

⑥ 《大明神宗显皇帝实录》卷 235。

朔，吏部考察各官。罢少卿郑有年、徐泰时、寺丞赫瀛、苏酇、都给事中杨文举、胡汝宁、郎中余继善及参政副使佥事陆梦熊、马鲁卿、吴谦、孙玄、马玉麟、蔡系周、杜业、周文卿等，其余降调有差。”[①] 为什么是这个结果？因为胡汝宁和杨文举有后台，他们俩的后台是申时行、王锡爵等。申时行、王锡爵等辅臣的总后台是皇帝。当后台不满意的时候，当然就要把胡汝宁、杨文举等下级官员们罚俸、降级、贬官、罢官或杀头、抄家；当总后台不满意的时候，对待原来的辅臣们也是一样。只要后台在，就可以继续混下去；只要总后台满意，也可以继续混下去。官官相卫，官官有牵连。总根子在于总后台。这就是中国封建社会“官员—科臣—辅臣—皇帝”的链条。

汤显祖此《疏》，像机关枪一样，对准申时行等辅臣和科臣，一阵猛烈扫射，痛快淋漓，义正辞严。汤显祖在《疏》的最后，还特别为陛下“四可惜”，引起皇帝震怒，汤显祖自己感到“顾弟子意气，时尚有之，不似往时辄发。睹时事，上疏一通，或曰上震怒甚，今待罪三月不下。弟子不精不神，盖可知矣。”[②] 汤显祖出于对申时行等辅臣科臣的愤怒，毅然上疏，应该说是非常正确的，代表了正义和公道，但是，这次上疏也给汤显祖一个深刻的教训。为什么汤显祖再也没有第二封上疏？因为汤显祖逐渐走向成熟了。汤显祖经过这次人生转折的大难，再也不会贸然上疏了。但是，汤显祖是不会沉默的。汤显祖会以另外的形式，如“赋”“诗”“文”“书”“传奇”等形式，抒发自己的块垒，特别是《感宦籍赋》和“临川四梦”等，就是汤显祖对官场、对爱情、对人生、对社会的深刻思考的结晶。

---

①《大明神宗显皇帝实录》卷 257。

②《汤显祖全集》《答张起潜先生》，第 1321 页，北京古籍出版社，1999 年 1 月第 1 版。

关于《牡丹亭》的几点疑问

王　强

自从昆曲被联合国教科文组织定为“人类口述和非物质遗产代表作”以后，昆曲受到了极大的重视。此时，我们发现在中国戏曲数百年来的众多剧目中，有一部作品倍受中外艺术家和评论家的肯定。它就是《牡丹亭》！近几年来，应该说这部作品被重排、搬演的版本数量最高，演出场次也最多，我们不由得要问，是什么使得它在当今昆曲中的重要性能够远远离于“四大名剧 ”或“十大悲剧、喜剧”中的其他作品呢？甚至我们可以质疑，《牡丹亭》真的具有其他作品所无法企及的价值吗？抑或是人们关注的焦点，仅仅是这部当年被禁演的“淫戏”中的情色内容？

要解释这些问题，还是让我们从对《牡丹亭》的疑问开始吧！

一、关于《牡丹亭》的疑问

对于《牡丹亭》这部作品，以前我们似乎没有太多疑问。多年来大家几乎已经对它的定位形成了共识。借用周先慔先生的一段话，就是："《牡丹亭》以青年男女的爱情为题材，却不以表现男女性爱为目的。它通过杜丽娘和柳梦梅由梦生情、因情而死、死而复生、终得团圆的曲折过程，歌颂了青年男女真挚的爱情和对自由幸福生活的执着追求，揭尽和批判了封建礼教的残酷和罪恶，表现了丰富的社会内容，跳动着时代的脉搏。鲜明而强烈的反封建精神，根植于历史和现实的土堆之中，是《牡丹亭》艺术生命的根本所在"

但是，如今我们重读《牡丹事》会发现，就上述这些定论，我们仍然将产生很多疑问。

疑问一:《牡丹亭》是"淫戏"吗?

我们提出这个疑问时，也许很多朋友会说：前面的定论中不是已经很好地解答了这个问题吗，的确，在我们的习惯思维中，似乎已经解答了这个疑问。不过还是让我们重读一下《惊梦》一折中的片段吧！

"……（睡介，梦生介。生持柳枝上）莺逢日暖歌声清，人遇风情笑口开。一径落花随水入，今朝阮幸到天台。"小生顺路儿跟着杜小姐回来，怎生不见？（回看介）呀，小姐，小姐（旦作惊起介，相见介。生）小生那一处不寻访小姐来，却在这里！（旦作抖视不语介。生）恰好花园内，折取垂柳半枝。姐姐，你既淹通书史，可作诗以赏此柳枝乎？（旦作惊喜，欲言又止介，背想）这生素昧平生，何因到此？（生笑介）小姐，咱爱杀你哩！【山桃红】则为你如花美眷，似水流年，是答儿闲寻遍。在幽闺自怜。小姐，和你那答儿讲话去。（旦作含笑不行，生作牵衣介。（旦低问）哪边去？（生）转过这芍药栏前，紧靠着湖山石边。（旦低问）秀才，去怎的？（生低答）和你把领扣松，衣带宽、袖梢儿揾着牙儿苫也，则待你忍耐温存一晌眠。（旦作羞，生前抱，旦推介。合）是哪处曾相见？相看俨然。早难道这好处相逢无一言？（生强抱旦下）……"

从剧本的这一小段中，我们可以看到，其实把这部戏定为"淫戏"的根本原因之一就在这里。我们发现，在我们最为称道的《惊梦》一折中，杜丽娘和柳梦梅的第一次梦中相见，就发生了所谓"淫乱"。那么，我们最需要解决的问题就是，他们是因情而乱，还是无情而乱。应该说一般情况下，"情"是我们区分"爱情"与"淫乱"的重要的标尺。可惜的是，我们在这一折戏中，并未看到什么真挚情感的表露。两人见面只是"素昧平生"，而柳梦梅直接地就说出了"咱爱杀你哩"的话来。接下来，柳梦梅便邀请杜丽娘"那答儿说话"。这不是很直接吗？随后，杜丽娘的"哪边去？"也带有很强的挑逗意味。柳梦梅的回话是"转过这芍药栏前，紧靠着湖山石边。"而杜丽娘仍然没有拒绝，而进一步挑逗"去怎的？"。接下来，二人不谋而合，直接便是"和你把领扣松，衣带宽，袖梢儿揾若牙儿苫也，则待你忍耐温存一晌眠。是哪处曾相见？相看俨然。早难道这好处相逢无一言？"

即便用我们现代的观点来看，这似乎仍然是非常迅速的，无法看出有什么情感的交流，更何况那是在那样礼教盛行的年代。我们可以看到，在被同样定为“淫戏”的《西厢记》中，张生与崔莺莺的“待月西厢”可是经历了众多曲折的。但在《牡丹亭》中，我们根本看不到什么曲折、艰难。即便我们理解这是“一见钟情”，那也不应该当下就“温存一晌眠”啊。这种不描写相爱过程的手法，难道汤显祖没有思考过？他为什么选择这样的写法呢？这不得不让我们深思。

疑问二:《牡丹亭》中的杜丽娘具有反抗性格吗?

前面，周先懊先生已经提到了《牡丹亭》的反抗精神。余秋雨先生也曾经说：“汤显祖以极大的热情刻画了杜丽娘的反抗性格，赞颂了她执着地追求个性自由和爱情理想的斗争精神”。可是，我们回到剧本中，便会发现问题。请看《训女》《闺塾》两出。杜丽娘在其父杜宝苛严的家法管教下，没有丝毫反抗，总是逆来顺受。即使在仅仅因为“打眠”便受到责骂时，也没有反抗，而是赶紧承认错误，并保证“从今后茶余饭饱破工夫，玉镜台前插架书”。而当杜丽娘面对腐儒陈最良所解释的《诗经》已经失去兴趣，表示“依注解书，学生自会”，并请陈最良“但把《诗经》大意，敷演一番”之后，她并没有得到想要的解释。不过杜丽娘并未表现出不屑或反感，而是在知道师母六十大寿的时候，还非常礼貌地表示“学生待绣对鞋儿上寿，请个样儿”。在丫环春香对陈最良表现了极度的反感，甚至耻笑、捉弄老先生时，杜丽娘对她的“严加责罚”，也表现出她并不是那种具有反抗精神的女性。最终，《悼殇》一折中，杜丽娘因梦生情，因情得病，因病致死之前，也没有反抗家庭和社会，未对父母、社会有丝毫的怨恨，而是郁郁而终。即使到了后来，杜丽娘还魂后，她仍然是遵从了理教的仪式，最终求得父母、社会的承认。

而且她那些违背礼教的事情，都是在梦中或死后做下的，并不破坏她在现实社会中的形象。这样一个完全符合礼教要求的完美女性，怎么会是具有“斗争精神”和“反抗意识”的女性形象呢？

基于以上两个疑问，我们便又会衍生出一系列的问题：如果以上疑问存在的话，那么《牡丹亭》的艺术价值还有那么高吗？《牡丹亭》为什么能与莎士比亚相提并论，被称为中国人文主义的代表呢？《牡丹亭》的价值到底在哪？

要回答以上这些问题，我们还要从剧本出发，从它的梦境出发，清晰地分析作者的本意！

二、释梦

徐朔方老先生对于《牡丹亭》曾有这样的评价：“以《牡丹亭》和不同文学形式的文学名著《三国》《水浒》做比较，不是徒劳地要在它们之间强分高下。不管偏爱《牡丹亭》到何种地步，我看它的艺术成就和社会意义都比不上《三国》《水浒》。同是戏曲的《西厢记》，它作为文学遗产，曾使《牡丹亭》得益很多。它在艺术上的完美程度，它的文学语言优美而不艰深，易位而不平庸，这些都是《牡丹亭》所不及的。但是就典型环境中的典型人物杜丽娘的个性化而言，《牡丹亭》超出它的先行者而得到划时代的伟大成就。它是中国式的准文艺复兴的第一部巨著。”

徐朔方老先生这么说是有道理的，特别是最后肯定了《牡丹亭》的人文主义价值的观点尤其值得称道。而且他点出了剧中最大的亮点——杜丽娘的人物塑造。《牡丹亭》与其他戏曲作品相比，最大的价值应该说是杜丽娘这个人物的塑造。从这个人物的身上，我们可以看到作者展现的对于人的终极关怀。但我并不十分赞同徐朔方老先生前面的观点。我倒觉得《牡丹亭》的社会意义、艺术成就并不比《三国》《水浒》差。之所以这么说，也是基于其人文主义的光芒。难道人文主义作品就没有足够的社会价值和艺术成就？我们仅仅看看《牡丹亭》中的梦境设置，就足以体会它的价值。

汤显祖为了给这个梦境做铺垫，前面便设置了非常重要的两出戏：《训女》和《闺塾》。在这两出戏中，我们前面讲到，杜丽娘受到封建家庭的严格管制却没有丝毫反抗，而且一味严守着封建的道德礼教。正是这个我们看来几近完美的女性形象，突然有一天来到那座被遗忘的花园，看到了那充满哀愁的美景——“原来姹紫嫣红开遍，似这般都付与断井颓垣。良辰美景奈何天，赏心乐事谁家院！……朝飞暮卷，云霞翠轩；雨丝风片，烟波画船……锦屏人忒看的这韶光贱！”

一个严守理教的大家闺秀，在这一瞬间从败落的花园中看到了自己的人生写照，感受到了自己沉静外表下那颗充满热情的跳动着的心。感伤、哀怨，无尽的思绪涌上了心头。于是在这种特定的情境下，这个静若止水的女性，梦到了自己都无法想象的那个场景！于是才有了《惊梦》！

余秋雨先生这样评价这个梦境：“……汤显祖特意设置梦而死、死而生的情节，为了表现一种能够超越生死的‘至情’。这种‘至情’既然不在乎形骸，因此即便在梦中也能是真实的。希望仅仅以“理”来穷尽人世之事是不可能的，在‘理’所归纳不了、解释不了的地方，还有‘情’在活动。”正是有了这个特意设置的梦境，《牡丹亭》才具有人文主义的特质。

我们知道，人在梦境中的思绪是不受自己理性控制的，也可以被称为最本性和本真的状态。此时杜丽娘的梦境中，她与柳梦梅的相遇与结合是那么的被理性世界所不能接受，甚至连她自己都不敢相信。但最终，她发现，这个梦境中的她才是真实的杜丽娘。可是一旦她回到现实社会，她仍然延续着那个严守礼教的大家闺秀。当她被母亲从梦中唤醒时，她重新回到了理性社会的禁锢当中："（旦作醒，叫秀才介）咳也。（老旦）孩儿怎的来？（旦作惊起介）奶奶到此！（老旦）我儿，何不做些针指，或观玩书史，舒展情怀？因何昼寝于此？（旦）孩儿适花园中闲玩，忽值春暄恼人，故此回房。无可消遣，不觉困倦少息。有失迎接，望母亲恕儿之罪。（老旦）孩儿，这后花园中冷静，少去闲行。（旦）领母亲严命。"这梦中一惊看似平常，却向我们展现了两个完全不同的杜丽娘的形象——一个冷若寒冰，一个却热情似火！正是这理性与本性的巨大反差，让我们看到了每一个人（包括我们自己）在这个理性世界中生活的痛苦与压抑。杜丽娘也是在这种极度的矛盾心理的驱使下，重新回到了牡丹亭边，重寻梦境。在《寻梦》一出中，杜丽娘唱出了她内心的真实感受："似这般花花草草由人恋，生生死死随人愿，便酸酸楚楚无人怨"。此时我们已经能够通过杜丽娘的曲词，清晰地读懂了她真实的内心。在认识到两个完全不同的自己以后，杜丽娘深切地感受到，更愿意成为那个梦中的自己——那个抛开了理性世界所有束缚的，充满激情的女性！

汤显祖在《牡丹亭记题辞》中说："天下女子有情，宁有如杜丽娘者乎！梦其人即病，病即弥连，至于手画形容，传于世而后死。死三年矣，复能溟莫中求得其所梦者而生。如丽娘者乃可谓之有情人耳。情不知所起，一往而深。生者可以死，死可以生。生而不可与死，死而不可复生者，皆非情之至也……嗜夫，人世之事，非人世所可尽，自非通人，恒以理相格耳。第云理之所必无，安知情之所比有邪！"汤显祖这段话，从一个完全的人本主义者的立场，宣扬了自己对“情”字的理解。他把“情”与“理”对立起来看待、分析，最终强调的是“至情”——一种能跨越生死，源于人类本性的真实！正是由于杜丽娘选择了这种“至情”，以至于她的生命的光辉已经不再仅仅照亮自己，而能启迪世人关注自身的价值。我觉得杜丽娘这个人物的塑造，已经不仅仅是单个人物的简单描摹，而是从整个人类的高度关注人的生存状态，具有极高的价值。汤显祖给我们展现的是他对我们生命与社会的思考，这便是人文主义的最高境界。由此我们便不难理解徐朔方老先生对《牡丹亭》人文主义的肯定了。

通过这些分析，我们也终于可以清晰地回答前面的疑问了。

首先，汤显祖情心设计的那场动人的梦境绝对不是情色的内容，而是为了让杜丽娘能够抛开所有现实生活中的理性约束，让我们看到真实的杜丽娘，也看到我们每个人真实的内心情感的价值。也许只有这种梦境的运用，才能让我们和杜丽娘一起，把自己完全释放开来，展现出真实的自我。其次，杜丽娘的不反抗社会、家庭，是因为反抗会让我们只能看到自己的一面，而忽略另外一面。如果杜丽娘还能够反抗的话，那我们对她生活中内心的那种压抑就不能更好地体会。

基于以上理解，我们便能明白，作为中国戏曲史上少有的，真正意义上的人文主义作家，汤显祖当然能够与莎士比亚比肩了。正是《牡丹亭》的这种人文主义的特质，使得它与其他古典戏曲作品相比更能接近现代人的思维方式，更能被现代人所接受。

汤显祖对当代作家的重大启示[①]

上海戏剧学院　上海艺术研究所　周锡山

【摘要】汤显祖及其文学作品对当代作家的重大启示：正确认识自己时代的政治、经济、社会和文化的状况，在作品中作正确的反映和评价，并永远满怀信心地随时愿意为国家的发展作出贡献。汤显祖的一生虽然历经坎坷，但是永不言败、积极向上的一生。他刻苦学习，博古通今；良师益友，终身为伴；忧国忧民，悲天悯人；几经挫折，达观洒脱；不怕挫折，致力创作。积极向上的人生态度是创作正确心态的基础；刻苦学习和全面继承传统文化、文学、艺术是创作成功的基础；青中年时期全心全意投入到创作实践，以及以上诸因素的综合，大器晚成，才能达到艺进乎道，补笔造化的最高创作境界，取得伟大辉煌

① 此文为“上海高校高峰高原学科建设计划”资助项目。

的艺术成就。

【关键词】忧国忧民　悲天悯人　达观洒脱　永不言败　勤奋创作　大器晚成　艺进乎道　补笔造化

汤显祖既是明代和中国文学艺术史上最杰出的戏曲作家之一，又是著名的诗人和八股文名家。汤显祖及其文学作品对当代作家有重大启示。

汤显祖对当代作家的重大启示是全方位的，从大的方面来说，可以分为三个方面，并可据此分为多个角度，显示其垂范后世的大师风范。今概述如下。

一、汤显祖对明代科举、政治的正确认识和正确应对

汤显祖和众多古代知识分子一样，自幼刻苦读书，立下报效国家大志，热切希望通过科举考试，进入仕途，实现“治国平天下”的宏大政治理想。汤显祖无疑是一位积极的政治活动家。

可是汤显祖所处的晚明，朝政黑暗，贪污横行，内忧外患严重。青年汤显祖看清这样的政治形势，他还是积极参加科举考试，希望发挥自己的才华，在政治上有大的作为，以求报国为民，甚至挽狂澜于既倒。

当时的执政张居正，澄清吏治，改进税制，兴修水利，增广财源，整饬武备，政绩卓越。汤显祖公正肯定张居正的治迹：“凡所以为天下者，刚柔而已。华亭徐公，以柔承肃祖之威而事治；江陵张公，以刚扶冲圣之哲，而事亦不可谓不治也。”[①] 对张居正的系列性政治、军事举措都

---

① 汤显祖:《张洪阳相公七十寿序》,《汤显祖集全编》第三册，第1430页，上海古籍出版社，2015。

是赞成、拥护的。例如张居正封贡来归附的俺答汗之孙把汉那吉，安抚俺答汗，有效改善了明朝与西部蒙古瓦剌的关系。汤显祖做诗盛赞："马骨和戎市，鱼鳞税户增。"[①]他在赠送兵部尚书、抗倭名将谭纶的《留别大司马（明清时兵部尚书的别称）谭公》一诗中，也说："圣代和戎赐玉钟，旗门人醉偃春风。"周育德先生正确指出："张居正死后，当时一片唾骂声将张居正全盘否定的时候，汤显祖却能对张居正作出比较公正的评价。对张居正当年实行过的积极措施，汤显祖仍在努力去实践。""汤显祖为官十五年中，自觉地从事的许多事情，都和张居正当年的正确举措有关。诸如整饬边防、清丈土地、整顿赋税等重大措施，汤显祖都是拥护的。"[②]

而在张居正生前，汤显祖两次参加会试，皆失败。此因他坚持洁身自好，拒绝当朝首辅张居正的笼络。张居正死后，汤显祖又拒绝相继为相的张四维、申时行的拉拢，失去考取庶吉士的机会，到南京任太常博士的闲职。接着又辞谢别人的荐举，放弃北京吏部供职的美缺。

晚明的科举考试总体上是非常公正的，所以权相张居正虽然行事强势，也顾忌舆论，拉拢汤显祖和沈懋学，并拟给以最高录取名次；后来的张四维、申时行，在政坛长袖善舞，他们留心青年人才，也不约而同地看中了汤显祖。可见张居正和张四维、申时行拉拢汤显祖，既识人才，也珍重人才。

在面对张居正和张四维、申时行的主动笼络之时，他不受诱惑，坚持科举公开考试的正途，不为名利所动是正确的，也是明智的。但是张居正、张四维和申时行都是卓有才华的名相，他们也有培育汤显祖的美

① 汤显祖：《壬申岁哭大行皇帝》，《汤显祖集全编》第一册，第109页，上海古籍出版社，2015。

② 周育德：《汤显祖和万历政界》，《汤显祖论稿》，第147页，上海古籍出版社，2015。

意，属于优秀人才之间惺惺相惜的性质。因此，汤显祖完全可以接受他们的“优惠”待遇，以便及早进入仕途的快车道，这样做并不单为个人名利，而是可以抓住机会发挥自己的才华，为国为民服务。但汤显祖却毅然拒绝了，这是他政治上成熟的一个表现：张居正、张四维和申时行在其进入权力顶峰之时，拉党结派，犯了古代政局中“结朋党”的大忌，失势或退休、去世后，其亲信必受清算，受其恩惠者有时反要遭殃。汤显祖是宋史专家，熟悉宋代历史，也肯定熟悉欧阳修的名文《朋党论》，对于朋党及其危害，有着高度警惕。事情的发展，果然是这个结果，张居正派系的官员，在张居正死后颇有人受到打击。因此，汤显祖的拒绝拉拢，不仅是坚持气节，更是一种深谋远虑。

面对权相特殊关照的美意，要经得起诱惑，是很不容易的。汤显祖不为所动，是难能可贵的。

尽管有一些舞弊行为，晚明的科举考试总体上是非常公正的。汤显祖正确估量当时的科举现实，并未对科举失去信心，他后来还是认真应举，并考取进士。但他考取进士时，已经三十四岁了。

汤显祖《论辅臣科臣疏》批评权相申时行“后十年之政，时行柔而有欲，又以群私人靡然坏之”，任用私人、横行不法、贿赂公行。汤显祖上疏仅四个月后，首相申时行即辞职，另两名辅相，一辞职，一告假还乡，包括汤显祖在内的清议派坚持斗争还是有效果的。

汤显祖于万历二十六年（1598 年）主动弃官回家。三年后，吏部考察给他“浮躁”的罪名，正式将他免职。人生的岁月有限，汤显祖看到自己在当时的政治形势下难以作为，就毅然辞官，珍惜光阴，可以全身心地投入到创作中去。

晚明的政治和社会，不能评价为一片漆黑，更不能笼统地贬为没落的腐败社会。晚明政治既有黑暗的一面，更有身处朝野的广大清流知识分子维护朝廷和社会正义的一面。汤显祖正确认识当时的政治形势，看到朝中众多言官敢于直言、献计，维护正义和公正。汤显祖自己也积极参政议政。汤显祖和当时坚持正义和公正的言官、清廉的地方官，以及晚明众多才华杰出的官员，例如戚继光、袁崇焕等，汇集成一股正义的力量，是晚明政治得以继续运转、经济和文化高度发展和繁荣的基石之一。

作家必须正确认识自己的时代，正确认识自己时代的政治、经济、社会和文化的状况，并给以正确的评价。能够在作品中对所处的社会作正确的反映和评价，并永远满怀信心地为国家的发展作出自己力所能及的贡献，鞠躬尽瘁，死而后已，汤显祖就是这么一个光辉的榜样。

二、汤显祖的积极人生态度

汤显祖的一生是积极向上的一生。

第一，他刻苦学习，博古通今。

汤显祖自幼刻苦读书，当时读书人首先要精读、熟读、背诵、反复理解的是“四书”。朱熹启示人们“四书”的学习次序是《大学》《论语》《孟子》《中庸》。

《大学》培养青少年如何做人、如何与人交往的诚意正心原则。《论语》教导政治、道德、处世、处事的智慧和原则、方法；仁（爱人即关怀别人、利他精神等）与礼（社会秩序、伦理关系等）的本质、用意和关系，许多具体的学习、梳理、处理人生难题的事例，教人如何操作这些原则。《孟子》教导人们如何修身养性，善养吾浩然之气；如何克服个人的欲望和利益，为将来做大事而备尝艰辛，“天将降大任于斯人也”，坚持善的初心，坚持仁义礼智；也有人生和事业中必遇的两难选择的原则，“鱼我所欲也，熊掌亦我所欲也”，智者是“舍鱼而取熊掌者也”。更有君、臣关系、国（社稷）、民关系的正确认识。《中庸》则进入高深的人生和宇宙境界，让我们的视野遍及家庭、社会、国家到天地之间，遍及天地人之间，甚至到鬼神，教导我们懂得和理解天道、性命，兼及鬼神的本质和观念，从这个高度再教诲人们坚持进一步自我修养、更深入地掌握认识世界、人生的原则和方法，理会天人合一，坚持“慎独”、思远。

这是全套的齐家治国平天下的原则、道理和方法。自小背诵“四书”，人可借此营造自己的精神境界、道德境界（如己所不欲勿施于人等等）、智慧提炼（如三思而行、慎于言而敏于事等等）。

不仅要将“四书”背得滚瓜烂熟，还要将其中的精神、知识、原则和方法盘活，即活学活用，于是通过八股文做这个综合训练。

所以精通“四书”“五经”、八股文的一代高手，除了自己精通外还可以培养出一批杰出的八股文人才。

学好八股文，对文艺创作极有帮助。《儒林外史》指出善写八股才能学会作诗，汤显祖和胡适等都曾指出，八股文是学做戏曲的有效途径。金圣叹更具体分析八股文的“起承转合”，是律诗、古文、戏曲和小说结构的基本原理。

汤显祖刻苦学习儒家经典，完整掌握其精粹，并用八股文形式，将自己的学习心得和体会有力表达出来。

李贽《童心说》说，“天下之至文”自先秦起，“变而为近体，为杂剧，为《西厢记》《水浒传》，为今之举子业。皆古今之至文，不可得而时势先后论也”。正确评价八股文是代表明代之一代之文学，是自古至今成就最高的文学体裁之一。汤显祖适应时代的潮流，将当代地位最重要、作用最大的文体学好、学精，写好、写精。这就启示我们，当代作家要抓住当今最受欢迎的文艺体裁，写好、写精。

汤显祖并不死守儒学一家，“五经而外，读诸史百家、汲冢、连山诸书”，兼通“天官、地理、医药、卜筮、河渠、墨、兵、神经怪牒。”（邹迪光《临川汤先生传》）

他努力学习古代诗文和元杂剧。而从他自己的戏曲作品看，其传统文学的根底极其深厚，所以知识极其广博，典故极多，文采斐然，词汇量极大，而且能熟练运用很多艰深的词语。

汤显祖全面继承中国儒道佛三家文化、文史哲学问、诗词曲创作方法。

因其传统文学的根底极其深厚，所以他的戏曲作品知识极其广博，典故极多，文采斐然。

汤显祖作为文学家、戏曲家，他全面深入掌握传统文化，故而为写出一流的作品而奠定了深厚坚实的基础。

第二，良师益友，终身为伴。

汤显祖寻求的都是名师。儒学和理学老师是罗汝芳。罗汝芳是王阳明的四传弟子、左派王学——泰州学派创始人王艮的三传弟子，被誉为明末清初黄宗羲等大思想家的先驱。汤显祖后来回忆自己“盖予童子时（十三岁起），从惟德（汝芳字）夫子游。或穆然而咨嗟，或熏然而与言，或歌诗，或鼓琴。予天机泠如也”。对罗汝芳满怀感激之情。又评罗汝芳“其于先觉觉天下也，可谓任之矣”，给以极高评价。他的佛学导师是达观，是当时最负盛名的佛学大师之一。达观给了汤显祖最大的影响。汤显祖的祖、父两代和他的另一位老师徐良傅都笃信道教，而罗汝芳也信奉道教，醉心于炼丹和求仙。受他们的影响，他十五岁撰诗《分宜道中》，就带有明显的道教观点。

汤显祖在南京为官时结交的都是清正的同僚，后又与爱国志士东林党人结下友谊，其中邹元标、顾宪成、赵南星、高攀龙等人与汤显祖的关系更为密切。

在文化艺术方面，与汤显祖交往或交流密切的有杰出思想家李贽、文化大家徐文长、书画大家董其昌、著名诗人袁宏道兄弟、戏曲名家臧懋循、王骥德、梅鼎祚、汪廷讷、潘之恒、凌濛初、孙俟居、吕玉绳和屠隆等，皆为一时胜流，中国文化艺术史上的名家。而与之交锋的沈璟、吕天成等也都是当时一流学者兼曲家。

近朱者赤，汤显祖接触和结交的良师益友众多，对他自己的成长大有稗益。他与沈璟等人的艺术争论，促进了曲学的发展，也进一步完善了他自己的艺术思想。

第三，忧国忧民，悲天悯人。

汤显祖对于国家的发展前途充满信心，他以己度人，认为古今知识分子的主流是爱国爱民、推动社会和政治发展的主要动力。他在平昌（遂昌）执政时身体力行，进行治理实验并大获成功；不求名利，只是埋头耕耘，是古今从政知识分子的光辉典范。他同情和热爱百姓，具有悲悯情怀，并用自己的政治实践，努力为一方造福。

第四，几经挫折，达观洒脱。

汤显祖精通道佛文化，故而能完整掌握宇宙和人生原理，既能忧国爱民、为国效忠，也能正确对待挫折，辞掉官职后，静心创作，安度余生，并在《南柯记》和《邯郸记》中表现这样的境界。

他还能积极地应对挫折，他于万历十九年（1591 年）被贬官徐闻，当时已经42岁。他于五月十六日被贬官，入秋南行，十一月到达雷州半岛的南端徐闻。他一路旅游，从容游览沿途的众多景致，甚至特地迂道往观美景和名寺。他同时一路写诗，记载沿途见闻，有异方殊俗，有稀罕事物，更有未见未闻之奇观。如《广州》二首描写当地港口："临江喧万井，立地通千艘。气脉雄如此，由来是广州。"他并不因贬官穷荒而懊丧、痛苦，而是乘此难得的机会，化贬途为旅游，在读万卷书的基础上行万里路，实践他提出的"养气"必须在"静养"的基础上同时重视"动养"。到达徐闻后，他"不以物喜，不以己悲"，热心修葺贵生书院，准备着力培养当地青年才俊。他在此发表重要的《贵生说》，提出"天地之性，人为贵"，"天地之大德曰生"。"故大人之学，起于知生。知生则自贵，又知天下之生者，皆当贵也。"离开徐闻时，作《徐闻留别贵生书院》："天地孰为贵？乾坤只此生。海波终日散，谁悉贵生情！"

贬官徐闻不久，他调任遂昌知县，虽然依旧是七品芝麻官，又是"在浙中最称僻瘠"的全县只有5万人的小县。他在遂昌兴办学业、促进生产，打击豪强，政绩卓著。他的一切努力都遭到当局的否定，只能辞职。

汤显祖的人生挫折不仅有公事，而且还有私事：他20岁娶妻吴氏，十四年后即丧偶。继娶傅氏，为京师人。他最有出息的长子亡故，年才23岁。汤显祖遂昌辞官，回乡不久，另一儿子又早亡，"七月二十日移宅沙井，八月十九日殇我西儿，惨然成韵"。他还死了四个女儿。"绕枝无泪尽，不见旧巢儿。"中年丧妻、晚年失子，人生三大不幸，竟得其二！令他极其伤心的还有女儿夭折四个。到49岁辞职回乡，已经离古代50岁为老年的年龄仅数月。他一生屈沉下僚，至此一生的政治梦想和抱负，全部付之东流。但他此后所撰诗文毫无"叹老嗟卑"之作，他既正视现实，又从不发牢骚，但是心中还是怀抱"老骥伏枥，志在千里"的壮志，如有机会东山再起，还是愿意为国效劳。

第五，不怕挫折，致力创作。

古代中的作家多是业余的，汤显祖也是如此。他的正业是官员。他利用业余时间坚持不中断地创作。

汤显祖的晚年，在历经众多打击之后，主动退休回家，在忍受亲人亡故的痛苦之同时，化挫折为力量，化悲痛为力量，全心全意致力于创作大业。

汤显祖的诗歌文章，在明代文学史上颇有地位，但他自知不及唐宋大家，未臻一流水平。他晚年精心创作的戏曲，流芳后世，取得领先性的艺术成就。

在他的戏曲作品中，既有时代的缩影，宦海险恶风波的反映，也有自己失去亲人的痛苦的寄托和折射。如杜丽娘不幸亡故，其母痛彻心肠的描写，“赏春香还是旧罗裙”的凄苦妙句，以及哭倒柴房的传说，都是他失妻亡子之痛的反映。也即，汤显祖创作的戏曲经典作品，是他编织进人生双重挫折——政治事业和家庭生活的挫折——的艺术精品。

三、汤显祖文学作品对当代作家的重大启示

汤显祖的文学作品门类广泛，尤其是诗文、戏曲和文艺评论，对当代作家有重大的启示作用。

第一，正确认识、对待和反映自己所处的时代和社会。

汤显祖的作品一贯注重反映时势。俺答部落侵扰西北，汤显祖有诗

《边市歌》《胡姬抄骑过通渭》《河州》《吊西宁帅》《朔塞歌》二首[①]等。

《牡丹亭》第五十五出柳梦梅讽刺杜宝：“你哪里平的个李全，则平的个李半”，“哄的个杨妈妈退兵”，即讽刺明廷消极求和，未能在军事上给北方强敌以有效打击。

第二，积极向上、永不言败的人生态度是创作正确心态的基础。

汤显祖的戏曲作品中，既有时代的缩影，宦海险恶风波的反映，也有自己失去亲人的痛苦的寄托和折射。

孟子说：“故天将降大任于斯人也，必先苦其心志，劳其筋骨，饿其体肤，空乏其身，行拂乱其所为，所以动心忍性，曾益其所不能。”汤显祖遇到的种种挫折达到了孟子的这个要求。司马迁《报任安书》说经典作品“大抵圣贤发愤之所为作也”，汤显祖的作品达到了这个高度。

对于生活中阳光的一面，人心中可贵的情感，用热情奔放的笔调，给以歌颂和弘扬。

面对现实中黑暗的一面，人心中灰暗的一面，用悲悯慈悲的态度，予以提醒和挽救。

第三，勤奋写作，全心全意投入到创作实践中去。

汤显祖有志于创作，有志于创作一流的诗文。他一生创作勤奋，从十二岁写《乱后》诗起，到绝笔《忽忽吟》，共有诗歌、文赋二千二百多篇。他是明代的诗文名家，取得了一定的创作成就。但他清醒认识到自己的诗文不及唐宋大家，自己的才华适合于戏曲创作，尤其是八股文创作的高明手法对撰写戏曲有极大的稗益。他晚年正确地决定了自己创作的主攻方向，全力创作戏曲，终于进入了经典作家的行列。

---

① 汤显祖：《玉茗堂诗之四》，《汤显祖集全编》第二册，第493~495、499页，上海古籍出版社，2015。

前已言及，汤显祖全面继承了传统文化。汤显祖还深入研究了传统文化，学习儒家文化的成绩突出，他名列八股文名家之一，就是最好的明证。汤显祖三十岁时在南京清凉寺登坛说法，他的文集中颇有一些佛学文章。他研究道家也颇有成果，《阴符经解》即是名篇之一。

汤显祖在文学创作上，成就最高的是时文（八股文）和戏曲。

李贽《童心说》曰："天下之至文，未有不出童心焉者也。苟童心所在"，"无一样创制体格文字而非文者"。为传奇、杂剧、《西厢曲》《水浒传》，"为今之举子业，皆古今至文"。将八股文列为达到最高艺术成就的文体之一。汤显祖作为时文名家，留下很多佳作。

汤显祖的诗文和戏曲，是全面继承中国传统文化——儒道佛鼎立和互补的先进文化的典范；是深入继承古典诗歌精华的典范；是勇于和善于创新的典范。而且其尊奉神韵说的创作理念和不拘陈规的创作态度，也给当代作家以重大启示。

第四，大器晚成，艺进乎道，补笔造化。

汤显祖一生勤奋写作，但是直到50岁之后完成《牡丹亭》之前，他尚未达到中国文化史上一流的艺术成就。

汤显祖的《紫箫记》约作于1576—1578年（明万历五年至七年），此乃未完之作，约于1586年（万历十五年）改编为《紫钗记》。这是汤显祖青年时期的作品。他的另三部艺术成就最高的戏曲，都是他的晚年之作。

汤显祖于1592年（明万历二十一年）任浙江遂昌知县，五年后，于1598年（万历二十六年）辞职回临川故乡，年四十九岁。现一般认为，《牡丹亭》是在遂昌酝酿、构思，开始创作，而最后完成于临川，即完成于1598年或1599年。《南柯记》完成于1600年（万历二十八年，51岁），《邯郸记》作于 1601 年或略后，莎士比亚《哈姆雷特》于此年问世。此后汤显祖致力于将自己的剧作投入演出的实践，并作进一步的理论探索。

汤显祖直到他 50 岁以后，才完成三部戏曲杰作。巧的是，与他同年逝世的莎士比亚和塞万提斯，也都是大器晚成的作家。

他们三人都在晚年开始或坚持从事创作①，并迅即进入创作高峰。这不是偶然的巧合，而是“大器晚成”这个天才和大才的成才规律所决定的。

他们三人全靠长年、艰巨的在实践中的勤苦好学，积累了丰富的文化基础。这就决定了他们必须大器晚成，才能创作出与前代高峰可以媲美的作品。

大器晚成的经典著作，能够达到庄子首创的艺进乎道的最高境界。《庄子·养生主》说：“臣之所好者道也，进乎技矣。”技，指技艺。中国古代文论据此建立了艺术之高者属于技进乎道、艺进乎道的最高标准。艺进乎道，要求艺术上升到哲理和哲学的高度；而且不是单纯指能表达哲理、哲学的哲理诗或哲理作品，而是指能表达宇宙、人生真理的优秀文艺作品。汤显祖和莎士比亚的作品因此而包容了极其丰富和深刻的哲理思考、伦理探索和心理分析。

大器晚成、艺进乎道的杰作，才能参透宇宙人生。而参透宇宙人生

---

① 莎士比亚（1564—1616）自 1590 年开始写戏，到 1612 年完成了 37 部剧作。他一共活了 52 岁，从 26 岁写到 48 岁，其前期剧作，诚如王佐良和何其莘主编的名著《英国文艺复兴时期文学史》所批评的，莎士比亚极负盛名的“历史剧大多是莎士比亚的少作，结构较为分散，程序化的台词多，白体诗也显得拘谨”。（第 210 页）指出了多部莎剧（主要为前期著作）的结构和语言的缺点。并总结说：“他当然不是没有缺点的。十七世纪的评批家德累斯顿就说过：‘他剧作中常有平淡乏味之处；他的喜剧的隽语有时退化为对谑打诨，而严肃的隽语又常臃结而荒诞浮夸。’换言之，他常词多于意，不免夸张。”（第 238~239 页）自《哈姆雷特》（1600—1601，第 22 部剧作）起，其后半期的著作转向高度成熟，代表其最高成就的四大悲剧和《安东尼与克莉奥佩特拉》皆是此期著作。他在完成全部剧作 4 年后去世。

的杰作，才能达到艺进乎道的最高层次。也即不仅达到典型性的高度，还能够表达、表显抽象的理、道或宇宙人生的真谛。宇宙人生即“天上人间”，在《牡丹亭》中，剧中人物多次提到“天上人间”。如复活后的杜丽娘在新婚之夜就流泪对柳梦梅说：“怕天上人间，心事难谐。”即使心事得遂，“如花美眷，似水流年”也迅即消逝。因此，汤显祖通过对爱情的歌颂，对“如花美眷，似水流年”的青春美好年华的珍惜、追求和留恋，真正体现了对人性的终极关怀。

艺进乎道的伟大作品，能够笔补造化。钱钟书说：

> 长吉《高轩过》篇有“笔补造化天无功”一语，此不特长吉精神心眼之所在，而于道术之大原，艺事之极本，亦一言道着矣。夫天理流行，天工造化，无所谓道术学艺也。学与术者，人事之法天，人定之胜天，人心之通天者也。《书·皋陶谟》曰：“天工，人其代之。”《法言·问道》篇曰：“或问雕刻众形，非天欤。曰：以其不雕刻也。”百凡道艺之发生，皆天与人之凑合耳。顾天一而已，纯乎自然，艺由人为，乃生分别。综而论之，得两大宗。一则师法造化，以模写自然为主。……昌黎《赠东野》诗“文字觑天巧”一语，可以括之。“觑”字下得最好；盖此派之说，以为造化虽备众美，而不能全善全美，作者必加一番简择取舍之工。即“觑巧”之意也。二则主润饰自然，功夺造化。……长吉“笔补造化天无功”一句，可以提要钩玄。此派论者不特以为艺术中造境之美，非天然境界所及；至谓自然界无现成之美，只有数据，经艺术驱遣陶熔，方得佳观。此所以“天无功”而有待于“补”也。窃以为二说若反而实相成，貌异

而心则同。夫模写自然，而曰“选择”，则有陶甄矫改之意。自出心裁，而曰“修补”，顺其性而扩充之曰“补”，删削之而不伤其性曰“修”，亦何尝能尽离自然哉。师造化之法，亦正如师古人，不外“拟议变化”耳。……盖艺之至者，从心所欲，而不逾矩：师天写实，而犁然有当于心；师心造境，而秩然勿倍于理。[①]

“高轩过”指文坛领袖、大诗人韩愈和皇甫湜坐着高大华美的马车来看望年轻的诗人李贺，李贺非常感动和荣幸，他当场作诗《高轩过》记叙这个会面的场景。诗中赞美两人的文笔能补救大自然的不足。“天工，人其代之。”即大自然的作为有不足的，人代它补足。文艺杰作能够起到这个“补笔造化”的重大作用。

补笔造化，能够源于生活而高于生活，也即写出生活中不可能发生的故事，例如杜丽娘的人鬼之恋和死后复活；刻画卢生、淳于棼野心勃勃，热衷飞黄腾达，汤显祖出色的人物塑造，能够代人立心，“以鬼斧神工般的笔触，为野心人物造像，穷其心态，穷其丑态，获得极大的成功”。[②]

艺进乎道的伟大作品，都是作者将自己的灵魂灌入的产物。《牡丹亭》中的杜宝寄托了汤显祖的执政理想，而《南柯记》和《邯郸记》中主人公的最终下场和醒悟，浸透著作者对宇宙人生的终极旨归的深刻认识。

综上所述，汤显祖的一生是儒道佛三家结合的伟大中国文化的忠实继承者和创新者。他的一生尽管挫折相连，最后在政治上的壮志全毁，

① 钱钟书：《谈艺录》第一册，第60~62页，中华书局，1986。

② 夏写时：《汤显祖的两难人生》，叶长海主编《〈牡丹亭〉：案头与场上》，第350页，上海三联书店，2008。

但是其生活态度还是乐观向上，永不言败：科举不成功就再考；上疏劝谏皇帝不成反受惩罚，就到海南贬地任职，认真工作，还兴办学校；调到平昌任县令，虽是七品芝麻小官，就利用手中的权力，大胆、勤奋实践；看到政治前途无望，就及时辞职；辞职回乡，不因仕途失败而气馁，满腔热诚、全身心地投入戏曲创作。一生不管忙闲，即使在官场上，哪怕勤奋治理平昌时，也坚持诗文创作和戏曲创作，坚持立德、立功、立言的三不朽理想。在青中年时期，勤奋学习和创作，不急躁不气馁，争取在晚年攀上艺术高峰，写出千古杰作。

汤显祖的诗文和戏曲，是全面继承中国传统文化——儒道佛鼎立和互补的先进文化的典范；是深入继承古典诗歌精华的典范；是勇于和善于创新的典范。而且其尊奉神韵说的创作理念和不拘陈规的创作态度，也给当代作家以重大启示。

汤显祖无疑是值得中国当代作家学习的伟大作家之一。

第三部分

研讨活动的宣传文稿

汤显祖文化传播研讨会暨“杜丽娘返乡省亲晚会”在抚州举行

——中国戏曲学院与抚州市人民政府签订战略合作框架协议，共同推动“汤学”传播与研究

2016年12月20日至21日，由中国文艺评论家协会、中国戏曲学院和抚州市人民政府主办的国际戏剧大师汤显祖文化传播研讨会暨“杜丽娘返乡省亲晚会”，在汤显祖故里江西抚州隆重举行。

12月20日晚，由中国戏曲学院组织的“杜丽娘返乡省亲晚会”在抚州汤显祖大剧院上演。晚会不仅汇集了昆曲、京剧、越剧、川剧、黄梅戏和赣剧、盱河高腔等八大戏曲剧种，还有上海话剧中心的中英肢体剧，中央芭蕾舞团的芭蕾舞剧和中美合作的话剧《牡丹亭》片段，共同为观众奉献了风格各异却又同样光彩照人的杜丽娘形象。

21日上午，中国文艺评论家协会副主席路侃、中国戏曲学院党委书

记龚裕、国家文化部文化科技司局级巡视员陈迎宪、抚州市市长张鸿星、中国戏剧文学学会常务副会长姜彤林、中国戏曲学会副会长万素、中国戏曲学会汤显祖研究分会副会长邹元江、国际剧评协会中国分会副理事长暨中国文艺评论国戏基地主任谢柏梁、抚州汤显祖国际研究中心主任吴凤雏等近60位专家及嘉宾，出席了2016年国际戏剧大师汤显祖文化传播研讨会。研讨会上，与会专家围绕“汤显祖戏剧文化的研究与传播”这一主题，各抒己见，讨论热烈。

开幕式上，张鸿星市长指出，汤翁是历史的、也是当代的，是高雅的、也是大众的，是民族的、也是世界的。汤显祖文化对后世的影响深远而又深刻，作为汤翁故里，抚州理应在推进和繁荣汤显祖学术事业，继承和弘扬汤显祖文化方面有所作为。今天，我们在此举办汤显祖文化传播研讨会，旨在为研究汤学的专家学者提供一个学术交流的平台，进一步壮大汤学文化的研究队伍，进一步推进汤显祖文化的研究传承与传播普及。大家在极为繁忙的工作之余来抚州参加本届研讨会，这不仅是对汤学研究的热爱，更是对抚州经济社会发展的关注和支持。

中国文艺评论家协会副主席路侃的致辞中说道：“汤显祖剧作蕴含着鲜明的民族性和鲜活的独创性，体现了对社会的深切关注和对人性的深刻思考，具有积极的启蒙意义，代表了历史进步的方向。汤显祖剧作已经超越了时代和地域的限制，在中国乃至世界戏曲史上具有里程碑式的影响。他的作品以独特的艺术魅力和深刻的思想内涵，彪炳史册、光耀千古、历演不衰，受到世界人民的热爱。我认为，在这个时候，召开此次学术会议，是对总书记重要讲话精神的切实贯彻落实，十分必要也十分及时。”对于本次汤学研讨会的召开，路侃表示，这次会议由中国文艺评论家协会、中国戏曲学院、抚州市人民政府共同主办，中国戏曲学院中国文艺评论基地承办。中国文艺评论家协会是中国文联所属全国性文艺家协会之一，也是中国文联的团体会员。中国戏曲学院是我国戏曲教学和研究的重镇，学术积淀深厚，师资力量雄厚。抚州是汤显祖的故乡，在汤显祖文化研究、传承和传播方面，作了大量卓有成效的工作。这个基地是中国文艺评论家协会和中国戏曲学院的共建项目，也是协会的一个品牌项目。基地建立以来，在谢柏梁主任的带领下，学术活动蓬勃开展，成果丰硕，特别是在戏曲研究和评论方面，独树一帜地开展了不少工作，成效有目共睹。通过汤显祖这一中华民族的文化符号，把这些单位所拥有的优势、资源整合起来，精诚合作，一起推动深化汤显祖的研究，让这位戏曲大师活在当下的戏曲创作和评论中，活在当代的戏曲舞台上，为当代中国文化乃至人类文明作出新的独特贡献，无疑是一件具有深远而重大意义的事。

与会专家一致认为，汤显祖及其剧作在世界戏剧史和文化史上具有重要地位和独特价值，在本次会议上正式提出可与莎学媲美的国际化汤学，正是水到渠成的必然结果。推动汤学的正式确立和逐步深化，把汤学涵养成为讲台与舞台共生、专家与百姓共享、研究者与传播者并行、高校与政府共襄盛举的现代化、大众化和国际化的显学，这是本届学术文化盛会的根本成果，也是以汤显祖作为民族文化的品牌人物，实现“文运同国运相牵，文脉同国脉相连”，提高民族文化软实力的重大文化举措。

研讨会开幕式上，中国戏曲学院书记龚裕与抚州市人民政府副市长蔡青，共同签订了共同推进“汤学”研究的战略合作框架协议。龚裕书记表示，要通过汤显祖这一中华民族的重要文化符号，把学院和政府各自拥有的优势、资源整合起来，精诚合作，一起确立、推动和深化汤学的演出、传播与研究，让这位 400 年前的戏曲大师始终活在当下，面向未来，为中国文化乃至人类文明的当代发展，在戏曲艺术的传承、发展和弘扬方面，强强联手，和衷共济，汇集国内外的戏剧与文化资源，不负时代的期望，力争在历史上有所奉献和贡献。

当日下午六时，中国文艺评论国戏基地主任谢柏梁教授作总结发言。他从三个方面对本次汤学研讨会进行总结。首先，本次大会和晚会响亮地提出了“汤学”这个倡议。以前的“汤学”大部分是打引号，还有一点欲说还休，还有一点不够自信。但是，今天“汤学”和红学一样，“汤学”和莎学一样，经过一代一代学者，经过一个又一个活动，经过一番又一番的演出，包括我们此次盛会的研讨，我们可以响亮的提出“汤学”和“汤学”的内涵。它既包含对汤显祖的研究，也包括对汤显祖作品的研究，还包括对汤显祖的剧作的研究，更包括对汤显祖剧作的演出、报道、翻译的不同传播方式的认识、研究和总结。这样的“汤学”才是真正的“汤学”，这样的“汤学”才具备比较大的格局。

其次，就“汤学”的表达方式在我们会上进行了探索，不仅仅是所谓研究阶层，精英阶层的相互消化，相互学习。我们“汤学”的提出，希望能够借助媒体，借助政府，把“汤学”成为老百姓的学问，成为大众的学问。第三，在这次盛会上，我们既谈喜也谈忧，喜的是汤显祖研究在 2016 年以来，已经达到了前所未有的高峰，同时我们还提出了自己的希望，希望汤显祖研究能够更多的得到各个方面的支持；希望汤显祖研究更多的得到海外戏剧界的回应。但是，今年，也就是 2016 年以来，关于汤显祖的海外研究的正规的论文，目前是暂时还没有看到。

中共抚州市委常委、宣传部长傅云致闭幕词，他指出，弘扬汤显祖文化，讲好中国故事，抚州作为临川文化的传承人，临川义不容辞，更要有强烈的文化自觉和责任担当。抚州正在努力创建国家历史文化名城，历史文化名城应该如何建设，城市的品位应该如何提升这个重大课题离不开文化两个字。前不久，我们省委书记鹿心社同志在抚州考察时就指出，文化是抚州最大的特色，也是抚州最亮的品牌，最佳的名片。昨天和今天上午，我们新任的省委常委宣传部长赵力平（音）同志也在我们抚州，他考察的第一个设区市就是抚州市，也对我们的抚州文化提出了，如何打好文化牌提出了殷切的希望，他要我们打好文化牌，讲好中国故事，多出精品力作。

同时，傅云表示，临川文化就是抚州这座城市的灵魂，是主要标志，它曾经而且仍然在持续、广泛、深厚的影响着抚州人民的精神生活，并成为抚州人民为这座城市生长骄傲和自豪的渊源。先贤汤显祖就是文化的杰出代表，因此打好汤显祖文化这张牌，以文化提升，塑造抚州的高品位形象，进而推动抚州经济社社会发展，已经成为抚州上上下下共识。根据这个思路，我们在制定和实施以汤显祖文化为抓手的抚州文化发展战略，并以此为依据，制定出抚州文化发展五年目标，打造中国戏都，海内外高地，全国历史文化名城，以山水为载体，以文化为灵魂，五年内在文化、生态旅游产业方面持续发力，把文化优势转化为产业优势，资源优势转化为经济优势。为美丽江西建设创造抚州经验。作为汤翁故里，我们正在建立文昌里文化历史街区，让抚州成为举世瞩目的汤显祖戏都。

大会最后，抚州市政协刘菊娇副主席宣布会议圆满落幕。

《杜丽娘返乡省亲戏曲晚会》在汤翁故里抚州举办

由中国文艺评论家协会、中国戏曲学院和抚州市人民政府主办的《杜丽娘返乡省亲戏曲晚会》，昨晚在抚州汤显祖大剧院隆重举行。中国文艺评论家协会副主席路侃、江西省委宣传部长、抚州市四套班子和来自全国各地的专家学者们，与汤翁故里的观众们出席观看了晚会。这台晚会汇集了昆曲、京剧、越剧、川剧、黄梅戏和赣剧、盱河高腔等戏曲剧种，还展示了来自上海话剧艺术的中英肢体剧、中央芭蕾舞团的的芭蕾舞剧和中美合作的话剧《牡丹亭》片段。著名昆曲演员顾卫英、川剧和赣剧名家陈巧茹、陈俐等人的精彩表演，赢得了在场观众的阵阵掌声。据晚会与汤显祖文化传播学术会议的总策划、中国文艺评论基地（国戏）主任、中国戏曲学院戏文系主任谢柏梁教授介绍，这是国内外各大剧种首次集中演出汤显祖的一次盛会。今后，我们还将汇萃国内外的不同演剧形态，共同唱好“临川四梦”的大戏。由于从北京到抚州的一辆列车晚点近九个小时，来自国家京剧院的王珺，从车站直接来到剧场演唱京剧杜丽娘的唱段。她说，为了到汤翁故里朝圣、为了京剧杜丽娘的回乡省亲，再累再赶也心甘情愿。除了将各剧种杜丽娘的精彩表演展示在汤翁故里之外，汤显祖文化传播学术会议，也将在今天隆重举行。谢柏梁教授认为，戏曲晚会与学术会议是一个整体，前者是将汤学演出与研究成果向大众进行展示，后者是在学术文化领域中进行专门研讨，两者并行不悖，汤学的研究和汤剧的全球化传播，才能流播天下，彰显出中国戏曲文化的无穷魅力。

高端演出团队中《牡丹亭》的女主人公“杜丽娘”，从全国各地齐齐来抚州“返乡省亲”

在汤显祖当年写出了不朽的“临川四梦”的地方，用京剧、昆曲、越剧、黄梅戏、川剧、赣剧、盱河高腔、芭蕾、肢体剧，为观众奉献了风格各异却又同样光彩照人的杜丽娘形象。这是由中国文艺评论家协会、中国戏曲学院、抚州市人民政府主办，抚州市文广新局、中国文艺评论（国戏）基地和抚州汤显祖国际研究中心承办的2016年国际戏剧大师汤显祖文化传播研讨会的前奏。

今年9月，抚州市成功举办2016中国·抚州汤显祖剧作暨国际高峰学术论坛，在海内外产生了极大影响。12月20日至21日，抚州市政府又与中国文艺评论家协会、中国戏曲学院合作，举办2016年国际戏剧大师汤显祖文化传播研讨会暨“杜丽娘返乡省亲晚会”。这是抚州市委、市政府全力打造“中国戏都”的一个具体举措。21日上午，国家文化部文化科技司局级巡视员陈迎宪、抚州市市长张鸿星、中国文艺评论家协会副主席路侃、中国戏曲学院书记龚裕、中国戏剧文学学会常务副会长姜彤林、中国戏曲学会副会长万素、中国戏曲学会汤显祖研究会副会长邹元江、中国文艺评论基地主任谢柏梁、抚州汤显祖国际研究中心主任吴凤雏等近60位专家及嘉宾，出席了2016年国际戏剧大师汤显祖文化传播研讨会。张鸿星在致欢迎词时表示，作为汤公故里，抚州理应在推进和繁荣汤学、继承和弘扬汤显祖文化方面有所作为。路侃在致词中认为，作为汤显祖的故乡，抚州在汤显祖文化研究、传承和传播方面，作了大量卓有成效的工作。

在由抚州市政协副主席刘菊娇主持的2016年国际戏剧大师汤显祖文化传播研讨会上，中国戏曲学院书记龚裕、国家文化部文化科技司巡视员陈迎宪、中国戏曲学会副会长万素、中国戏曲学会汤显祖研究会副会长邹元江、中国戏剧文学学会常务副会长姜彤林发表了热情洋溢的讲话；中国文艺评论基地主任谢柏梁教授作了《国际化“汤学”的崛起》的主题发言。讨论会上，与会专家围绕“汤显祖文化的研究与传播”这一主题，纷纷各抒己见。大家一致认为，要通过汤显祖这一中华民族的文化符号，把各自拥有的优势、资源整合起来，精诚合作，一起推动深化汤显祖的研究与传播，让这位戏曲大师活在当下，为当代中国文化乃至人类文明作出新的独特贡献。

在2016年国际戏剧大师汤显祖文化传播研讨会上，抚州市政府还与中国戏曲学院签订了战略合作框架协议。